De buitenvrouw

bui´tenvrouw (de, -en), bijvrouw; naast wettige echtgenote of vaste concubine een partner die elders woont. *Iedere avond pakt hij zijn auto om tot rust te komen in de armen van zijn jonge buitenvrouw aan de Verlengde Gemenelandsweg* (Vianen 1971:40) – Etym.: Zie buiten –* (b) en vrouw* – Syn. buiten* (B,2), buitje*.

Uit: *Woordenboek van het Surinaams-Nederlands*–J. van Donselaar

Een

Leerlingen in de eindexamenklassen vonden Theo Altena de minst erge die je voor Nederlands kon krijgen. Dat moest je opvatten als een compliment. Het betekende dat je leerlingen je konden verdragen. Op schoolfeesten kwam er wel eens eentje overmoedig op hem af om hem te melden dat hij 'oké' was. Theo was op zo'n avond de enige leraar die zich op de dansvloer waagde, zich ongemakkelijk bewust van de gegeneerde blikken van zijn aanwezige collega's. Het Westfries College had geen talent voor feesten en klasseavonden. De pogingen om de kantine voor één avond om te bouwen tot een discotheek pakten altijd schamel uit. De gehuurde feestverlichting leek nog het meest op een verzameling tuinlampen waar inderhaast gekleurde peertjes in waren gedraaid, een amateur-discjockey draaide de verkeerde platen, en voor iedere leerling waren er drie consumptiebonnen voor fris of bier, te weinig om te doen alsof je dronken werd, laat staan het werkelijk te worden. Te zwaar opgemaakte meisjes rookten met hooghartige verveling hun filtersigaretten en zaten in groepjes bij elkaar aan de lange, rechthoekige tafels waar overdag nog koffie en gevulde koeken waren genuttigd. Jongens kwamen onverschillig langs de tafels geslenterd, maar hun shirts en overhemden toonden bij de oksels zweetplekken van frisbeeformaat en in hun ogen vonkte verhitte verwachting wanneer ze onverhoeds de blikken van een meisje vingen. Niet alleen op zo'n schoolfeest maar ook tijdens de lessen vroeg Theo zich soms af of het wel zo'n verdienste was om populair te zijn bij je leerlingen. Waarschijnlijk vonden ze je 'oké' wanneer je in hun ogen toegeeflijk, halfzacht en gemakkelijk te belazeren was. Hij hield het zo; hij moest nog langer mee.

In de lagere klassen was hij minder populair. Dat wist hij sinds kort. Iris had het hem verteld, op een van de dinsdagmiddagen dat hij met haar vrijde op de driezitsbank bij haar thuis en heimelijk hoopte dat ze het er nooit met haar man had gedaan. Iris gaf gymnastiek, voor de kinderen het vak bij uitstek om voor en na de les in de kleedkamer recente roddels door te nemen. Met tegenzin en alleen op zijn nadrukkelijk verzoek had Iris hem verteld wat zij zoal over hem had opgevangen. Tot zijn verbazing was daar weinig vleiends bij. Ze had gehoord hoe de meisjes uit de brugklas na de les onder de douches over hem roddelden en op hem scholden, met harde, schelle stemmen die weerkaatsten tegen de wanden van de doucheruimte. Ze wist ook nog dat de meiden van havo 2 en 3 hem onder elkaar 'de Neus' noemden. Dat had hem al weer veel minder verbaasd want zo werd hij ook al genoemd toen hij zo oud was als degenen die nu blijkbaar zo'n hekel aan hem hadden. Theo stelde zich voor hoe brugklassers het op hoge toon verkondigden: zometeen Nederlands van de Neus, klote.

Zij deelden op de dinsdagmiddag twee tussenuren. Wanneer Iris dan naar haar huis reed en hij haar volgde in zijn Toyota, hoopte Theo altijd op noodweer en duisternis bij dag. Er waren dagen dat de lucht zo donker was als slootwater, en als het regende en zij haar lichten moest ontsteken, werd hun vlucht van school er nog een tikje illegaler op en concentreerde hij zich op de achterlichten van haar Volvo die door de regen telkens van vorm veranderden en voor zijn ogen wiegelden, twee oranje spotjes in het kleine waterorgel op zijn voorruit. Het idee dat zij hem door half Hoorn geleidde en hij haar achterlichten onderhorig volgde, handen om het stuur in dezelfde zachte greep als waarmee hij liefkozend haar handen zou pakken wanneer zij haar armen kruiselings voor haar borsten hield... Hij, de Neus, was met weinig tevreden. Alleen het wekelijkse tochtje door binnenstad en buitenwijk was hem al genoeg geweest. De verboden vrijage was toegift, naspel.

Nu, drie weken nadat zij hem had ingelicht over zijn onfortuinlijk imago bij de jongste leerlingen, had Iris alleen een T-shirt aan en lag Theo met verfomfaaide kleren als een mannetje uit een *Playboy*-cartoon naast haar op de driezitsbank. Het was april, de schuifpui naar de achtertuin stond open. Zonlicht viel met pornografische scherpte op hun lichamen. Op de witte plavuizen lagen bij de plinten toefjes stof. Een bromvlieg was naar binnen gezeild. Achter in de tuin stonden coniferen die Theo er niet eerder had gezien. Moest Sidney dat weekend hebben gekocht en geplant. Theo was niet een minnaar zonder scrupules. Dit was zijn huis niet en zou het ook nooit worden. Het kwam niet in hem op om Sidney Pompier een gelukkig huwelijk te misgunnen, te meer daar Iris het zijne vanaf het begin van hun affaire had gerespecteerd. Op zijn beurt liep Theo óver van respect, misschien uit schuld maar zeker uit schaamte. Er was geen enkele eis die hij haar stelde, in de hoopvolle veronderstelling dat deemoed en nonchalance de overtreding van het vreemdgaan zouden verkleinen.

Vrijgepleit door malle, hypothetische verontschuldigingen stond Theo zich toe wat hem van de dinsdagmiddagen met Iris wel het dierbaarst was: lekker naar haar kijken. Zo had zij zojuist met een voet haar trui en rokje van de grond gevist. Dat had hij haar misschien al dertig, veertig keer eerder zien doen, maar nog steeds kwam het hem voor dat alles wat ze deed eenmalig aan hem werd getoond. Haar naakt te mogen zien was in zekere zin nog steeds verbijsterend. Het meest vergaapte hij zich aan haar kleur. Huid, haar, ogen: alles aan Iris was zwart. Alleen haar voetzolen en handpalmen waren lichter; kleur van vurehout maar zachter dan vloeiblad. En haar nagels, die waren zó contrasterend roze en wit dat Theo soms fantaseerde dat ze losjes aan haar vingers zaten geplakt en dat hij alle tien haar nagels zó van haar vingertoppen kon schuiven. Nooit eerder had hij zich zo lelijk gevoeld als bij haar. Met Sylvia volgde hij een Amerikaanse tv-serie over rijke juristen in Los Angeles, ze keken er iedere maandagavond naar en toen in een van de afleveringen de zwarte advocate in het bed belandde van de blanke officier van justitie en tegen hem fluisterde, 'You're very sexy for a white man,' was bij Theo het bloed uit zijn wangen getrokken. Sylvia had op dat moment toevallig de afstandsbediening van tafel gepakt om het volume te regelen, waar hij in lichte paniek van alles achter had gezocht. O, de clandestiene tussenuren op de dinsdag! Zacht omklemde Iris met haar zwarte hand zijn blanke nek. Zij stak één liefkozende vinger naar hem uit en zijn huid was wat het was: bleek en week als van een diepvrieskip in plastic. Balts van paradijsvogel en muisgrijze mus. Het werd er allemaal nog erger op als hij bedacht dat zijn aanbidding van haar kleur een soort omgekeerde discriminatie was, waar bij nader inzien misschien niets omgekeerds aan was.

Iris had haar kleren bijeengeraapt en kleedde zich aan zonder op te staan. In plaats daarvan trok ze haar benen op tot haar knieën bijna haar kin raakten, roetsjte het slipje aan tot haar dijen, zette daarna haar voeten weer op de grond, drukte haar schouders tegen de rugleuning en duwde haar bekken omhoog om het slipje over haar billen te trekken. Hierna waren trui, rok en nylon kousjes aan de beurt. Nauwgezet observeerde Theo haar bewegingen en ontdekte coupletten en refrein in het haastig aankleden. Niets mocht hij hiervan missen, in de wetenschap dat hij zich zelfs het aankleden nog dezelfde dag zou herinneren als onwezenlijk en ongerijmd. Eén uur later en er liepen weer meiden van zestien met lange, rechte benen op het ritme van het klappen van haar handen door de gymzaal, ze liet een brug de zaal in slepen of de lange mat uitrollen en hij, hij deelde stencils uit waarop het verschil tussen ritme en metrum, jambe en trochee stond uitgelegd of dicteerde de vragen van een proefwerk waar de halve klas waarschijnlijk wel weer een onvoldoende voor zou halen. Nederlands van de Neus, klote.

'En, is er deze week weer flink over me gekletst?'

Sinds zij hem had ingelicht stelde hij Iris wekelijks een dergelijke vraag. Zijn reputatie onder leerlingen als onderwerp van gesprek was haar in de loop van de weken gaan vervelen. Ook deze vraag beviel haar niet, dat zag hij aan haar kort, plichtmatig lachje. In een damesblad, van het soort waarin vrijheid en onafhankelijkheid werden verbeeld door fotomodellen wier kosmetische perfectie onbedoeld iets onheilspellends opriep, had Theo eens gelezen dat gekwetste trots een man er niet bepaald aantrekkelijker op maakt. Oppassen dus. Iris plukte met duim en wijsvinger aan een hoek van het badlaken dat zij tevoren op de bank had uitgespreid om de bekleding af te dekken. Toen zij geen antwoord gaf, zei hij, op een toon alsof hij zich had te verontschuldigen: 'Met de bovenbouw heb ik juist helemaal geen problemen. Dat gaat allemaal prima.'

Iris legde een hand op zijn wang. Dat gebaar ergerde hem. Hij vond het moederlijk en bevoogdend.

'Wie heeft er gezegd dat je problemen hebt?' zei ze.

'Jij! De onderbouw heeft een hekel aan me.'

Iris zuchtte kort.

'Theo, een paar meiden hebben je een bijnaam gegeven en ze kletsen over je. Waar maak je je druk over?'

'Heb jij eigenlijk een bijnaam?'

Dat was niet aardig. Hij wist het antwoord, terwijl zij slechts haar vermoedens kon hebben. Iris trok een vertel-mij-wat-gezicht en gaf geen antwoord. Zij had er veel, veel bijnamen, maar zij kende er waarschijnlijk niet één van. Uit piëteit had Theo haar er nooit over verteld. Ze hadden allemaal betrekking op haar kleur. 'Blackie' of 'Nelli', naar de sprintster, waren nog de onschuldigste. Telkens wanneer een naar racisme zwemend incident in een of andere stadswijk was uitgegroeid tot een landelijk schandaal, was er op televisie wel een progressieve politica – altijd een vrouw – die met heilige verontwaardiging verkondigde dat wij Nederlanders toch een voorbeeld moesten nemen aan 'onze kinderen': die discrimineren niet. Zo'n tante moest maar eens op school langskomen en luisteren naar wat sommige leerlingen in de koffiepauze uitkraamden.

Uit gêne om zijn valse vraag duwde Theo zijn vermaledijde neus kozend in haar hals. Iris' haar kriebelde tegen zijn voorhoofd. Zij duwde hem met zachte dwang van zich af. Ze stond op en zei: 'Koud hier. Ik doe de pui even dicht.'

Theo bleef liggen waar hij lag, zijn benen in een curieuze knik, als van een skiër na een val. Buiten deinden de coniferen in de wind. In een aangrenzend huis begon een kind te huilen. Bij zijn oor klonk met korte tussenpozen een scherp gegons, de bromvlieg trok baantjes langs zijn gezicht, en Theo wapperde even met zijn hand, alsof hij zich koelte toewuifde. Even sloot hij zijn ogen. Onwillekeurig plooide zijn mond zich in een glimlach van welbehagen. Iris stelde hem de vraag van geliefden en gehuwden.

'Waar denk je aan?'

Later die middag vertelde Iris hem dat haar interesse in hem was gewekt toen ze voor het eerst de meisjes van een eindexamenklas in de kleedkamer over hem had horen praten. Ze stonden bij de oprit van de garage, Iris' stem ging de hoogte in bij het imiteren van haar leerlingen. Theo glimlachte en keek opzij. Hij begluurde zijn profiel in het zijraam van haar Volvo. Hij hád een grote neus. Hij had een kolossale neus. Een soort knoest was het, met een platte neusbrug die richting bovenlip uitliep tot een uitstulpende hoogvlakte, breed, knolvormig en met kleine moeten bij de vleugels, niet geschikt om gezag mee uit te stralen, daarvoor ontbrak het de neusbrug aan 'wilskracht', noch om plagend in te bijten op momenten van intimiteit, want daar was ie weer te vlezig en vreeswekkend voor. Toch had Sylvia het acht jaar geleden ooit gedaan, *au!* – een minnekozende knauw midden in die gok van hem. Haar tanden in zijn bollende neusvleugels toen zij twintig en hij zesentwintig was en er een legioen van uitzinnige muggen cirkelde om hun gammele kampeertent waar het warm, benauwd en duister was en waar hun zanderige voeten schuurden in de half opengeritste slaapzakken en zwarte strepen achterlieten op de zurig ruikende luchtbedden waarop zij hun draai niet konden vinden na het nog steeds onhandig en verlegen tasten naar elkaar. Die beet, toen, daar. Op de camping werd gelachen en geschreeuwd door Britse jongens met zeewierkleurige tatoeages op hun rug en armen, er klonk getinkel van flesjes bier die werden rondgedeeld, en toen Theo die nacht veel te hardhandig in haar borsten kneep, schoot Sylvia overeind, de muggen gonsden, de Britten lalden, in de tent viel een flesje Nivea om, factor 8, de zonnemelk siepelde vervreemdend obsceen over Theo's sandalen en de plattegrond van Nice. Ze beet hem, lachend. Zei: 'Deed dat pijn? Bij mij ook.' En bedekte haar borsten met een gescheurde Hema-handdoek met bloemmotief. Sylvia hield van hem, hij rook naar asfalt, zei ze als ze in zijn nek snuffelde, en ze had hem op het hart moeten drukken dat niets zo lekker rook als walmend asfalt waar de wals zojuist overheen was gegaan.

Ze trouwden in het jaar daarop, acht maanden na de vakantie

van de beet. Zijn familie was in de wolken, de hare ontsteld en ontstemd. Haar keuze kon ermee door, maar ze was nog zo jong en bovendien kenden zij elkaar nauwelijks een jaar, waarom dan toch zo hard van stapel? Maar Theo en Sylvia waren niet van hun beslissing af te brengen. Sylvia had bij de Alkmaarsche Drukkerij een in rococo-stijl ontworpen vouwblad uitgezocht om de wereld in te lichten. Het leek eerder op een geboorte- dan een trouwkaartje. Twee in symmetrie dartelende cherubijnen hielden een banderol vast waarop in een lettersoort als van poesiealbums de aankondiging stond gekalligrafeerd: *Sylvia Houtman en Theo Altena gaan trouwen. U bent van harte* enzovoort. Later had Theo van zijn vader gehoord dat zijn moeder na het openen van de enveloppe ogenblikkelijk de kaart had natgehuild. Waren de dikke ronde droppels midden op de twee zachtroze blote buikjes van die zoetsappige engeltjes gevallen. Het was mamma Altena's hoogstpersoonlijke huwelijkszegen, een besprenkeling van matriarchaal wijwater over Theo's papieren cherubijnenbuikje. Op de bruiloft had Sylvia nog geprotesteerd toen háár moeder, tipsy en goedlachs, Theo samenzweerderig apart had genomen. Ze legde een arm om zijn schouders en Theo wist niet dat moeders zulke zachte armen konden hebben. Vergeet wat de moeder van je liefje je op de bruiloft heeft te zeggen, vergeet het... Op afstand keek Sylvia fronsend toe terwijl Theo duistere dingen ingefluisterd kreeg. Het waren waarschijnlijk praktische adviezen, wijze lessen, Theo verstond geen woord van wat ze zei, tot het mens plotseling ernstig en grootogig werd en haar gefluister overging in daas geklep. En ja, daar puntte ma Houtman ferm haar kin naar voren, ter introductie van vast en zeker een bezwerende waarschuwing. Maar de drank had haar slap en slonzig gemaakt, en tegelijk met het heffen van haar met minuscule haartjes beplante kin maakte haar nek een achterwaartse schokbeweging, zodat de hoofdzwaai van ma Houtman er bepaald niet wilskrachtiger op werd en eerder de indruk maakte van een plotseling opspelende tic. Niettemin verhief zij haar stem, en op een toon alsof ze ter plekke tot het inzicht kwam zei moeder Houtman: 'Je weet hoe ik erover denk, jongen. Sylvia is te jong om te trouwen. Maar vergis je niet, het is óók een meisje met een eigen willetje.' Was dát alles? 'Een eigen willetje', werd dat doorgaans niet toegeschreven aan voorlijke kleuters en lastige ouden-van-dagen? Vergeet het, vergeet het!

Verder natuurlijk niets dan goeds over de trouwpartij. Theo had wild gedanst op de bruiloft met allebei de moeders, de hare, de zijne, het gehuurde bandje had ouwe nummers van de Stones en de Beatles gespeeld en een schimmige achterneef van Sylvia had in een dikke, witgele golf over het goeie pak van zijn vader gekotst – alles gebeurt zoals je het verwacht, dat is troostend en verschrikkelijk tegelijk. Zijn vader, confetti op de revers, kruimig braaksel op de gulp, had de kersverse zegen uit hun huwelijk gevloekt. Een oude schoolvriend van Theo had een condoom om de uitlaat van hun oude Fiat gewurmd. Plof! 'Pas getrouwd': Theo en Sylvia gingen in de herfstvakantie een weekje naar Terschelling want voor een huwelijksreis naar verre oorden was geen geld.

Het duurde een half jaar voordat Sylvia haar schaamte had overwonnen en voor hem op handen en voeten wilde zitten en hij op zijn knieën voor haar kont zat en zijn stijve in haar schoof. Het verrukte hem dat zij niet wist dat dat 'op z'n hondjes' heette, en voorzichtigheidshalve lichtte Theo haar er niet over in. Toen hij voor het eerst in die positie klaarkwam viel hij naar voren, zijn borst kwam met een bonsje op haar rug terecht en zij zeeg ineen onder zijn gewicht, plat, uitgestrekt, een wang op het kussen, en Theo durfde niet naar haar door inspanning verwrongen gezicht te kijken uit angst er behalve verhitting ook tegenzin en schrik op af te lezen. Maar na die eerste keer deden ze het vaker zo. Soms stootte Sylvia aarzelend opwaarts met haar heupen terwijl zij tegelijkertijd haar rug hol en bol en weer hol maakte. Ze hadden het goed, zij met z'n tweeën. Liefde wolkte als inkt in water wanneer hij na een dag hard werken thuiskwam en haar zag zitten in de Gispen-stoel, met op haar schoot de avondkrant en daarop weer de poes die alle pagina's verkreukte. Dat ging nooit weg, ook na zeven jaar niet, die wolkende warmte in zijn middenrif. Theo bracht vaak iets lekkers, ijs of pizza, mee naar huis. Ze kochten samen leuke spullen voor in de keuken en ze hielden allebei van lezen bij het avondeten. Hij had geleerd de drie stemmen van Sylvia te onderscheiden: de eerste, onkarakteristiek regelmatig, wanneer ze hem vraagt hoe laat hij gaat slapen of om zijn grapjes lacht; de tweede, dunner en onvast, om geduldig ruzie mee te maken, en de derde voor wanneer ze hem over nare dingen van vroeger vertelt en de hoeken van haar mond beginnen te trillen. Huilen heeft bij Sylvia geen stem, in stilte komen de tranen, haar natte wangen explosierood. Dan troost Theo haar, terwijl zijn gedachten afdwalen. Iris' stemmen zijn niet te tellen, zoveel als het er zijn. Ze goochelt met registers, vliegt van de ene toonhoogte naar de andere met afstanden die voor het ongeoefend oor van Theo complete octaven bestrijken. Voor hem, die stem! Iris, die hem tactvol inlicht over de roddels van haar moegegymde leerlingen; Iris, die met veel stembuigingen het geschater en gekir imiteert dat hij altijd hoort wanneer hij zijn lokaal nadert en hem een brugklas wacht. Toen zij samen op de oprit bij haar auto stonden en hij onopvallend zijn profiel in de ruit bestudeerde, klonk haar wonderstem als vanouds. Maar haar imitatie van de leerlingen mocht vertrouwd zijn, de teksten bleken nieuw en onthullend.

'Altena van Nederlands, dat is zo'n scheetje! Hij gaat helemaal uit z'n bol van wartaalpoëzie en begint maf te ijsberen als ie gedichten voorleest, om je blauw te lachen. En hij draagt spijkerbroeken van een wáánzinnig fout merk. Echt een schatje.'

Scheetje, schatje, het waren woorden die hij te pas en te onpas hoorde vallen tijdens uren waarop híj die meiden in de klas had. Theo kon niet besluiten of het eervol of juist een schande was om te zijn ingelijfd in hun scheetjesdomein.

Iris had haar act beëindigd en keek hem glunderend aan. Nu was het passend om laconiek te lachen en te vragen: 'Zozo. Zeggen ze dat?' Maar Theo zei niets, haar imitatie had hem in verwarring gebracht. Zó griezelig perfect had Iris de behaagzieke bakvis gespeeld dat hij er haar in een vlaag van paranoia van verdacht te hebben gelogen over haar leeftijd, een puberziel in een volwassen lichaam, een lenige tiener met een strak en glad zeehondelijf die zich uitgeeft voor docente om de school te belazeren. En Theo weerstond de neiging om haar te vragen met wie ze had getongzoend op haar veertiende, van wie de eerste vreemde hand was geweest tussen haar benen, of het er veel waren geweest naast wie ze had gelegen en – schaamte bij de ingeving – of hij haar eerste blanke man was.

Iris boog zich naar hem toe. Ze duwde met haar voorhoofd zacht tegen het zijne terwijl ze naar hem lachte. Met duim en wijsvinger kneep ze in zijn wang, plagerig en hardhandig, zoals tantes met een familiaire onhartelijkheid in de wangen van hun neefjes kunnen knijpen. Ten overvloede herhaalde ze, opnieuw met de geleende stem van een kindvrouwtje uit een havo-klas: 'Echt een schatje.'

Hij bewoog zijn hoofd, lachte laconiek en vroeg: 'Zozo. Zeggen ze dat?'

'Ja. Grappig hè?'

'En jij wilde uitvinden wie precies dat schatje was.'

'Uiteraard. Wat dacht je dan?'

'En?'

'Wat, en?'

'Valt het tegen nu je het weet?' Theo ontweek haar blik. Dat was koket, die vraag, en ze had hem eens gezegd dat ze een hekel had aan kokette mannen.

Zij stapte in de Volvo, draaide het raampje open.

'Het is een gruwelijke teleurstelling waar ik nog steeds niet overheen ben.'

'Dank je,' zei hij, gemelijk opgelucht. Nooit liet ze zich verleiden tot iets anders dan frivole ironie, de vriendelijkste manier om te laten weten dat er wat haar betrof niets meer in het verschiet lag dan gestolen uurtjes, oppervlakkig overspel.

Daar gaat ze, de straat uit, beringde hand wuivend uit het open dak. De weg terug zou hij haar niet volgen. Iris woonde in Kersenboogerd, de nieuwbouwwijk ten oosten van de Provinciale Weg, op vijftien minuten rijden van de oude stad. De afspraak was dat één van hen altijd iets later zou terugrijden dan de ander. Gelijktijdig van school vertrekken in een of twee tussenuren, dat kan nog net. Maar terugkeren op hetzelfde tijdstip is verdacht. Meestal was híj het die als eerste terug naar school reed. Dan ruimde Iris thuis nog even wat op – badlaken in de wasmachien – en kwam zij tien minuten later aan, vlak voor de aanvang van het zevende lesuur. Maar ook dát moest je afwisselen. Vandaag zou hij als laatste arriveren.

Toen de Volvo uit het zicht was, werden haar huis en straat onmiddellijk inwisselbaar met alle huizen en straten van Kersenboogerd. Als ze samen waren had hij er nooit last van, maar nu Theo in z'n eentje voor haar huis stond kreeg hij het gevoel dat hij zijn overspel moest verantwoorden en was er de angst betrapt te worden; door Sidney, om de een of andere futiele reden eerder thuis; door Sylvia, om de alleridiootste reden overgewaaid uit Alkmaar en wandelend door de Hoornse nieuwbouwwijk waar ze niets te zoeken had. Met licht gekromde rug, alsof het toeval hem van het ene moment op het andere letterlijk op de schouders kon worden geworpen, liep Theo naar de Toyota en nam plaats achter het stuur. Wat te doen, rondje rijden in de binnenstad? Besluiteloos stak hij een sigaret op. Een buurvrouw wriemelde aan de vitrage. Een gewatergolfd kapsel flitste heen en weer achter een rij cyclamen op de vensterbank. Een koele minnaar zou minzaam hebben gezwaaid. Was de watergolf betrapt bij het raam vandaan geschicht. Theo zwaaide niet. Hij rookte en zag zichzelf door de ogen van de glurende buurvrouw. Daar zit die lange vent die het met die zwarte houdt.

Twee

Als hij rende, was hij misschien nog op tijd. De zoemer was gegaan en in de gangen liepen drommen leerlingen, op weg naar uitgang en fietsenkelder of, wanneer ze nog een lesuur hadden te gaan, van het ene lokaal naar het andere, alles volgens de wetten van het door de computer ontworpen lesrooster. Boven de bureaus in de kamers van de zes conrectoren en op een prikbord in de lerarenkamer hingen kopieën van het rooster, en in de eerste maanden na zijn aanstelling had het Theo soms ontroerd dat die verzameling van cijfers, kruisen, pijlen en tot drieletterige codes verkorte lerarennamen op het lesrooster bepaalde dat meer dan twaalfhonderd eeuwig trage scholieren zich uur na uur van lokaal naar lokaal begaven, kwakend, gapend, dralend, op het oog een volmaakt ordeloos kluwen jongeren maar in werkelijkheid geleid door een strenge, bijna mystieke systematiek. Vijf minuten lang roezemoesden ze met honderden door het schoolgebouw, om even later voor weer vijftig minuten volgens plan te zijn ondergebracht, een wonder van orde dat er alleen maar mooier op werd door die ene talmende leerling of gehaaste leraar die je buiten de toegemeten vijf minuten door de gangen kon zien gaan, in alle eenzaamheid de rekenkundige perfectie van het rooster onderstrepend. Was hij ontvankelijk voor murwmakend sentiment, dan wist Theo: de school was de wereld. Alles en iedereen leefde in wat slechts in schijn ondraaglijke chaos was; er bestond een groter rooster aan de hand waarvan cellen zich deelden, elektronen suisden en sterren doofden. Het kon niet zijn dat hij door toeval en willekeur in de armen van Iris was beland.

Met stappen die op sprongen leken nam Theo de zes trappen naar de derde verdieping. Zijn lokaal bevond zich halverwege de gang. Hij snelwandelde langs leerlingen, in de wetenschap dat collega's hem vanuit hun lokalen nakeken. Het zat hem niet mee: met zijn tas haakte hij aan een lang, modieus gewaad om de schouders van een boomlang meisje van een jaar of veertien dat hem onder een vernietigende blik toestond om met pulkende vingers het textiel tussen de versleten ritssluiting van zijn tas vandaan te trekken. Om hem heen verzwakte het rumoer. Deuren gingen dicht, de gangen raakten leeg. Hij was te laat.

Havo 3, klas f. De ramen waren opengezet en zijn bureau stond midden in een tochtstroom. Stencils waren op de grond gewaaid. Jongens met keurige kapsels zaten met hun kont op de tafeltjes, hun Reeboks en Nikes op de stoelen geplant. Meisjes stonden in kleine groepen bij elkaar en lieten volgeplakte agenda's van hand tot hand gaan. Achter in de klas werden sjekkies 'met inhoud' gedraaid, ter voorbereiding op het na schooltijd gewichtig blowen in fietsenkelder of coffeeshop.

Theo wees drie jongens aan.

'Oké. Doe die ramen even dicht.'

Hij had zijn tas op de lessenaar gezet en raapte de stencils van de grond. In die houding, gebukt en graaiend, keek hij achter zich en zag pas toen wat er op het schoolbord was getekend: een lange, smalle kop, het Ter-Braakiaanse brilletje waterpas op een knoeperd van een neus. Ernaast een tekstballon met in blokletters: BLACKIE IS THE BEST.

Het was niet de eerste karikatuur, natuurlijk niet. Was het geen haastig getekende spotprent, met altijd de groteske gok als blikvanger, dan stond er op gezette tijden op het bord wel een of andere obscene leus waarmee ze hem uit zijn tent probeerden te lokken. De karikaturen waren altijd van een amateuristisch niveau en de teksten gingen doorgaans over seks en waren dus alleen maar opwindend voor wie daarin onervaren was. Slechts af en toe gingen er collega's in woord en beeld voor schut. Dit was nieuw. Theo richtte zich op en legde de bijeengeraapte papieren op zijn bureau. Traag pakte hij boeken uit zijn tas, op de glanzende kaften verschenen de eivormige afdrukjes van snel verdampende condens, veroorzaakt door zijn altijd klamme handen. De klas sprak op gedempte toon. Men veinsde aandacht voor elkaar en hield hem intussen nauwlettend in de gaten. Theo probeerde onhoorbaar te slikken. Onder in zijn slokdarm leek zich een compacte bol te bevinden, alsof zijn ergernis zich daar, tussen middenrif en ruggegraat, met implloderende kracht samenbalde.

'Goed. Zoekt iedereen even zijn plaats op.'

Hij was gewoon in dit soort gevallen laconiek de wisser te pakken en tekst of tekening zwijgend uit te vegen. Dat moest je traag en verveeld doen, daar lette hij wel op. Hij genoot ervan wanneer de teleurstelling om zijn nonchalance in golfjes bezit nam van de klas. Had hij een brugklas voor zich of een tweede klas vwo of havo, dan riep hij een jongen – altijd een jongen – voor de klas met de opdracht een en ander uit te vegen. Ook dát gebeurde in alle eenvoud. Je koos iemand uit van wiens onschuld je zeker was om erachter te komen wie het wèl had gedaan. Steevast ging er een onbestemd gemompel door de klas, geamuseerd of juist verontwaardigd, en er waren er altijd wel twee of drie die het niet konden laten om met een snelle, onderzoekende blik de reactie te peilen van de dader – óók altijd een jongen. Tijdens het lesuur wachtte je dan tot de vermoedelijke dader zich in zijn bank omdraaide, iets liet vallen, met zijn buurman kletste of iets anders deed waarvoor je hem de klas uit kon sturen, op strafexpeditie richting conrector. Een leptosoom lichaam in merkkleding verhief zich dan uit de bank, pakte lusteloos zijn tas in en verliet kwaad om zoveel onrechtvaardigheid de klas. 'Wat heb ik dan verdomme gedaan, ik zei alleen maar...' – en er kwam een onhandig verweer, waar je natuurlijk nooit op in moest gaan. 'Doe je beklag maar bij de conrector, oké?' Als Theo zich bij dit soort incidenten al érgens aan ergerde, dan was het aan het feit dat zij hem dachten te provoceren met zulke makkelijke middelen.

Dit keer trof de spotprent doel, en hij wist dat zij dat wisten. Theo overwoog nog om tekst en tekening het gehele lesuur te negeren, zelfs niet eens uit te vegen. Maar dat was een nutteloos rekken van de stille strijd. Ze zouden de hele les natuurlijk blijven gnuiven en gniffelen. Hij besloot tot de standaardafwikkeling en liep naar het schoolbord. Pas toen hij de wisser wilde pakken, merkte hij dat zijn handen beefden. Dat zouden ze zien als hij in het volle zicht de tekening uitveegde. Theo draaide zich om naar de banken. Er zaten vier à vijf hufters in deze klas, niet meer dan het gemiddelde. Met heen en weer schietende ogen ging hij ze af en zag hoe één van de vijf, op de achterste bank, openlijk grijnsde.

'Wouter Nijman, jij hebt kennelijk veel pret. Veeg jij dit even uit.'

Prompt de rituele verbazing: 'Hoezo ik?'

'Schiet op, man. Veeg even uit, dan kunnen we beginnen.'

De klas ontstak in verontwaardigd gemurmureer. Men draaide zich om naar de jongen die, traag als een blessure veinzende voetballer, opstond en naar voren kwam gesloft.

Voordat hij goed en wel besefte waarom hij het deed, griste Theo de wisser bij het bord vandaan.

'Toe maar. Veeg uit.'

Met open mond en gestaag dalende onderlip keek de jongen hem aan. Onder de pokdalige kin ging zijn adamsappel als een kleine jojo op en neer.

'Ja, dan hebbik wel effe de eh... dinges nodig.' De jongen wees naar de wisser op het bureau.

'Nee,' antwoordde Theo, 'de dinges heb je níet nodig, Wouter. Je hebt toch een hand of een mouw?'

Aarzelend gegiechel uit de klas, voorin begonnen twee meisjes onderdrukt te proesten.

'Ja, kom nou hé. Ik kijk wel uit. Dan gaat m'n trui d'raan.'

Wouter Nijman maakte aanstalten om terug naar zijn plaats te gaan. Dit was een beslissend moment. Theo stond zes jaar voor de klas, lang genoeg om niet meer in de war te raken van de neiging zo'n gabbertje uit havo 3 een taboegeworden oplawaai te verkopen.

'Je hebt de keuze uit twee kwaden, Wouter. Je kunt doen wat ik zeg of je pakt je spullen en brengt een verhelderend bezoekje aan...' verdomme, wie was ook weer de conrector voor havo 3? '...aan meneer Ferweda die tien keer minder geduldig en menslievend is dan ik, dus je weet wat je te wachten staat.'

In drie snelle, slordige halen wreef Wouter Nijman met zijn hand over het bord. Tekst en tekening veranderden in ordeloze krijtstrepen. De jongen ging zacht vloekend naar zijn plaats.

Theo pakte de wisser van tafel en legde hem terug onder het bord.

'Mooi zo. De volgende keer sodemieter ik er een aantal van jullie, en het kan me echt niet schelen wie, de klas uit voor een enkele reis Ferweda.'

Als een groot en grof insekt gonsde boze onrust door de klas.

'Belachelijk hé!' riep er een. 'Dat is gewoon oneerlijk.'

'Klopt. Het is heel oneerlijk,' antwoordde Theo, en zond de klas een regenteske glimlach toe.

Toen de zoemer ging, wachtte hij tot ze alle achtentwintig de klas en gang uit waren. Het was zijn laatste les van die dag. Theo liep naar de toiletten. TL-licht vergrauwde er zijn gezicht. Een spiegel met barsten vertienvoudigde zijn neus. De witgestucte muren boven de gladde wandtegels waren voorzien van een kleurig krioelsel van graffiti. Veel verwensingen, seksslogans en oorlogsverklaringen aan schoolleiding en docenten waren gevat in hele en halve amerikanismen. Suck it to me, Heleen. Teacher Trauma. Burning hell for Ferweda.

Fuck de Neus.

Theo boog voorover en zette zijn mond aan een kraan, die hij voluit had gezet. De harde straal was als een staaf die hij diep zijn keel in duwde, waterrijke endoscopie van zijn broeiende gal.

Drie

Haar entree was onthutsend geweest. Iris Pompier-Duivenpoort was de streekschool binnengezeild als een ironisch negatief van Sneeuwwitje, wakker gekust door een vermoedelijk al even onbegrijpelijke zwarte prins en inmiddels levend te midden van de onvrolijk vrolijke Westfriese dwergen die bij hun eerste ontmoeting met het vreemde wezen totaal de kluts kwijt waren geweest. Als een exotisch voorwerp waar de glazen stolp om vandaan was gehaald verscheen zij aan de openlijk onwennige scholieren, van wie de jongsten in de eerste weken na haar aanstelling hun zenuwachtig lachen niet in konden houden om zoveel zwarts in de gymzaal. Een negerin als lerares, helemaal te maf! Zwart waren profvoetballers of Diana Ross en Whitney Houston. Zwart waren de juffrouw van het tv-journaal en de dikke vrouwen in supermarkt en buitenwijk, kleuters met grappige Jackson Five-snoetjes aan de hand. Zwart was een tiental kinderen in de brugklassen van wie sommigen in het eerste jaar geruisloos verdwenen naar een mavo of lbo omdat ze te hoog hadden gegrepen; zwart waren de mysterieuze junkies die je bij het monument op de Dam zag als je met vrienden of je ouders een dagje met de trein naar Amsterdam ging. Zwart was, kortom, *buiten*, ergens in het soort Nederland dat je nergens om je heen kon ontdekken wanneer je over de smalle polderwegen naar school toe fietste maar dat toch echt bestond, op tv en in de krant als het ging over Ajax en Feyenoord, Bijlmermeer en Schilderswijk, hiphop en basketbal.

Iris was geboren in Paramaribo en opgegroeid in Amsterdam-Zuidoost. P'pa en m'ma Duivenpoort en de vier kinderen waren in '77, Iris was toen tien, uit Suriname naar Nederland gekomen. De meeste Duivenpoortjes uit Paramaribo zaten al in de Bijlmer en in Rotterdam, en de eerste jaren woonde het gezin in bij een gescheiden nicht van vaderskant die twee zoontjes had en een vijfkamerwoning in de flat Frissenstein huurde, dus daar was nog plaats over. Ze bleven er anderhalf jaar, tot ze een eigen woning kregen toegewezen, ook in Frissenstein, een flat waar in die tijd vooral Turken en Marokkanen en jammer genoeg niet zoveel creolen woonden. Op haar achttiende ging Iris naar de lerarenopleiding in Diemen. Ze slaagde voor lichamelijke opvoeding en dramatische expressie en werkte een half jaar als invalster op een LOM-school in Osdorp. Ze vond een kamer in Noord, in de studentenflat aan de Cleyndertweg waar in twee jaar tijd drie studenten van de bovenste verdieping waren gesprongen. Eentje was er midden op het dak van een witte Peugeot terechtgekomen en vervolgens op de voorkap geduikeld; dat zag er van boven, vanaf etage vijf en hoger, uit alsof er een rood-zwarte verfbom op de auto was gegooid. Gelukkig was Iris er snel weer vertrokken want Sidney Pompier wilde haar trouwen en dat was goed. Sidney was een fatsoenlijke boi, had nooit gehosseld en had plechtig verklaard dattie nooit met veldmeiden had gerommeld, daar konden p'pa en m'ma Duivenpoort van op aan. Haar ouders gaven hun zegen aan het huwelijk want Pompier was een goeie familie en Iris een mooie sma voor Sidney. Drie maanden woonden zij in bij p'pa en m'ma Pompier in de Pijp, daarna konden ze in onderhuur een etage betrekken in Bos en Lommer. Iris miste haar moeder en oma en ging ieder weekend terug naar Frissenstein om er te koken, de was te doen en samen met mamma Duif te zorgen voor grantata die een beetje doof werd en soms zomaar zonder reden haar kunstgebit tot over haar onderlip liet glijden... arme grantata met haar dikke polsen, stramme kuiten en haar rug die niet meer wilde, zodat ze krom als een boemerang door het huis sukkelde. Iris had, kortom, meer Hollandse dan Surinaamse jaren achter zich, en al die tijd had zij op minder dan vijftig kilometer afstand van de Westfriese streekschool geleefd, maar voor de joôns en moidjes uut de boerderaaien van Graft, De Rijp, Hoogwoud en alle aàre durrepies had ze evengoed direct van de aàre kant van de wirreld kenne komme. Toen ze er had gesolliciteerd en was aangenomen, verhuisde ze met Sidney die in Amsterdam bleef werken naar Hoorn, waar natuurlijk heus wel Surinamers, Antillianen, Turken, Marokkanen en andere 'etnische minderheden' en 'allochtonen' woonden, zoals het land ze met een hang naar neutraliserend bedoelde *new-speak* was gaan noemen, maar die leefden en werkten in grote schimmigheid, ook al waren ze je buren, brachten ze je post en ochtendkrant of kwamen ze de meterstand bij je opnemen. Op school leerde je *over* en niet *van* deze mensen. Toch?

Iris hield zich voortvarend doof en blind voor het onwennig gegiechel van haar leerlingen. Zij deed alsof het de gewoonste zaak van de wereld was dat zij op het Westfries College was aangesteld. Met een soevereine flair waar alle anderen, Theo incluis, zich aan hadden vergaapt kwam ze iedere ochtend met de auto aan op school en wandelde ze naar de lerarenkamer of gymzalen met over haar schouder een moderne kunststof sporttas die geen gymleraar ooit bij zich had gehad, op sommige dagen door de gangen tikkend op hakken zó hoog, van schoenen zó hip die je je aan de voeten van leraressen niet eens kon vóórstellen en die zelfs de meest modebewuste stukken uit de hoogste klassen niet in hun shopjes en boetiekjes hadden kunnen vinden. Ze wás er, Iris, en ze was er met een verwarrend soort vanzelfsprekendheid dat al het andere personeel, van decaan tot kantinejuffrouw, leek te vervullen met een sluimerend onbehagen dat soms bepaald onhandig werd gemaskeerd. Niet dat iemand van het personeel ooit had toegegeven zich onbehaaglijk te voelen in gezelschap van Iris; dat de kinderen uit de lage klassen de eerste weken na haar aanstelling soms de slappe lach kregen was tot daaraan toe, die wisten niet beter, maar stel je voor dat zíj, docentenkorps en ander personeel, zich zouden bekennen tot ook maar de geringste oprisping van xenofobie, dat zou pas onbetamelijk zijn!

Anderhalve maand voordat ze met elkaar naar bed zouden gaan had zij Theo verteld over alle inspanningen van de dames en heren lesboeren in haar nabijheid; over dat o zo goed bedoelde *gezwoeg* van die mensen wanneer ze met haar spraken in de koffiepauze of na een vergadering. Vooral gewóón en ontspánnen met haar omgaan, zag je ze op zulke momenten denken, want interraciale communicatie, dat was hard werken.

Aan een Indonesische of Hindoestaanse collega zouden de meesten waarschijnlijk veel sneller gewend zijn geraakt, zo iemand had evengoed een donker uitgevallen Hollander kunnen zijn, maar een creoolse was en bleef ontegenzeglijk uitheems, exotisch, curieus. De meeste leraren beschouwden het stilzwijgend als een verdienste, een prestatie, dat zij correct met dat donkere collegaatje konden verkeren, niet beseffend dat het collegaatje in kwestie, met de nodige ervaring in het observeren van andermans ongemak en gespannen ijver goed te doen en goed te zijn, er intussen geamuseerd het hare van dacht. Vooral de wat oudere, mannelijke leerkrachten stonden zichzelf voortdurend te objectiveren wanneer zij met haar in gesprek waren: ik ben een blanke man, communicerend met een zwarte vrouw en ik breng het er verdomde fatsoenlijk van af, al zeg ik 't zelf.

Dit en meer had zij aan Theo verteld, bijna anderhalf jaar geleden en zes maanden nadat zij was aangesteld. Het was januari, havo 4 was op werkweek in Tilburg, en Theo en Iris behoorden tot de begeleidende docenten. Daar had hij kans gezien om uitvoeriger dan op school met haar te praten. Het was in het midden van de werkweek en tegen het einde van een afmattende middag. Met drie kleumende collega's en tachtig volmaakt ongeconcentreerde pubers hadden ze door de Brabantse bossen gesjouwd tijdens een speurtocht die was uitgezet door twee gymleraren met een sentimentele hang naar padvinderij. Theo liep met haar aan de staart van het lange lint scholieren. Hij luisterde en was gevleid, omdat haar openhartigheid kon betekenen dat ze hem níet rekende tot het slag gereserveerde formalisten waarover zij zo sceptisch was. Tegelijkertijd wist hij maar al te goed dat zij het haar collega's soms wel erg moeilijk kon maken. Raakte zij bijvoorbeeld in gesprek met Pannekeet van biologie, een immobiele lobbes uit Enkhuizen met achttien dienstjaren en wiens ingrijpendste vakanties hem ooit naar Vlaanderen of Zuid-Limburg (Drielandenpunt!) hadden gebracht, dan speelde Iris een tikje vals de stereotiepe rol van uitbundig lachende creoolse, smakelijk ratelend over roti, bakkeljauw en broodje pom, aldus troebel zinspelend op de etnocentrische paniek van de arme Pannekeet die bij god niet wist waar ze het over had en wiens vrouw hem al meer dan twee decennia lang elke avond aan het aanrecht verwelkomde met stompende piepers in de pan, bloemkool met kaassaus en een lekker lappie draadjesvlees in een sju van roomboter. Theo had haar in de lerarenkamer wel vaker met epaterende overdrijving de tropische tante uit zien hangen tegenover juist die leraren wier Noordhollands accent of Westfries dialect haar verleidde tot een verwarring scheppend taalgebruik, een eigengemaakte mix van ABN, Surinaams-Nederlands, Sranantongo en hoofdstedelijk *rap*-jargon. Toen hij haar inmiddels beter kende en wist dat zij in werkelijkheid niet eens zo goed Sranan sprak en het hedendaagse stads*slang* ook maar had opgepikt van haar broertjes die in Gaasperdam woonden, had hij haar wel eens mild terechtgewezen. Was het niet een beetje gemeen om uitgerekend de meest verstokte Westfriezen onder de leraren in benauwdheid te brengen met haar voor de gelegenheid zwaar aangezette Surinaamse tongval, haar chihuahua-ende w, rollende r, knallende k als ze het over winti, freyri of kwaku had?

Dat was niet goed gevallen. Iris was onmiddellijk in een tegenaanval gegaan, te beginnen met de opmerking dat voor haar de knoine en de kerremenaad even uitheems waren als voor alle anderen pietjel, fladder-bere en moksi-meti, oké? Dat zij zich, om het maar even te veralgemeniseren, niet haar achtergrond en identiteit liet afnemen ter wille van een stelletje uit de klei getrokken frikken. Dat 'aanpassing' en 'integratie' sowieso misplaatste en misleidende sleutelwoorden waren, in de mond genomen door zich liberalen noemende blauwbeblazerde reactionairen die in de auto vanuit Wassenaar of de Gelderse villadorpen op weg naar het Binnenhof sociologje speelden vanachter het getinte glas van hun regenten-zwarte auto's wanneer ze vrijblijvend hooverden door de Haagse stadsdelen die zij keurig 'achterstandswijken' noemden waar zij natuurlijk getto's bedoelden, terwijl de schaarse Hollandse bewoners van die wijken het al jarenlang over nikkerstraten of Turkenbuurten hadden, bij voorkeur in- en uitgeleid door de opgeruimde uitroep 'kutkankerteringkolere'.

Kleurrijk Nederland! Blanke volksvertegenwoordigers drukten de minderheden koesterend aan de borst maar trokken hen intussen bij wijze van groteske hollandisering tijdens die verstikkende omhelzing het liefst een blauwe kiel of kapmantel aan, en als het even kon een platte pet of oorijzermuts op de kop. Overdreven? Misschien. Maar het viel niet te ontkennen dat de meeste Nederlanders hun landscultuur, en dan met name de licht folkloristische uitwaaiers ervan, met zijdezachte dwang opdrongen aan de 'culturele minderheden'. Nederland zou pas weer op orde zijn als bruin en zwart meedeinden op het Nederlandse levenslied; als ze de kinderen niet meer tot 's avonds laat lieten buitenspelen, om zeven uur opstonden en om elf uur te kooi gingen en op oudejaarsavond eensgezind moesten lachen om de witte yuppencabaretier die voor een wit yuppenpubliek quasi kritische grappen maakte over weer ándere witte yuppen die toevallig de verkeerde bril droegen of op wintersport gingen. Dat heette dan integratie. No way, José! Waarop Theo antwoordde dat zij zich schuldig maakte aan wat zij alle anderen verweet: het provocerend exhibitioneren van de eigen cultuur.

Had hij dat of iets van dezelfde strekking eenmaal gezegd, dan zette Iris het op een grimmig zwijgen. Maar de nukken duurden nooit lang want zij wisten inmiddels van elkaar dat de één niet bitter en de ander niet bekrompen was. Bovendien waren het niet meer dan rituele ruzies die zij uit oogpunt van moraal en fatsoen in de eerste weken van hun romance hadden gevoerd alvorens elkaar te strelen, met vingers die trilden van schaamtevol verlangen, hun lichamen in een tweekleurige knoop, waarbij het bruin van haar dijen en het zwartst kroezend zwart rond haar paarse plooi ervoor gemaakt leek om zijn geslacht, wasbleek en gezwollen, te reduceren tot een dingmatige substantie, niet langer toebehorend aan enig menselijk lichaam en met obscene inwisselbaarheid bij haar binnendringend als een dofwitte vibrator van de allergoedkoopste soort. Theo beminde haar en bezag zijn lichaam met in gelijke mate stijgende opwinding en weerzin. Wat hem opgeilde joeg hem tegelijkertijd angst aan: kijkend naar hoe hij in en uit haar ging bood zijn geslacht in vergelijking met het hare de aanblik van dood vlees. Zijn erectie werd een stompvormig kadaver waarvan de opperhuid leek afgestroopt. Het verwarrende was dat het kadaver geen geraamte kende: een massa zwellichamen perste zich bot- en beenderloos in wat hij in volle ernst en toewijding beschouwde als de aan hem te openbaren kern van al het levende: het kleurengamma van haar kut die onder zijn aanrakingen opgloeide en waar hij zo graag een passend offer aan zou willen brengen in de vorm van een pure penetratie zonder angstige bijgedachten. Soms wilde het lukken en vergat hij alle zelfverachting. Maar vaker werden geilheid en genot overstemd door de overtuiging dat zijn lichaam het hare niet waard was; dat hij haar huidkleur onteerde en witte dood bij haar naar binnen schoof.

Hij had haar hier nooit iets over gezegd – natuurlijk niet. Dat hij zelfs op momenten van intieme lust hun verschil in kleur niet kon vergeten zou haar vermoedelijk pijnlijker hebben getroffen dan alle omfloerste beledigingen en vernederingen van giechelende scholieren, schuwe docenten en belerende blanke machthebbers bij elkaar.

Vier

Op weg naar huis nam Theo altijd een andere route dan op weg naar school. Dat had hij ooit zomaar gedaan, en 'zomaar' was traditie geworden. 's Ochtends reed hij over Stompetoren en Schermerhorn, waar in de herfst en lente op dat uur de zon opkwam boven de landerijen. Met een ongerichte weemoed, omdat hij er nooit had gewoond en er weinig herinneringen van betekenis aan bewaarde, haalde hij soms zijn hart op aan het Westfriese decor, aan de geometrie van de polders waar de koeien folkloristisch graasden. Voorbij Avenhorn belandde hij op de A7, en dan was het nog een kwestie van minuten voordat hij Hoorn inreed en via Zwaagmergouw en Pollweg de afslag nam naar de Zeeheldenbuurt. Vlak buiten de oude stadskern en omgeven door kleine plantsoenen stond het Westfries College, het merkwaardige conglomeraat van historische chic en moderne wegwerparchitectuur, de achttiende-eeuwse voorgevel geklonken aan schoenendoosvormige dependances van strogele naoorlogse baksteen, felblauwe deuren en kunststof raamkozijnen.

De weg terug ging meestal sneller: via Heerhugowaard en Sint Pancras linea recta de ringweg van Alkmaar op. Terug reed Strikkers van Frans soms mee, die in de kuipstoel van Theo's gekoesterde Toyota vaak ongevraagd zijn pijp opstak, met tuftufgeluiden sonoor klagend over het teveel aan buitenschoolse activiteiten – sportdag, disco, 'open podium' – waarbij je als leraar aanwezig moest zijn. Strikkers, met de trechter van grijs vlashaar aan zijn kin en een bril op met een montuur zo dik als een schilderijlijst, was nou net de meest archaïsche verschijning van het lerarenkorps, residu uit de wondere wereld van *Elseviers Weekblad*, de *Vuist* van Duys en Joseph Luns. Ze hadden elkaar geen spat te vertellen, hij en Strikkers, en tijdens dagen waarop Theo zijn modieus geknipte zwarte haar in een nette scheiding had gekamd en een felkleurig colbert droeg, had hij het idee dat hij samen met Strikkers voor de tegenliggers op de binnenweg de aanblik bood van twee opzettelijk contrasterend ogende halvegaren, een karikaturaal duo dat een pijnlijke gelijkenis vertoonde met een creatie van Van Kooten en De Bie. Gelukkig woonde Strikkers in Obdam en reed hij dus maar een minuut of tien mee. Voorbij Obdam deed Theo snel de airco aan of het raampje open om de zoete penopauzelucht van de pijptabak te laten vervliegen. Eenmaal voorbij Heerhugowaard was het zo bekeken. Even een trapje op de staart en de weg naar Alkmaar was genomen. Bij belastingkantoor en Technische School de ringweg af en hij was thuis.

Thuis! Theo en Sylvia hadden een doorzonwoning van drie verdiepingen in de Bergermeer. Vier jaar geleden waren ze er komen wonen, na de eerste drie huwelijkse jaren te hebben gebivakkeerd op een tochtige tweekamerwoning die als een ouwe deur compleet uit z'n voegen hing. Het was in het centrum, aan het Verdronkenoord en boven een café met bruin uitgeslagen vitrage voor de ramen waar het Nederlandse lied iedere avond tot twee uur schalde en de cliëntèle rond middernacht per se wilde soundmixen, zodat er twee uur lang een klef dronkemansgeblèr uit de Philips-boxen dreunde, recht omhoog tetterend via de kieren en gaten en dwars door het dunne vloertje van hun gammele woning. Theo was er bijna gek geworden. Nacht na nacht vibreerden de spiralen van hun nauw en wankel bed mee op de bassen uit de speakers daarbeneden. Hij had zelfs een keer de *Alkmaarsche Courant* gehaald: 'Buurtbewoner raakt slaags met personeel van d'Oude Neel. Nachtelijk tumult aan het Verdronkenoord'. Had Theo de barman een stomp op z'n horeca-kokkerd verkocht nadat zijn klachten over geluidsoverlast waren beantwoord met bulderend gelach en een ferme draai aan de volumeknop – naar het maximum welteverstaan. Goddank waren ze er weggekomen, hypotheek en koopakte op zak voor het huis in de Bergermeer. Wanneer hij met Sylvia op zaterdagmiddag in de stad ging winkelen, voerde hun route altijd via Langestraat of Laat naar het Verdronkenoord, hun geluk en vreugde vierend door opgewekt langs d'Oude Neel te wandelen.

Nee, de Bergermeer, dat was wel wat anders! Als het aan hem lag, gingen zij er nooit meer weg. Theo beschouwde de Bergermeer als een soort Amerikaanse *suburb* op Hollands formaat. Gebouwd in de jaren zeventig was het een wijk waar alles nog 'ruimtelijk' was. De groepen ingenieus aaneengebouwde blokwoningen stonden vol in het groen, de in viertallen geformeerde semi-bungalows waren op duldbare afstand van elkaar geplaatst en de grote twee-onder-éénkappers hadden allemaal een tuin waar je zowat een rondje in kon fietsen. Alles was een verademing: de schone plantsoenen, de dichtbegroeide perken, de goed onderhouden trottoirs, de forse voor- en achtertuinen, de lange opritten en de bakbeesten van garages naast ieder huis. De Bergermeer was een wijk waar de gezinnen onbekommerd hun welvaart etaleerden; waar Volvo-stationcars op zaterdagochtend werden volgestouwd met hupse kinderen terwijl de hond – nooit een herder of pitbull maar een dalmatiër of labrador – vrolijk blaffend achter in de laadbak sprong; waar in de lente alle moeders op doordeweekse dagen in het tweede autotje naar het strand toe tuften, bruin kleurtje halend op een terras in Schoorl; waar de kinderen in felgekleurde windjacks op hun mountainbikes over de woonerven raceten en zich in de weekends uitleefden op de rozebeklinkerde pleintjes zonder enig gevaar voor paps en mams dat er ook maar eentje onder hen een probleemgeval zou worden. Alles in de Bergermeer was op orde: de vrouwen hadden een werkster, de kinderen leuke huisdieren en de mannen een maîtresse.

Sylvia en Theo weken in enkele opzichten af van het profiel van de wijkbewoners. Ze hadden géén kinderen maar wel een werkster. Ze hadden niet twee auto's maar wel een paar leuke dieren. En in tegenstelling tot de meeste gezinshoofden uit hun straat, was Theo altijd stipt een uur na werktijd thuis, iets wat Sylvia ongetwijfeld waardeerde want hij toonde ermee aan dat hij niet ergens een neukstertje had zitten op een woningwetflat in Alkmaar-Noord. Niet dat je je er in de buurt op moest laten voorstaan dat jouw huwelijk 'zuiver' was. Zoiets was onnodig kwetsend voor de jonge moeders in de straat. Die hielden zich, het moest gezegd, behoorlijk kranig onder de periodieke afwezigheid van hun echtgenoten. Theo en Sylvia observeerden het van een afstand als ze 's avonds samen kookten en vanachter het keukenraam zagen hoe mannen die werkten van negen tot vijf in hun donkerblauwe Peugeots en BMW's thuiskwamen op tijdstippen die niet vielen uit te leggen in termen van file of overwerk. De mannen in de Bergermeer waren leuke, lieve, goeie pappa's voor hun kroost, maar als tegenprestatie voor die goeiigheid eisten zij kennelijk met succes het recht op om er drie nieuwbouwwijken verderop een alleenstaand vrouwtje op na te houden, eentje die dan ongetwijfeld beter pijpte, heter rukte en completer naaide, zo'n slankbetailleerd en pas gescheiden kippetje dat met voorbedachten rade en uit wat zij met onderdrukte hysterie vast en zeker 'zelfbescherming' noemde voortaan op getrouwde mannen viel en zich snel in haar postorderlingerie hees wanneer het vreemdgaand gezinshoofd van haar keuze kort tevoren had gebeld om zijn herdersuurtje aan te kondigen. Theo deed niet mee aan die gewoonte van de mannen in de huizen om hem heen. Hij was thuis wanneer hij thuis hoorde te zijn. Zijn overspel was niet zichtbaar voor de buurt, niet voelbaar voor zijn vrouw, en dus pleegde hij goedbeschouwd helemaal geen overspel.

Vandaag was Sylvia eerder thuis dan hij. Ze werkte bij de gemeente: juridisch adviseur bij de Gemeentelijke Dienst Huisvesting. Verdiende ietsje (twee ietsjes) meer dan hij terwijl ze minder uren draaide. Dat hem dat niet deerde was alleen al een bewijs dat hun huwelijk geramd zat. Sylvia had zich omgekleed, boodschappen gedaan, koffie gezet, de poezen te eten gegeven, groentegratin in de combi-magnetron gezet en vast en zeker nog minstens tien andere dingen gedaan waarvan zij wist dat ze nodig of welkom waren. Als ze er tien van de vijftien had nagelaten, had Theo misschien een burgermansreden voor zíjn overspel kunnen verzinnen en zich kunnen beroepen op de lui- en laksheid van zijn vrouw, maar Sylvia was lui, saai noch lelijk, en een kenau was ze al helemaal niet. Als op iedere dinsdag kwam Theo met in zijn maag een groot koud blok van schaamte zijn huis binnen ('dag schat, dag poezen') en sloot met kracht zijn ogen tijdens hun omhelzing tussen aanrecht en keukentafel waar alle voorwerpen – kandelaars en kristallen glazen, messenset en houten hakblok – niet kneuterig of juist kil maar mooi en zacht en lief ('onze lieve spulletjes'), want van hen samen waren.

Liefde, onversleten. Liefde, endogene stuwing vanuit een niet te lokaliseren plek in zijn lichaam wanneer hij haar ter begroeting bij haar middel pakte en op de mond kuste. Liefde, zich organisch uitbreidend naar de dingen die hen thuis omringden. Zeven jaar leefden zij te midden van gedeeld bezit, en onbevlekt was het geluksgevoel dat hem kon doorstromen bij het reiken naar een glas, een bord, een tijdschrift uit de chromen lectuurhouder. Alles in huis was even eenvoudig als volwaardig vergroeid met de twee bewoners. 'Huiselijkheid' was een verkeerd woord voor hun geluk; dat riekte naar de geur van doorgekookte tuinbonen in een huursubsidiewoning en lekker de tv aan en pruttelende filterkoffie op gehoorsafstand (wat niet betekende dat zij geen bonenschotels aten, televisie keken en koffie slurpten). 'Stijl' was evenmin juist: zij leefden niet naar de tirannieke wetten van mode en design (wat niet betekende dat zij niet hielden van hun stoel van Gispen, espressomachine van Segafredo, servies van Portoghesi, vaas van Ritzenhoff en tafellamp van Starck). 'Harmonie' klonk weer te zijig en hoeksteenachtig voor hun verbond (wat niet betekende dat zij geen evenwicht en eendracht hadden bereikt waar vagelijk bevriende stellen soms wat ongemakkelijk van raakten). 'Heiligheid' kwam misschien nog het meest in de buurt, al klonk dat waarschijnlijk aanmatigend, terwijl hun liefde voor elkaar en de hen omringende dingen juist was doortrokken van een ongeposeerde bescheidenheid. Theo kon op het keelafknijpende af ontroerd raken als hij een schaar, dé schaar, hún schaar, uit de mahoniehouten ladenkast pakte, in de wetenschap dat Sylvia niet alleen schaar maar ook meetlint en pocketcalculator en tube houtlijm diezelfde dag nog had gebruikt en teruggelegd. Theo groette de dingen zoals hij zijn vrouw begroette. Daarmee devalueerde hij allerminst zijn liefde voor Sylvia maar betrachtte hij juist een passende devotie jegens de dingen. Dag schaar, zei een zachte Theo-stem in zijn hoofd wanneer hij in de lade graaide, en hij wist: geluk is nergens anders dan hier, bij de halfopen lade, waarin spullen liggen die je danken voor je toewijding door niet kapot te gaan of te verdwijnen (zij waren nooit 'iets kwijt'). Theo en Sylvia gingen niet naar de kerk, en ook hun liefde voor elkaar en hun bezittingen had niets godsdienstigs, maar intuïtief en zonder het ooit met elkaar te hebben overlegd hadden zij in hun huis de bijbelse notie 'bemin uw naaste als uzelf' uitgebreid tot de wereld van het onbezielde. Dag schaar. Dag schaar-met-je-verroest-geraakte-bladen. Goeiemorgen huis. Dag vaas-in-de-hoek-van-de-studeerkamer. Anderen trokken ter verbetering van de wereld diep de Afrikaanse binnenlanden in, demonstreerden voor de deur van ambassades, schreven giro's uit voor goede doelen (deden zij óók, daar niet van) of hielpen de buurman een handje (waren ze niet te beroerd voor), maar Theo en Sylvia Altena droegen zo hun eigen steentje bij aan de wereldverbetering door bijvoorbeeld in de supermarkt met zorg en liefde die ene zak appels of de uitverkoren rol pleepapier in hun winkelwagentje te leggen en alles thuis een volwaardige plaats te geven, om even later het voor gebruik te beurt gevallen theezakje niet te laten scheuren wanneer één van tweeën het lieflijk liet duikelen in de zwart emaillen pot met kokend water, terwijl de ander kop en schotel op de boerenhouten keukentafel zette. Zen en de kunst van het huishouden, zeiden kennissen mild spottend wanneer Theo iets van hun omgang met de dingen probeerde uit te leggen. Het was maar wat het wezen moest, Zen of zieligheid, fixatie of fetisjisme, het kon hem niet schelen, zolang het hun beiden maar energieke rust en verplichtende voldoening schonk. Er bestaat een verschil tussen een glas vastpakken en een glas vastpakken en wie het verschil niet ziet, ziet de wereld niet. Wie met zijn hand de theekop of het wijnglas koestert, zal er niet zo vlug een mens mee slaan.

'Heiligheid'. Geen van tweeën had natuurlijk ooit het woord gebruikt ter omschrijving van wat zij elkaar en hun bescheiden bezittingen toedichtten, maar áls zij voor en met elkaar in huis een beetje heilig waren, dan waren zij het oncanoniek, onvroom en vooral onkuis. Heidens was de geilheid waarmee het echtpaar Altena elkaar kon naderen, meneer net van z'n werk en mevrouw zojuist onder de douche vandaan, de één geheel gekleed en de ander in alleen een omwikkelde handdoek. Ze konden neuken als reigers, zij met z'n tweeën. Sylvia wist inmiddels al jaren wat 'op z'n hondjes' betekende, en dat was dan nog maar het minste blijk van de seksuele scholing die zij met hem had doorlopen. Ze pijpte hem soms al minder dan vijf minuten na zijn thuiskomst en wanneer hij al zijn kleren nog aanhad. Dan had ze zijn in no time stijf geworden lul efficiënt uit zijn losgeknoopte gulp te voorschijn gehaald, legde haar ene hand, de linker, als een kommetje onder zijn kloten, trok met de andere zijn broekriem los en schoof zijn jeans en boxershort iets omlaag zodat de linkerhand kon verhuizen van ballen naar anus, waar ze haar wijsvinger – met een om die reden kortgeknipte nagel – kordaat en recht naar binnen priemde om snel daarop het topje licht te buigen. Zij maakte met haar vingertop zachtjes halve rotaties in zijn endeldarm, per draaiing een fractie dieper duwend, in de wetenschap dat bij Theo van tintelend genot de tenen in zijn schoenen zouden krommen en hij niet al te veel later, de top van zijn lul als een letterlijk getranssubstantieerde hostie op haar half uitgestoken tong, met pornografische concentratie leeg zou vloeien op haar likkende tong en wijkende onderlip, zijn vocht in dikke maar daarom niet minder delicate stralen siepelend over haar kin, van daar kalm druppend op haar sleutelbeen en lager om ten slotte weg te glijden tussen haar inmiddels half ontblote borsten.

Daar bleef het dan niet bij, tuurlijk niet. Giechelend gingen zij de open trap op naar de slaapkamer, op sommige treden een sok of schoen of slipje achterlatend. Boven is het laken koud en gaat Sylvia snel op haar rug liggen, haar benen in een brede v, haar armen naar hem uitgestrekt en haar lange blonde haar als een prerafaëlitisch aureool op het hoofdkussen. Trekt ze daarna hoog haar gespreide benen op of duwt ze met de voeten plat op het laken haar bekken omhoog. Belikt Theo traag en in concentrische cirkels haar borsten. Naarmate de afstand tussen tong en tepelhof kleiner wordt, voelt haar huid steeds strakker aan, totdat hij haar inmiddels gezwollen tepel raakt, van tint flauw verdonkerd tot de kleur van terracotta en hardzacht als de punt van een wattenstaafje. Hij laat haar tepel tussen zijn tanden glippen en bijt er zacht en voorzichtig in, kort, korter, zijn hand intussen als een kleine hangmat tussen haar benen gevlijd. Met regelmatige schokken begint Sylvia getraind tegen zijn hand te rijden, ze drukt haar voorhoofd tegen zijn vrije arm terwijl zijn werkende hand in tempo gelijke tred houdt met de draaiingen van haar heupen. Vlak voordat zij het voelt komen en haar schokken wilder worden, rolt Theo zich in één beweging op haar. En terwijl zijn hand haar niet verlaat, daar, schuift hij in haar en voelt hij zijn stijve op en neer gaan langs zijn vingertoppen waarmee hij haar nu zwaar en trillend raakt, zijn hand tussen hen in geklemd en zijn heupen omgord door haar dijen waarmee Sylvia door licht opwaartse stoten hem het telkens versnellend ritme dicteert, uitlopend op een onbeheerste acceleratie en een kreet die hij in het geheim haar wolvinnehuil noemt en die hem altijd, áltijd blijft verrukken. Zij smoort haar kreunen in zijn hals, duwt haar geopende mond tegen zijn huid. Haar tanden schaven scherp wanneer het bij haar komt en ook nadat het is gekomen en hij haar wiegt, hun lichamen verknoopt tot een ondeelbare tweeklank van vlees en bloed, miniem en lieflijk deinend op het matras als een flesje op de golven van de windstille, open zee.

Zo of anders, trager, lomer of juist dubbel zo heftig en hard of gewoon vier dagen achtereen in hetzelfde geile standje deden zij het met elkaar, in terugkerende varianten van varianten en altijd met een genot waarvan Theo wist dat het nergens anders was te vinden, omdat nergens anders dan bij haar genot zo robuust gestut werd door geluk. En wanneer het voorbij was en de een zich tegen de ander op krulde, dacht hij wat hij sinds veertien maanden nu al talloze malen had gedacht, met Sylvia aan tafel, met Sylvia in gesprek, met Sylvia op de gietijzeren bank kijkend naar de bloesemende meidoorn en de goudenregen in hun grote groene geurige achtertuin, met Sylvia onder zeil na het zielsvertrouwde neuken: dit is de vrouw die ik bedrieg. En onbegrijpelijk genoeg was dit niet in tegenspraak met wat hij voelde en dacht sinds hij haar kende: zij en nooit een ander.

Vijf

Half acht in april betekende thuis bij Theo en Sylvia dat de avondschemering spoedig over het groen in de achtertuin een matblauw waas zou leggen, met op de schaarse momenten dat de zon vlak voor ondergang nog even door de wolken brak twee brede repen dofwit licht over de grindtegels, eindigend op de hoge ramen van hun woonkamer. Op dat uur verschenen er wel eens iriserende vegen op de ramen, veroorzaakt door de laatste zonnestralen van die dag. Piepkleine regenbogen leken het, alsof er kortgeleden olie was gesprenkeld op het glas. Theo zat op de grijze chesterfield met op zijn schoot een warme kat en aan zijn voeten de uitgevouwen avondkrant, hij had zijn ogen half toegeknepen en keek door de smalle regenboogjes op het raam naar de tuin. Gras en struikgewas kregen er vreemde kleuren door, de vrolijke kleurenpracht van planten en dieren in tekenfilms voor kinderen. Het geel en paars en blauw dat over het groen heen schoof deed hem denken aan de momenten op school waarop gezichten en kleding van zijn leerlingen soms volstrekt irreële sprookjestinten konden aannemen. Dat gebeurde wanneer ze het lokaal in of uit stommelden, tassen in de zij geklemd of over hun schouder gegooid, elkaar duwend, pootje hakend, zijwaarts bumpend in geval van snelle flirt. Kijkend naar het bewegend kluwen had hij dan soms de indruk dat de kleuren uit de bijbehorende vormen lekten. Dat kwam niet door iriserend zonlicht maar door de veelkleurigheid van hun kleren: strakke shirts, lange blouses en kleine sjaaltjes die bij Theo een kleurenwirwar voor ogen toverden. Wanneer ze dan groepsgewijs de gang op dromden, vloeiden de kleuren van hun kleding over in hun huid en haar. Even later, wanneer een nieuwe groep in de banken had plaatsgenomen en hij aan een zoveelste lesuur begon, waren vorm en kleur weer terug in het gelid. En bij Iris verschenen de regenboogjes soms op haar huid, wanneer zij na het neuken nog even in bad zaten. Het badschuim in het water toverde kleine, amorfe vlekken in de zeven kleuren te voorschijn op haar bruine huid. Had hij bij Sylvia nooit gezien, zoiets.

'Theo, is er iets? Heb je een dalletje?'

Zoals wel meer stellen spraken zij elkaar soms aan in een soort pseudo-tienertaal. Vanuit de open keuken stond Sylvia naar hem te kijken. Zij meende waarschijnlijk dat hij in het niets staarde.

Theo bewoog met zijn benen. De poes sprong kalm van zijn schoot.

'Nee, er is niks,' zei hij. 'Ben gewoon moe.' Hij lachte naar haar, in de hoop dat zij óók moe was. Dan zou ze misschien haar ouders afbellen.

De zon was achter de nabijgelegen huizen gezakt, de regenboogjes op de ramen waren verdwenen en de achtertuin lag in het beginnend avondblauw.

'Moet ik helpen?' vroeg hij en wist dat dat niet hoefde. Zij had de afwas gedaan en het aanrecht opgeruimd, eerder die avond had hij gekookt en zo was alles goed en nee, hij had er écht geen, een 'dalletje', maar wilde vanavond eigenlijk niet mee naar haar ouders. Zij antwoordde dat zij hem haast altijd vergezelde naar de zijne, en Theo wist dat hij dit keer niet onder een bezoek uit kwam.

Zij vertrokken een kwartier later. Theo sloot de voordeur af en opende daarna de twee dubbele sloten nog een keer om te controleren of hij ze tevoren nou wel écht had dichtgedraaid. Zo kon hij wel een halve minuut doorgaan wanneer hij toegaf aan zijn dwanghandeling: slot dicht slot open en slot opnieuw dicht. Hij schaamde zich voor zijn gepruts, vond het tuttig en bangig. Hij ging gebukt onder een 'wijventic'. Als ze op vakantie gingen en een uur na vertrek op de A2 richting Eindhoven reden, kostte het hem moeite om niet aan Sylvia te vragen of zij het gas wel had uitgedaan en de beugels van het zolderraam goed had dichtgedraaid en of de buren nou inderdaad de sleutels hadden. Zulke vragen stelde je niet als man. Nu stond hij in de voortuin, in het midden van hun tegelpad. De avond was helder en droog, de straat was vagelijk doortrokken van de bitterzoete strontgeur van het fluitekruid in de plantsoenen, vanuit belendende huizen klonken kinderstemmen, in een carport aan de overkant stond een radio aan. Theo keek naar de ramen van de bovenverdieping. Zijn neiging tot vier- of vijfmaal controleren viel niet uitsluitend toe te schrijven aan een hinderlijke neurose: de Bergermeer had de laatste maanden last van inbrekers. Terwijl Sylvia in de achtertuin de fietsen uit de schuur haalde, draaide hij zich nog eens om. Een laatste keer de voordeur geïnspecteerd. Alles dubbelslotig oké.

Zij namen de fiets naar het NS-station. Op verzoek van Theo gingen zij niet met de auto naar Schagen want dan hadden ze geen formele reden om bijtijds weer weg te gaan. Nu was er het excuus dat zij de laatste trein moesten halen. Tegen pa en ma Houtman hadden zij bij een eerder bezoek gezegd dat ze de auto zo veel mogelijk lieten staan uit oogpunt van bezuiniging en het milieu. Dat werd natuurlijk niet geloofd, alleen al omdat de zo milieubewuste Theo vijf keer in de week heen en terug naar Hoorn reed.

Het was niet ver naar het station, zij hoefden slechts de Jan van Scorelkade af te fietsen. Sylvia fietste met haar jasje open, Theo reed naast haar en keek langs haar heen de verlichte huiskamers in. Hij kon de interieurs dromen. In bijna alle huiskamers aan de kade stonden bank en dressoir aan de voorkant. Daarachter had je dan de eethoek, altijd geplaatst in de lengte van de kamer. Meestal hing boven de eettafel een klassieke lamp, en het licht in de huiskamers was vrijwel identiek. Nergens zag je het kille wit van halogeenlampen, maar overal een bruinig, kartonachtig geel. Het inwisselbare licht in de kamers leek niet te schijnen maar oogde als een compacte rechthoek, alsof niet de lamp maar het licht zélf iets was wat je in de kamers kon neerzetten of ophangen–schuttingen van huiskamerlicht. De gordijnen waren altijd open, de vitrage symmetrisch opzij geschoven of losjes bijeengebonden met goudbestikte embrasses, en in een hoek van de kamer schichtte steevast het kleurenpuzzeltje van de tv.

Het was stil op straat. Een man in joggingpak holde over het trottoir, iemand parkeerde een auto op een oprit en doofde voor- en achterlicht, en Theo wist: het was goed leven in een wijk waar alles dood was. De echte dood, in arme landen, grote steden en waarover je kon zien op televisie, kreeg er bijna iets vertrouwenwekkends door. Theo was ervan overtuigd dat je na je dertigste je sportschoenen moest verruilen voor grote, zachte sloffen, ter passende voorbereiding op de dood. Alle sport is sublimatie, rituele doodsverachting in feestverpakking. Het was maar één reden waarom hij op Iris was gevallen. Zij sportte en gymde zich het zweet op haar lichaam, zij leefde zo ontzettend zonder doodsbesef dat hij, tevreden mummie met een kloppend hart, niet anders kon dan ongelooflijk op haar geilen.

Zij arriveerden aan de achterkant van het station en zetten hun fietsen weg in een open stalling. Twee iele klikjes klonken op toen zij aan hun sloten draaiden. Zij hadden alle twee gestudeerd in Amsterdam, acht jaar geleden hadden zij er elkaar ontmoet, in Dansen Bij Jansen, waar Theo opeengepakt tussen bezwete lichamen zes zaterdagavonden achtereen van een afstand had gekoekeloerd naar Sylvia, die er met vriendinnen had staan swingen op Chic en Sister Sledge en Earth, Wind & Fire. Op avond nummer zeven bood hij haar een drankje aan. Drie pilsjes later legde zij heel even twee vingers op de rug van zijn hand. Dat was het begin. Hadden ze om drie uur 's nachts staan zoenen in de steeg, hun fietsen schuin tegen elkaar aan geleund, beiden gebogen over stuur en stang. Corpsballen gaven luidruchtig commentaar op hun gefoezel, hij ritste haar suède jasje open en de portier van Jansen floot plagend op zijn vingers nadat Theo een hand op haar kont in de strakke witte Lois had gelegd. Ze waren naar zijn huis in West gefietst met allebei twee zware sloten bungelend aan hun stuur. De sloten maakten dof ketsende geluiden tegen het grijze fietsstaal. Voor zijn huis klonken zij hun fietsen aan elkaar, de verstrengeling van ketting- en beugelslot bij wijze van vooraankondiging van het onhandig vrijen van die nacht. Theo woonde op een zolderkamer en deelde er plee, douche en keuken met twee andere studenten. Ze moesten vier krakende trappen op, Sylvia struikelde over een paar schoenen van de buren van tweehoog. Prompt sloeg binnen bij de buren de bouvier hysterisch aan. Nog steeds, wanneer zij in bed lagen te bekomen van een nummertje, gedachten Sylvia en Theo op gezette tijden hun eerste nacht. 'Weet je nog dat jij dit en dit zei toen ik dat en dat voorzichtig bij je deed?' Zo vroegen ze elkaar naar de bekende weg, louter als excuus voor het ophalen van meer, méér herinneringen, want ze wisten beiden bijna alles nog. Alle twee hadden ze op zijn zolderkamer vier uur lang een diepe slaap gefingeerd, in werkelijkheid gespannen wachtend op de ochtend. Om acht uur die ochtend verliet Sylvia zijn kamer, met schemerblauwe kringen onder haar ogen. Hij had nog aangeboden om croissants te halen en thee te zetten, maar nee, dankjewel. Vlak voor haar vertrek had Sylvia dan toch – ze had erbij gebloosd tot in haar hals – haar telefoonnummer opgeschreven op een hoekje van een opgerolde oude krant die achter een kapstokhaak op zijn kamerdeur zat geklemd. Hij zat al koortsachtig te dubben over de dag dat hij haar zou bellen toen zij weer naar boven kwam gelopen, bleek om de neus en met grote ogen van verontwaardiging. Hun fietsen waren weg. Waarschijnlijk in een bestelbusje geladen door een professionele fietsenjager die 's nachts zijn route maakte door de stad. Door de uitgestorven Staatsliedenbuurt had hij haar vergezeld naar de halte van lijn drie. Hier, in Alkmaar, hadden zij allebei een Gazelle met onder het zadel slechts één rond slotje aan het staal geschroefd. En, insluipers of niet, nog nooit waren hier hun fietsen gestolen, ze reden er nu al zo'n zes jaar op. Als je fiets een nacht zonder slot voor je huis is blijven staan, ben je gek als je ooit nog gaat verhuizen.

Iris had nooit een fiets gehad. Geen behoefte aan. Dat zag je ook niet zo vaak, een neger op een fiets. Iris liep warm voor bijna alle denkbare sporten, maar op een fiets kreeg je haar niet. 'Fietsen en schaatsen, dat zijn nou typisch blanke bezigheden,' had ze eens beweerd. 'Ooit een neger in de Tour de France gezien?'

'Neger'. Sinds de dinsdagen met Iris had Theo het soms moeilijk met dat woord. Iris zei 'neger' als ze het over een neger had – maar uit zíjn mond klonk het ongepast, alsof hij een blafferig bevel gaf. Negerin klonk al weer minder vervaarlijk.

Nigger, noemden de, eh, negers elkaar in Amerika, al was het in kringen van de *upper middle class* sinds enkele jaren de gewoonte om te spreken van *Afro-Americans*. Theo noemde Iris 'donker'. Maar donker klonk als duister, en duister was onheilspellend. Voor haar was hij niet 'licht' of 'blank' maar wit. Theo had eraan moeten wennen om door haar een 'witte man' te worden genoemd. Het deed hem denken aan zijn *Arendsoog*-boeken van vroeger. 'Witte man': het klonk bijna even archaïsch als 'bleekgezicht'. Ugh. Als hij Iris kuste, wenste hij wel eens dat hij meerkleurig was. Het mooiste vond hij het om zich voor te stellen dat hij, in het verlengde van haar naam, van top tot teen iriserend was, zoals de banen in het zonlicht op de ramen bij hem thuis, een levend vloeisel van regenboogkleuren. En wanneer hij zijn ogen sloot op het moment dat hij zijn zaad in Iris spoot, was alles een fractie zonder kleur of vorm en waande hij zich werkelijk niet van haar te onderscheiden. Alle seks is politiek, behalve tijdens het orgasme. Zelfs wie neukt kan tegelijkertijd nog discrimineren, maar klaarkomen en discrimineren op een en hetzelfde moment, dat gaat gelukkig niet.

De treincoupé was vrijwel verlaten. In een hoek zat een dikke jongen met een crew-cut kapsel. Hij droeg een walkman en had zijn ogen dicht. Theo en Sylvia zaten tegenover elkaar, hun benen behaaglijk in elkaar verstrengeld. De muziek uit de walkman vulde de coupé met een droog geknisper. Sylvia had een oude *Avenue* meegenomen en naast zich op de bank gelegd. Theo observeerde zijn vrouw toen de trein in beweging kwam. In het kille licht van de coupé kreeg haar bleke huid de doffe kleur van rijstwafels en oogden haar wangen en hals licht verweerd. Haar brede mond met mooi gewelfde onderlip had zij roze gestift. Als zij haar ogen toekneep leek de huid bij haar slapen sterker samen te trekken dan vroeger en klopten daar meanderende aderen, dun als elastiekjes.

Theo legde een hand op de hare. 'Syl,' zei hij, 'stel dat een woningzoekende bij jullie aan de balie komt en uit protest tegen de lange wachttijden spotprenten van het baliepersoneel zou willen ophangen in de gangen van het gemeentehuis. Zou huisvesting dat toelaten?'

'Was het weer zover?' vroeg Sylvia.

'En die tekeningen zijn dan abominabel hè. Ik bedoel, ze zijn zo flauw en lullig dat je er niet eens om kan lachen. Het is alleen maar gênant. Ik bedoel, zou dat de werksfeer niet enorm verpesten, zo'n rijtje infantiele tekeningen in de gang?'

'Theo...'

'Maar die man, die woningzoekende, blijft volhouden. Hij hangt ze op het prikbord. Als openbare mededeling. Het personeel haalt ze weg, en die man hangt de volgende dag gewoon een stel kopieën op. Zo gaat het een tijdje door. Het is een conflict van niks, maar is het misschien niet iets voor de medewerkster juridische zaken? Sylvia?'

'Waarom haal je de conrector er niet eens bij?' vroeg zij zuchtend. Het was een zucht uit medeleven en betrokkenheid.

'Ik peins er niet over,' zei hij. 'Beginnen ze een paar lessen later met grover geschut.'

'Trek je het je aan?'

'Nee. Maar ik vind het wel hondsvervelend worden. Je kunt er eigenlijk niets tegen doen, ik bedoel, niets effectievers dan iemand de klas uit sturen. Als je het anders zou aanpakken, als je bij wijze van represaille zélf een tekening op het bord zou maken van zo'n lodderige rotkop, dan kwets je een puberziel en kun je rekenen op een bezoekje van boze ouders.'

'Je trekt het je aan,' concludeerde Sylvia.

Theo ging verzitten en keek even uit het raam. Ze naderden Heerhugowaard.

'Ze zijn ook altijd hetzelfde, die tekeningen. Grote neus, lang hoofd. Brilletje. Als je er goed over nadenkt, is het toch te gek voor woorden. En je moet het allemaal maar pikken, altijd tactisch en didactisch reageren.'

Theo, dat wist hijzelf maar al te goed, was een ánder als hij buitenshuis was. Thuis mocht hij een nobele bodhisattva zijn voor zijn vrouw en voor de dingen, maar overal elders, in winkels, op straat, op school, bij familie, was hij een man zoals zovelen: te vaak en te snel gespannen, achterdochtig en verongelijkt. Zijn baan kon er slechts mee door wanneer hij deze vergeleek met andere beroepen. Liever werkte hij te midden van vervelende kinderen dan tussen ongetwijfeld nóg vervelender volwassenen. Er was te weinig in het leven om je aan te hechten, daar kwam het op neer. Behalve het huiselijk verkeer met Sylvia schonk slechts af en toe een les aan eindexamenkandidaten hem ogenblikken van voldoening. In de hoogste klassen veranderden zijn leerlingen. Door het naderend vertrek van school en in het besef dat zij binnenkort afscheid van elkaar moesten nemen, werden de meesten niet alleen ernstiger en eerlijker maar ook zelfs gevoeliger, tot op het sentimentele af. Dat kon hem soms ontroeren, zo'n golf van collectieve weemoed door een eindexamenklas. Sommigen wisten tot dan toe alleen in theorie wat weemoed betekende. Die dachten dat het exclusief bij oude mensen hoorde, een soort reuma, maar dan in je hoofd en hart. En het aardige was: ze schaamden zich ervoor. Hadden vijf jaar of langer die kutschool lopen vervloeken, en nu het dan zover was om ervandoor te gaan, sloeg de geroutineerde afkeer om in een bedeesde herwaardering. De allerlaatste schooldagen waren het mooist: dan zag je ze met een mengeling van euforie en angst door de gangen gaan, opgetogen over het examenbriefje, angstig voor de toekomst die nu onheilspellend nabij was. Bij de diploma-uitreiking kwamen dan zelfs de stugste harken je de hand schudden. Kreeg je een zweethand en een gestameld bedankje.

Zij, de jongens en meiden uit havo 5 en atheneum 6, maakten de lange werkweken op het Westfries College nog enigszins de moeite waard. Al het andere op school was ballast, een teveel aan opoffering en plichten dat hem bitter stemde. Hij kon hunkeren naar thuis en Sylvia zoals anderen naar nieuwe indrukken en verre landen. Alle leven buitenshuis was welbeschouwd een opgave. Recreatie, ontspanning? Vergeet het. Uit eten was pas prettig wanneer je net zo rustig en comfortabel aan tafel kon zitten als thuis. Dat overkwam je vrijwel nooit. Naar de film gaan was aardig als je minstens zo goed zat als op de eigen chesterfield. Geen bioscoopstoel kon wedijveren met hun mooie bank. Het was een uitgemaakte zaak: in restaurants moest je te lang wachten, was het bedienend personeel vaak bot en onwetend en waren de wijnen, gegeven de kwaliteit, asociaal geprijsd. In de bioscoop stonk het naar nooit gestoomde jassen, en in de rij achter je zat altijd wel een idioot die z'n mond niet kon houden. Waar kwam dat misverstand toch vandaan dat het leven pas de moeite waard was wanneer je eropuit trok? Overal waren anderen om wier aanwezigheid je niet had gevraagd. *L'enfer, c'est les Autres* – het was maar al te waar, maar om een of andere duistere reden was er niemand die de durf had de anderen daar eens over in te lichten. De start van een mondiale kettingbrief met uitleg over het hels bestaan, dat zou al heel wat uitmaken. Eén op één in de dagelijkse omgang, dat was het maximum, hij had Sylvia en dat was genoeg. Er was natuurlijk Iris, maar zij viel buiten de gangbare categorieën. Zij was zó volstrekt de ander, het ultieme tegenbeeld, dat het helse omsloeg in bevrijdende obsceniteit. Maar met niemand anders dan Sylvia wilde hij alles delen, ouderdom incluis. Dat was geen simpele eenkennigheid. Sylvia was – en je moest oppassen dit nooit hardop te verkondigen want ze zouden je voor gek verklaren en je komen ophalen en wegstoppen, een ambulance, twee witte jassen en linea recta naar het Willebrordus in Heiloo – Sylvia was voor hem de door God of Diens Gelijke gezonden vooraankondiging van de dood. Zij was een metafoor, de enige waarin hij kon geloven, een metafoor van vlees en bloed, zij verbeeldde op de liefst mogelijke manier de dood die hem te wachten stond. Haar omarmen was een oefening in sterven. Sylvia was als een ziekte en uit liefde in hem gaan zitten, zijn aderen doorstromend, zij was zijn altruïstische, filantropische doodseskader. Het leven had geen andere zin dan dit: leren niet bang te zijn voor de dood. Hun liefde was wederzijdse stervensbegeleiding, levenslang. Met Iris was het anders. Dat was opnieuw ontdekte baldadigheid, hij was op dinsdagmiddag weer voor even achttien jaar en niet geklonken aan de dood door liefde maar door geilheid, gevoed door kille berekening en manipuleerbare fantasiebeelden. Hij naaide met Iris de pluggen uit de muur en de pannen van het dak en dat was alles, lekker geile grafschennis, dat hoorde er nu eenmaal bij.

Buiten lag de polder in het zwart.

Theo vroeg: 'Zijn we vanavond de enigen?'

Natuurlijk waren ze dat. Sylvia had twee zussen. Eén woonde in Gouda en was getrouwd met een boekhandelaar die op verjaardagen te veel dronk. De ander zat in Utrecht, was overgeschoten en deed iets artistieks met dans, mime en subsidie. De zussen kwamen vrijwel alleen op feest- en verjaardagen bij hun ouders op bezoek.

De trein gleed het kleine station van Schagen binnen.

'Je vader is er al.'

De witte Opel van pa Houtman stond inderdaad op het parkeerterrein. Zat ie naar alle waarschijnlijkheid achter het stuur kniezend een Caballerootje te paffen.

Theo en Sylvia waren de enigen die uitstapten. Aan de noordkant van het perron gingen de slagbomen naar beneden.

'Het waait,' merkte Theo op. Naar zijn gevoel waaide het altijd in Schagen, ook wanneer het in Alkmaar windstil was.

De trein vertrok. Zij liepen richting de gesloten slagbomen. Je moest het spoor over om de dorpskern in te gaan.

'Syl, even afspreken,' zei Theo. 'Hoe lang blijven we? Twee uur?'

'Twee uur, oké. Kusje.'

'Kusje.'

Theo voelde het warme stroomstootje van de punt van haar tong tegen de zijne.

De slagbomen gingen omhoog. Aan de overkant van het spoor klonk in hortende ritmiek de claxon van de Opel. Pa Houtman had het portier geopend. Half uit de auto hangend wuifde hij met een uitbundigheid die Theo onmiddellijk tegen de borst stuitte. Altijd aanstelleritis van die man, al bij de ontvangst. Alsof een cruiseschip over land was gevaren en Schagen binnen was komen stomen.

Even voorbij de spoorlijn hield Sylvia hem staande.

'Theo. Twee uur, en niet langer. Maar beloof me dan dat het gezellig blijft.'

Het zachte kneepje in haar zij betekende een belofte.

Zes

Dinsdagavond aan de rand van Schagen. Ma Houtman legde een bezonnebloemde foulard over de smeedijzeren salontafel en serveerde Japanse chips in een schaaltje van majolica. Op tafel stonden drie kopjes koffie en voor pa een pijpje pils. Buiten stond de Opel op het smalle grindpad, achteruit ingeparkeerd want pa Houtman moest er later op de avond nog een keertje uit om Theo en Sylvia terug naar het station te brengen. Binnen was het warm, ondanks de tijd van het jaar stond de centrale verwarming aan, vanwege spierpijn in de kuiten van mamma Hout. Zij zaten gevieren bijeen rond televisie en salontafel, Theo op een hoek van de ribfluwelen vijfzitsbank. Aan de wand boven het dressoir klingelde ieder half uur de antieke staartklok, en vlak ernaast hing in een aluminium lijst een glimmende print van de waterlelies van Monet die pa Houtman een maand geleden in een postershop in Den Helder had gekocht. De veloursgordijnen waren gesloten, sigarettenrook hing in lange, blauwig uitwaaierende slierten boven hun hoofden, langzaam opstijgend naar het plafond, waar het uiteindelijk vervloog en in de bielzen drong, en Theo dacht: dit huis is een huis met een hart en geen cliché. Je hoefde niet over veel smaak of kennis te beschikken om alles in de kamer kitsch te noemen, maar er was op z'n minst een béétje wijsheid nodig om gordijnen en bielzen niet te onteren met veroordelend gezever over esthetiek en goede smaak. Theo had zo zijn momenten waarop hij zich verplicht voelde van mening te zijn dat clichés niet bestonden en alleen maar zo werden genoemd door mensen die niet met de waarheid konden leven. Theo hield van Sylvia, en Sylvia hield van haar vader en moeder, die weer van hun snuisterijen hielden, en dus zag Theo het als zijn nederige plicht om zijn liefde uit te breiden tot de waterlelies, de staartklok en de bloemetjesfoulard. Kwestie van huis-tuin-en-keuken-meditatie. Theo Altena, geoefend in afkeer van de wereld, wilde zich tegelijkertijd bekwamen in een soort zuiverheid op microformaat. Het probleem was alleen dat alle afkeer altijd authentiek was, terwijl hij met zijn beoogde zuiverheid vaak niet verder kwam dan theorie.

Theo dronk zijn tweede kop koffie. Sylvia praatte met haar moeder, beiden met rechte ruggen op hun stoel gezeten en de knieën tegen elkaar gepunt. Vader Houtman, die jaren voor 'de verzekering' op pad was geweest en inmiddels was gaan vutten, probeerde zijn kil besef van maatschappelijke overtolligheid te compenseren door in huiselijke kring te spreken met een dof dreunend timbre, in de overtuiging er enige autoriteit aan te ontlenen.

Sylvia vroeg haar moeder of er nog nieuws was van haar zussen. Pa Houtman vertelde een schuine mop. Toen werd het stil. Theo veinsde vermoeidheid en wreef zich in het gezicht. Hij sloot beide ogen en zag even niets dan een verlossend zwart waarin gele strepen flitsend oplichtten. Naast hem boog pa Houtman zich kortademig en zwaar snuivend naar de salontafel. Hij reikte naar de afstandsbediening van het televisietoestel dat tegenover de bank stond opgesteld. Hij sloeg zwijgend aan het zappen en bleef hangen bij RTL 4. Daar was een quiz in volle gang, de kamer vulde zich met applaus en gejoel, en juist op het moment dat Theo zijn ogen opende en even naar opzij keek om een korte blik van verstandhouding met Sylvia te wisselen, sloeg pa Houtman een paar maal met de afstandsbediening in de palm van zijn hand en zei: 'Kijk nou toch eens. Zitten ze ook al in Telebingo, de zwarten.'

Dat had niemand gehoord. Sylvia keek weg. Ma Hout had plots iets onder een vingernagel zitten dat zij pulkend verwijderde.

Toen deed pa Hout: 'Tssssss.' En trok een gezicht van iemand die ontdekt dat hij in de verkeerde trein is gestapt.

Dat was te veel. Nu kwam zijn opmerking als een afgeschoten projectiel in het midden van de kamer te liggen. Ma Houtman keek tersluiks naar dochter en schoonzoon. Sylvia wierp een snelle blik op Theo, die inmiddels kaarsrecht op de bank zat.

Te midden van vier andere kandidaten stond een glunderende Hindoestaan achter een felkleurige katheder. Achter hem flitsten grote gele digitale cijfers aan en uit. Hij had de laagste score.

Mamma Houtman was opgestaan. Haastig duwde zij Theo de schaal met zoutjes onder de neus. Hij weigerde beleefd en zei ijzig: 'Zwarten op tv. Alles in dit land gaat wel naar de verdommenis, hè?'

Alsof hij erop had zitten wachten, draaide pa Houtman zich naar hem toe.

'Dat hoor je mij niet zeggen! Ik heb het over...'

'Marokkanen die een auto winnen, een tweedegeneratie-Turk in de Showbizzkwis. Aan een huis en een uitkering hebben ze niet genoeg. Pikken ze ook nog eens onze mooie prijzen op tv in.'

'Dat is een walgelijke opmerking, zoiets zul je mij nooit horen zeggen, jij legt mij woorden in de mond, jongen!' Pa Houtman maakte een armzwaai en raakte bijna met de afstandsbediening de rand van de salontafel. 'Telebingo is een Nederlandse kwis met vragen over Nederlandse dingen en het enige dat ik zeg is dat...'

'Ja. Wat *zeg* je eigenlijk?'

Theo verloor zijn ijzige toon.

'Theo, toe,' zei Sylvia sussend. Te laat. De adrenaline spoot inmiddels door zijn lichaam. Moeder Houtman liep vlug voor Theo langs naar haar man en griste hem de afstandsbediening uit handen.

'Ik zeg wat ik verdomme wíl zeggen hier in huis,' zei pa Houtman, 'en als je dat niet bevalt dan dan dan...'

Dan donder je maar op, wilde hij zeggen, maar zover kwam het niet. Ma Houtman zapte inmiddels van het ene kanaal naar het andere. Sylvia was opgestaan, en omdat ook haar vader van zijn plek rees, deed Theo hetzelfde. Daar stonden ze dan alle vier, verend van voet op voet, pa Houtman hief zijn kin, Sylvia dreef waarschuwend een scherpe nagel in de huid van Theo's arm, en moeder Hout zei schril: 'Kijk, voetballen op drie!' En, zachter tot haar man: 'Doe nou niet Bert, doe nou niet.'

Maar Bert hield zich doof voor haar gesoebat. Met gestrekte arm wees hij naar Theo, zijn wijsvinger maakte priemende stootjes.

'Ja leuk, voetballen,' zei Theo. 'Drie negers in het Nederlands elftal, dat is drie keer Telebingo.'

Sylvia trok hem aan zijn arm. Pa Houtman keek gepijnigd en verkoos het toen om zich tot zijn dochter te richten.

'Sylvia, die lapzwans van jou staat me hier een beetje te criminaliseren! Wat heb ik nou eigenlijk gezegd? Ik heb helemaal niks tegen die mensen, ik vind alleen dat je over sommige dingen...'

'*Die* mensen, die...' begon Theo, en voelde de nagels van Sylvia in zijn biceps.

'Laat hem uitpraten,' zei ze.

Theo zette grote ogen op naar zijn vrouw, pa Houtman viel gretig in.

'...dat je over sommige dingen gewoon moet zeggen: dit is nou typisch voor Nederlanders. Hollandse liedjes of zo, en eh, haring kaken in Den Helder. Da's toch niet zo gek? Nou, en andere dingen zijn weer typisch voor...'

'Ja, voor wie?'

'Voor de anderen.'

'De anderen,' zei Theo moe. Hij voelde zijn verhitting verdwijnen.

Ma Houtman, spierwit, voelde feilloos aan hoe bij Theo woede en weerzin inzakten en zei sussend, opnieuw tegen niemand in het bijzonder: 'Ga nou weer even zitten. Toe nou, jongens.'

Theo liet zich achterovervallen in de zachte vijfzits, waar hij neerkwam met een plofje. Pa Houtman trok demonstratief zijn schouders op. Ook Sylvia zocht haar plaats weer op, maar toen iedereen weer rond de salontafel zat, richtte Theo zich opnieuw tot zijn schoonvader, dit keer met de toegeeflijke toon van iemand die door middel van vriendschappelijkheden een val hoopt uit te zetten.

'Bert, hoeveel buitenlanders wonen er hier in de straat?'

'Geeneen,' antwoordde pa Hout naar waarheid. Achterdocht

vlamde uit de toegeknepen ogen.

'Precies. Onbekend maakt onbemind,' zei Theo, en zag in dat hij terrein verloor. Halfzacht doceren was verkeerd, zeker als je je ook nog eens een afgesleten uitdrukking permitteerde. Tegenover hem zat zijn schoonmoeder, haar handen stevig samengeknepen, het bloed uit haar knokkels getrokken. Met de punt van haar schoen beroerde ze zacht de randen van de foulard, zodat de zonnebloemen ervan gingen golven.

Na een korte stilte vroeg pa Houtman: 'Wat wil jij nou eigenlijk helemaal zeggen, jongen?'

'Nee Bert, nee!' zei zijn vrouw, en schudde zó beslist haar hoofd dat Theo driemaal achtereen de achterkant van haar roze oorschelpen zag, linksrechtslinks.

'Ja, wat nou "nee Bert"?' kaatste de man terug.

'Bij hoeveel allochtone, Surinaamse en Antilliaanse gezinnen ben jij als verzekeraar nou over de vloer geweest?' vroeg Theo.

Het van agressie gespannen gelaat van zijn schoonvader herwon de normale plooien. Hij straalde.

'Een heleboel, jongen, een heleboel. In Den Helder, Alkmaar, Zaandam, Purmerend, noem maar op. Nooit geen last gehad. Ik ken ze beter dan jij, daar durf ik om te wedden. Allemaal hartstikke goeie mensen, altijd lachen geblazen met die zwarten, gastvrij ook hè. Kwam het hele gezin met grappen en grollen om de tafel staan als je je polissen uit je koffertje haalde. Geinig. Of ik dronk koffie uit een heel klein glaasje bij zo'n Turks gezin, loeisterk was dat spul, echt zo'n kwikbak, maar: lekker, lekker. At ik er een of andere rare vette koek bij. Nee hoor, altijd leuk. Dus wat zit je nou eigenlijk te blauwen, jongen?'

Theo aarzelde.

'Ik zeg alleen maar...'

'Welnee,' zei pa Houtman opgeruimd, 'jij zegt niks en ik zeg niks. Toch? Ik kijk al drie seizoenen naar Telebingo, hartstikke leuk programma over feitjes en weetjes over Nederland, en dan zie ik ineens zo'n bruine joekeloeres door het beeld schuiven en dan denk ik: hee, zou die weten van de watersnoodramp van '53? Ik bedoel: weet zo'n jongen wel genoeg van de vaderlandse geschiedenis om mee te doen? Nou, blijkbaar wel, anders stond ie er niet. Da's even wennen, en verder niks. Einde probleem.'

En pa Houtman boog zich zijwaarts over de lengte van de bank om zijn schoonzoon een paar verbroederende klappen op zijn schouder te geven. De vrouwen lachten, Sylvia op dwingende sterkte en haar moeder met een nerveuze, afgeknepen trilling van achter uit de keel. Gelaten ontving Theo de petsen op zijn schouder en rug en grijnsde mee – er zat niets anders op. Maar de onlustgevoelens werden er niet minder op, en uit strategisch oogpunt maakte hij een vrolijk gebaar toen hij vroeg: 'Maar stel nou dat ik, de man die van je dochter houdt, dat *ik* toevallig zwart was geweest...' en voor de ander hem in de rede kon vallen, staakte Theo zijn vraag en dacht: dan was ik niet voor je dochter gevallen maar achter Iris aan gegaan en zat ik nu ergens in de Bijlmer op de bank te luisteren naar gekanker over bakra's, witte pieren, met in het achterhoofd de herinnering aan die uitspraak van de creoolse moeder van drie kinderen, tegen de blanke verslaggever van de ochtendkrant: je weet toch hoe jullie over de Duitsers denken? Nou, zo denken wij over jullie.

Pa Houtman spreidde zijn armen, pijpje Amstel in de linkerhand.

'Dan hadden we een bruiloft gehad met een stelletje gezellige bruinen op van die hoe heten die trommels van zo'n steelband en dan had ik met een dikke zwarte moeke gedanst en alles was kits en dan waren jij en ik, jochie, even goeie kameraden hoor. Zo. En nou de televisie weer aan.'

En plop, daar spuugde het toestel opnieuw Telebingo de kamer in. Twee hoogblonde huisvrouwen met een geel naamkaartje op hun trui gespeld streden om een inbouwkeuken. De Hindoestaan was inmiddels verdwenen. Uitgeschakeld in de voorronde.

Zeven

De trein naar Alkmaar was vol. Theo en Sylvia zaten zwijgend tegenover elkaar aan de kant van het gangpad. Beiden probeerden te vermijden dat hun armen of benen die van de inzittenden naast hen zouden raken. Theo hoopte de blik van zijn vrouw te vangen en trok daartoe vragende ogen. Pas voorbij Heerhugowaard, toen een stel rumoerige jongens in felkleurige windjacks was ingestapt en er kakofonisch geklets weerklonk in de coupé, beantwoordde zij zijn blikken. Het hoofd half afgewend keek zij hem strak aan, boog toen naar voren en fluisterde: 'Je bent een zak, Theo Altena.'

Met beide handen maakte hij een gebaar van verongelijktheid.

'Je bent een zak,' herhaalde zij eenvoudig, en daar bleef het bij tot aan het Alkmaars station.

Eenmaal uitgestapt zette zij er flink de pas in, ten teken dat zij hem niet naast zich wilde hebben. Theo liep schuin achter haar door de ondergrondse gang. Afgewisseld door de gele borden van de Spoorwegen hing achter dikke glasplaten een reeks identieke posters waarop Naomi Campbell in een woestijn een kopje espresso dronk. Theo keek met rukjes van zijn ogen naar de posters. Bij de trap naar buiten haalde hij haar in.

'Jezus Syl, stel je niet zo aan.'

Abrupt draaide ze zich om. Met felle ogen keek ze hem aan, de witte spatjes in het blauw van haar irissen lichtten op als vonkjes koudvuur.

'Weet je wat jij moet doen, Theo Altena? Voorzitter worden van de club van mensen met boter op hun hoofd. Je hebt er altijd al plezier in gehad om mijn vader te stangen, maar vanavond ging je echt te ver. Hoe haal je het in je hoofd om zo'n toon aan te slaan tegen die man?'

Beiden liepen snel de trap op. Voorbijgangers keken hen

schuins aan. Eenmaal buiten waren ze alleen, en Theo zei: 'Ik, een toon aanslaan? Is dát het misdrijf van vanavond? En hoezo heb ik boter op m'n hoofd? Heb jij mij ooit iets racistisch horen zeggen?'

Zij liepen langs de rijen fietsen in de stalling. Sylvia haalde haar sleuteltje uit een jaszak. Zij opende het slot van haar fiets.

'Dat bedoel ik niet,' zei ze. 'Maar wat geeft jou het recht om plotseling de moraalridder uit te hangen? En trouwens, m'n vader is geen racist.'

'O nee?' vroeg Theo – en dat had hij niet moeten doen. Sylvia had haar fiets uit het rek gehaald, haar handen aan het zadel en de bagagedrager. Ze smeet de fiets neer voor zijn voeten en riep: 'Nee! Verdomme, Theo, doe niet zo walgelijk.'

Ze streek zuchtend een blonde lok achter haar oor. Paradoxaal genoeg leek haar uitval haar te kalmeren. Theo bukte zich en zette haar fiets op de standaard. Sylvia greep het stuur vast. Op een verwijtende toon die vreemd genoeg geroutineerd klonk, alsof echtelijke ruzies aan de orde van de dag waren, vroeg zij zacht: 'Waarom kwets je me zo?'

Trots weerhield hem ervan haar te omhelzen. Hij meende recht te hebben op verontwaardiging.

Een antwoord kon hij niet geven, want Sylvia had haar fiets gepakt en was van hem vandaan gereden. Even overwoog hij om de achtervolging in te zetten, maar stapte toen traag op de zijne. Op de Jan van Scorelkade hield hij zeker honderd meter afstand. Wroeging – niet om wat hij tegen haar vader had gezegd, maar om zijn ruzietoon van zoëven, en onmiddellijk daarop om alle dinsdagmiddagen van de laatste veertien maanden – maakte zijn benen zwaar. Prikkende ogen bij het turen naar de reflector en het rode achterlicht van haar fiets – dat lieve achterlichtje dat daar zo verloren in het avondduister zweefde. Hij trapte steviger op de pedalen en kwam dichter achter haar te rijden. Haar schouders had zij hoog opgetrokken, over de kraag van haar jasje lag haar blonde haar waarvan de langste lokken af en toe lichtjes opwaaiden. Wat was dat toch met ruggen? Waren ze werkelijk zo weerloos als werd beweerd? Bij ruzies was het haar achterkant – de strakke inwaartse welving tussen ribben en billen, de smalle, gekwetst opgetrokken schouders – die bij Theo bijna met geweld deernis en ontroering wekte, gevolgd door de hunkering naar verzoening. Ruzie maken ging hem uitstekend af, maar wanneer hij eenmaal herrie met zijn liefste had geschopt, woog het verlangen zijn gelijk te halen nooit op tegen de nare gevolgen van hun geschil: uren van wederzijds negeren, het hardnekkig zwijgen tijdens de maaltijd en de afwas.

Nog steeds van elkaar verwijderd reden zij door de stille straten van de Bergermeer. Theo voorzag lange uren van onenigheid. Toen hij hun straat inreed en het betegeld tuinpad naar de achtertuin insloeg, stond Sylvia met de fiets aan de hand te wachten bij het schuurtje. Huissleutels vergeten. Zwijgend stapte hij af en opende de schuurdeur. Hij liet haar voorgaan.

'Syl...'

'Even niet, Theo. Even niet.'

Eenmaal in huis verdween ze naar de badkamer. Deur op slot. Theo zocht zijn werkkamer op, sloeg mappen open op zijn bureau. Met een pen in de hand en bladerend door stencils en schriften deed hij twintig minuten volstrekt niets. Toen hij hoorde dat Sylvia de badkamer uit kwam, rechtte hij zijn rug. Met zijn hoofd ver naar achter en zijn handen in zijn nek luisterde hij of zij misschien naar zijn kamer kwam.

Zij ging slapen.

De badkamer leek wel een sauna. Ze had waarschijnlijk al die tijd in bad gelegen. Theo poetste zijn tanden en kleedde zich uit. In de slaapkamer maakte hij geen licht. Op de tast zocht hij zijn plaats en gleed in bed. Hij legde zijn bril op het nachtkastje.

Zij hielden allebei van pikkedonker. Het hermetisch zwart in hun door zware gordijnen geblindeerde slaapkamer werd slechts gebroken door het digitale blauw van de videorecorder en de rood oplichtende *power*-toets van het tv-toestel aan het voeteneinde van hun brede bed. Er bestond een foto van John Lennon, naakt in foetushouding liggend naast een geheel geklede Yoko Ono, zijn gezicht toegekeerd naar haar wijd uiteenwaaierende zwarte haar. Precies zo, deemoedig maar zonder oedipale connotaties, vlijde Theo zich het liefst naast Sylvia. Nu lag hij zwijgend in het zwart te staren, wachtend tot de ander iets zou zeggen.

Omdat hij haar niet hoorde ademen, wist hij dat zij nog niet sliep. Theo overwoog om met zijn hand onder het dekbed het traject af te leggen naar haar heup. Maar juist toen hij voorzichtig zijn hand bewoog, hoorde hij hoe haar dekbed zachtjes ritselde. Zij bewoog onrustig, draaide zich waarschijnlijk om.

'Mijn vader is nu vast en zeker overstuur,' zei ze. 'Reken der maar op dat mijn moeder en hij nu behoorlijk bekvechten. Die man is over de zestig, Theo. Op straat in het dorp ziet hij dat alles hetzelfde blijft, maar op de televisie en in de krant wordt een heel ander verhaal verteld. Dan wordt hem telkens uitgelegd dat de bevolkingssamenstelling in Nederland steeds ingrijpender verandert. Het is zo gemakkelijk om hem te veroordelen. Als jouw morele verontwaardiging maatgevend zou zijn, dan houdt half Nederland er bedenkelijke meningen op na.'

De macht van het getal als verzachtende omstandigheid, dacht Theo vinnig – maar hij was zo wijs om zijn mond te houden.

Opnieuw klonk er geritsel naast hem, Sylvia sloeg het dekbed van zich af en knipte het bedlampje aan. Dat kon hij dromen, de overgang van nachtzwart naar schemerlicht in soft tone, met Sylvia's onopgemaakt gezicht zacht omfloerst door een kleine voile van witzijden licht als op een grofkorrelige foto, het blonde haar in waaiervorm op het pastelblauwe hoofdkussen. Het was een afgesleten uitdrukking, maar het kwam hem soms voor dat zij 'baadde' in dit licht. Hij bedoelde dit letterlijk: liggend en wel gleed zij daadwerkelijk het licht in om erin te kunnen baden. Dan werd de slaapkamer de badkuip en het schemerlicht het warme water waar haar lichaam zich aan laafde. Lamplicht leefde, net als water uit de kraan.

Sylvia had zich naar hem toe gekeerd, haar hoofd steunend op haar hand en een elleboog in het matras gepunt.

'Waarom geef je geen antwoord?' vroeg ze.

Theo ging rechtop zitten.

'Ik vond dat ik het geklets van je vader niet kon laten passeren,' zei hij. 'Dat is alles.'

'Onzin,' zei Sylvia, 'je was betweterig en arrogant. Je had ook indirect en constructief kunnen reageren. Dat doe ik toch ook? Ik bedoel, ik praat vaak genoeg met m'n ouders over m'n werk en vertel dan tussen neus en lippen iets over de gekleurde mensen die bij huisvesting werken. Dat maakt het allemaal wat alledáágser voor ze. Zo zou jij het toch ook kunnen doen? Gewoon iets aardigs vertellen over het aantal kinderen van allochtonen bij jou op school...'

'Dat zijn er niet zo veel, hoor,' zei Theo. 'Hoorn is geen randstad, weet je nog wel?'

'O nee? Wat moet jij dan met die handleidingen voor tweede-taalonderwijs aan allochtone scholieren? En de sectie Nederlands moest zich vorig schooljaar toch verdiepen in het Surinaams-Nederlands? Dat heb je me zelf verteld.'

Dat was waar – hij had, toen zijn affaire met Iris de vierde week was ingegaan, uit euforie een woordenboek Sranantongo en een aantal algemene boeken over Suriname aangeschaft en tegen Sylvia iets gezegd over de morele taak van de leraar Nederlands zich op de hoogte te stellen van de moedertalen van zijn gekleurde leerlingen. Om zijn nieuwe interesse niet al te veel in de gaten te laten lopen had hij ook maar wat flinterdunne boekjes over het Turks en Marokkaans gekocht.

'Nou goed, dan vertel je niet iets over die kinderen,' zei Sylvia. 'Maar dan kun je het toch hebben over je Surinaamse collega van gym? Je vertelt mijn vader gewoon een anekdote over... hoe heet ze ook al weer?'

'Pompier. Iris Pompier.'

Theo keek haar aan, speurend naar een glimp van berekening. Maar Sylvia leek nauwelijks acht te slaan op zijn plotseling wantrouwen.

'O ja. Breng haar eens ter sprake. Een Surinaamse vrouw die lesgeeft. Kijk, dáárvan moet je mijn vader doordringen: dat het gros van de mensen waar hij zo bang voor is gewoon een beroep heeft als jij en ik. Dat is een betere methode om iemand een beetje tolerantie en ruimdenkendheid bij te brengen.'

Theo maakte een wegwerpgebaar.

'Kom terug op aarde, Syl,' zei hij schamper. 'Je slaat de taal uit van een Postbus 51-spotje. "Een beetje tolerantie." Je vader heeft ook zo z'n informatiebronnen. Zijn ochtendkrant meldt steevast één keer in de maand dat de werkloosheid onder allochtonen het hoogst is. En waarom zou ik met didactische zorgvuldigheid met je vader moeten praten? We hoeven hem toch niet óp te voeden? Je doet alsof je vader en moeder tere zieltjes zijn die de veranderingen in de grote boze buitenwereld uitgelegd moeten krijgen. Die man is eenenzestig. Dan verwacht ik wijsheid, Sylvia, wijsheid en inzicht.'

'O, dus wie niet voldoet aan jouw eisen van wijsheid en niet toevallig het juiste inzicht heeft, staat meteen maar aan de verkeerde kant. Het zal behoorlijk eenzaam worden in jouw rijk der tolerantie als je de mensheid wilt balloteren op wijsheid en inzicht.'

'Alsof het in jouw paradijs niet behoorlijk stilletjes zal zijn,' zei Theo. Hij greep naar de afstandsbediening van de televisie die op zijn nachtkastje lag. '*Homo homini lupus*, Syl. We hebben een wolvenklem nodig voor die vader van jou.'

En daar wilde hij het graag bij laten. Hij strekte zijn arm en wilde de tv aanzetten maar Sylvia pakte hem de afstandsbediening uit handen. Ze zat nu net als hij rechtop in bed.

'Vertel me dan maar eens hoe het volgens jou moet, Theo Altena,' zei ze bits. 'Tolerantie per decreet uitvaardigen? Werkt alleen maar averechts. Je doet trouwens net alsof ik het eens zou zijn met m'n vader. Ik verdedig hem niet, maar ik wil wel begrijpen hoe het *komt* dat hij zoiets zegt. En denk je trouwens dat *ik* het niet vreselijk vind als ik hem zo bezig hoor?'

Theo keek haar van opzij aan en zei droogjes: 'We zijn het dus eens.'

Sylvia sloeg met de vlakke hand op haar dekbed.

'Nee! Het deugt van geen kant om alle benepenheid in dit land, om alle kleinburgerlijke sentimenten die opspelen wanneer het over buitenlanders gaat meteen maar weg te zetten als uitingen van rassenhaat. Het ontneemt je het zicht op het échte racisme. Een man die schrikt als er een Turk in z'n straat komt wonen is geen racist maar een bange man aan wie veel uit te leggen valt.'

Dit ontsnapte haar niet in het vuur van het moment, vermoedde Theo. Waarschijnlijk had haar vader al vaker, maar dan niet in zijn aanwezigheid, dubieuze opmerkingen gemaakt, en had Sylvia zich er al lang op voorbereid dat zij hem ooit zou moeten verdedigen.

'Je hebt erover nagedacht, zo te horen,' zei hij.

'Hoezo? Jij dan niet?' vroeg Sylvia. 'En sinds wanneer ben jij er eigenlijk zo op gebrand om intolerantie op te sporen? Sinds wanneer maak jij je druk om het lot van minderheden en buitenlanders? Ik bedoel, waar was jij toen we studeerden in Amsterdam en er anti-racismedemonstraties werden georganiseerd? Liep jij mee? Ik dacht het niet. Tuurlijk, je was heus wel betrokken, maar of het ook echt een *issue* voor je was... nou nee.'

'Ik begrijp het,' zei hij gepikeerd, 'nu ben ík dus de boosdoener.'

'Nou, ik weet nog precies wanneer en met wie ik in die tijd demonstreerde. In ieder geval níet met jou, Theo. Jij zat thuis.'

'Wie demonstreert heeft het alleenrecht op verontwaardiging. Goed dat ik het weet.'

'Theo, jij verafschuwt mensen en je bent er zelfs trots op. Theo Altena, de man die van de mensheid walgt. Als jij in de keuken staat en er spelen kinderen in de straat of iemand van de buren belt aan, dan trek je een gezicht alsof je een geestelijke marteling ondergaat. Wat moet jij met de medemens? Jij doet niet aan vrienden, om het zo maar eens te zeggen, en bij kennissen gaan we zelden op bezoek. Vind je het gek dat ik me afvraag waarom jij ineens de moraalridder uit gaat hangen?'

Theo duwde achter zijn rug zijn hoofdkussen dubbel en ging verzitten.

'Mijn walging van de mensheid, zoals jij het noemt,' zei hij, en begon te blozen omdat hij op het punt stond met veel poeha iets potsierlijks te beweren, 'komt voort uit desillusie en is een algemeen-existentiële weerzin' – zijn wangen waren nu dieprood, Sylvia trok een smalend gezicht – 'en heeft niets te maken met een onderscheid op grond van ras, sekse of weetikveelwat.' Hij sprak nu zacht, bijna mompelend: 'Ik walg zonder te discrimineren. Ik gun iedereen een plaats onder de zon en hoop dat men mij niet het recht op intrinsieke weerzin af zal nemen.'

Sylvia gaf hem zacht twee denigrerende klapjes op zijn arm. 'Natuurlijk niet, jongen. Theo Schopenhauer mag gerust zijn zegje doen. Maar het blijft vreemd dat jij je druk maakt om iets waar je je vroeger nauwelijks om bekommerde.'

'Dat is niet waar. Gewoon niet waar.'

Sylvia zweeg even, waarschijnlijk omdat ze een uitvoeriger weerwoord verwachtte. Toen zei ze: 'Heb jij, sinds wij elkaar kennen, ooit op énige manier geprotesteerd tegen opkomend racisme? Nee. Ooit je verontwaardiging getoond? Nauwelijks. Je zult er vast wel eens boos over zijn geweest. Maar niet meer dan dat. Gewoon: je was boos, zoals je je ook opwindt wanneer de ambtenaren staken. Dus wat is er in de tussentijd met je gebeurd?'

Ze wist het, ze wist alles. Het waren te veel vragen. Hij klemde zijn lippen opeen en probeerde zich te concentreren op – ja, waarop? Hij had het gevoel dat hun bed langzaam kapseisde en hij in een veld vol watten terechtkwam, zacht maar peilloos diep. Zijn verwarring nam nog toe toen hij voelde hoe zich dwars door alle paniek een erectie aandiende. Belachelijk: in de beklaagdenbank met een stijve.

'Theo?'

Zij keek hem fronsend aan.

'Ja?'

'Sinds de Antillen of zo?' vroeg Sylvia.

Poriën op rug, armen en benen leken zich te openen – hij vloeide open, z'n lul zeeg ineen. De Antillen! Ze waren er op vakantie geweest, afgelopen zomer. De affaire met Iris zou de achtste week ingaan, en uit pure euforie maar vanzelfsprekend zonder zijn ware beweegredenen prijs te geven had hij Sylvia voorgesteld eens ergens anders heen te gaan dan Griekenland of Frankrijk. Suriname viel te veel op, dat was niet bepaald een vakantiebestemming. Maar de Antillen, dat wekte geen argwaan. Theo had het Iris opgetogen verteld toen hij de drieweekse vakantie naar St. Maarten had geboekt – en was gepikeerd geraakt toen ze spottend had gereageerd. Wat had zij in jezusnaam met de Antillen te maken? Moest ze zich nu vereerd voelen of zo? Om te beginnen maakte het haar niet uit waar hij naar toe zou gaan op vakantie, en ten tweede lagen de Antillen honderden kilometers van Suriname. Ze was nog behoorlijk kwaad geworden toen hij zei dat hij de bestemming had gekozen uit nieuwsgierigheid naar haar cultuur. Etnocentrische eikel die hij was. Alsof een Hollander in Zuid-Amerika een gat in de lucht zou springen als zijn Caribische vriendin hem meldde dat zij, 'uit nieuwsgierigheid naar zijn cultuur', van plan was een reis naar Spanje of Oostenrijk te maken. Hoezo afstand, hoezo cultuurverschillen? Ze ging toch naar Europa? Hij was er maar over opgehouden. Maar nu kwam de vakantiereis alsnog van pas, zij het om andere redenen dan hij had voorzien.

'Dat is me inderdaad niet in m'n kouwe kleren gaan zitten, de Antillen,' zei hij. 'Wat we daar op St. Maarten hebben gezien, Syl, de treurnis van de rijen toeristenwinkels, die pijnlijke schijnwelvaart, de echo's van het kolonialisme, dat is jou toch ook bijgebleven?' Hij keek haar tersluiks aan om te zien of ze hem geloofde.

'Zeker, zeker,' zei ze, en knikte langzaam.

Theo wendde zijn hoofd af. Ze wist het.

'Gek hè. Dan denk je dat je elkaar toch een beetje kent... En dan is het me helemaal ontgaan dat het zo'n indruk op je heeft gemaakt, de Antillen. Theo...'

Hij sloot zijn ogen. Ze wist het *niet*!

'Het is m'n vader, Theo,' zei ze, 'hij is geen racist.' Ze kneep hem stevig in zijn hand. 'Ik wíl niet dat ie het is. Ik wil het niet. Begrijp je?'

Theo knikte.

'Ik ook niet,' zei hij, 'ik bedoel, ik wil het ook niet.'

Zij schoof in zijn richting, sloeg zijn dekbed open en gleed met haar voeten onder zijn knieholten. Zo bleef zij even liggen, tot hij zijn benen uit bed zwaaide en opstond.

'Syl, 'k moet even pissen.'

In de badkamer zette hij de kraan open, in de hoop dat de straal koud water zijn blaas zou aanzetten tot imitatie. Er kwamen slechts enkele laffe druppels. Bij het fonteintje waste hij zijn handen en keek in de spiegel. Hij zag bleek. Terug in de slaapkamer zag hij dat Sylvia een tijdschrift had gepakt. Hij schoof in haar richting en ging op zijn zij liggen, zoals John naast Yoko op die ene foto. Zij legde haar tijdschrift weg. Ook zij draaide zich om, haar kont in de curve van zijn buik en benen. Haar billen waren koud, maar haar rug was warm.

'Licht uit?' vroeg Theo.

'Licht uit,' zei Sylvia, en reikte naar haar nachtkastje.

Hier had het moeten eindigen. Een kus in haar nek, nog eentje, en daarna slapen. Maar Theo maakte zich van haar los, zocht langzaam zijn kant van het bed op, lag enkele minuten met open ogen op zijn rug en zei toen: 'Syl?'

'Ja?'

Haar stem ging richting gordijnen – zij lag nog met haar rug naar hem toe.

'Ik zei toch dat we nauwelijks buitenlandse kinderen op school hebben? Dat is niet waar. We hebben er heel wat.' Theo pauzeerde even. Toen Sylvia niets zei, haalde hij diep maar geluidloos adem. 'Je weet, ik loop niet weg met m'n vak. Maar ik zie toch wel dat die buitenlandse kinderen worden... goed, ze worden misschien niet gediscriminéérd door de rest, maar op cruciale momenten vallen ze er toch uit, uit de groep. Dat is niet leuk om te zien.'

Hij hoorde hoe zij zich op haar andere zij draaide, met haar gezicht naar hem toe.

'Moet ik het licht nog even aandoen?' vroeg ze.

'Neenee,' zei hij haastig, 'laat maar.'

Er viel een korte stilte.

'Waarom vertel je me dit?'

'Ik weet het niet,' antwoordde hij naar waarheid. Hij had zich intussen hetzelfde afgevraagd. Waarom zei hij dit allemaal? En waarom juist deze leugen? En *was* het eigenlijk wel een leugen? Nooit had hij zich bekommerd om de buitenlandse kinderen op school, maar nu hij zojuist had gezegd van wel, voelde Theo tot zijn verbazing inderdaad onmiddellijk een zekere zorg en 'betrokkenheid'. Wat kort tevoren nog een leugen was, veranderde, *tijdens* het liegen, in een waarachtige bekentenis. Dat was een verbijsterende ervaring. Wat hij evenmin begreep was de neiging om haar méér te vertellen. Hij zou er zijn overspel mee kunnen verraden. Maar terwijl hij wist dat hij er nu beter aan deed te zwijgen, gaf Theo toe aan een vreemde, hardnekkige drang om een zijdelingse, maar daarom niet minder riskante opmerking over Iris te maken, ongeveer zoals meester-inbrekers halfbewust bij iedere kraak een miniem spoor schijnen achter te laten, zodat de kans te worden opgepakt altijd reëel blijft, een voor misdadigers noodzakelijke factor van onzekerheid die de adrenaline stuwende houdt en die naar het schijnt ontspruit aan de diep verscholen en raadselachtige wens inderdáád te worden ingerekend en berecht.

Theo begon een nieuwe leugen.

'Er is nog iets,' zei hij. 'Die tekeningen op het bord in m'n klas... die jongens uit havo 3 portretteren niet alleen míj maar ook andere leraren, ik bedoel, in míjn klas. Ze hebben een keer die kop van Pannekeet getekend, Koenis van wiskunde, Rooker van Frans. Allemaal knullige karikaturen. Ze wilden mijn reactie peilen. Ze onderzoeken hoe ver ze kunnen gaan. En of ik per ongeluk niet moet grinniken om die tekeningen.'

'O?' zei Sylvia. Zij begreep vanzelfsprekend niet meteen wat dit met het voorgaande had te maken.

'Laatst stond er een karikatuur van een ándere collega op het bord,' zei Theo. 'Van...' en opnieuw overviel hem de sensatie dat hij, terwijl hij zich ervan bewust was dat hij loog, tegelijkertijd eens te meer oprecht de waarheid eer aandeed. 'Van Iris Pompier.' Theo zweeg, peilde het effect van deze onthulling. Als je jaren met iemand leefde, kon je in het donker en zonder de ander in het gezicht te zien tóch nog bij diegene ieder spoor van schrik of verkilling ontdekken. Theo merkte dat het lichaam naast het zijne zich inderdaad spande. Hij wist niet goed of zijn borst en handpalmen tintelden uit angst of opwinding. Zijn neiging tot liegen werd ingegeven door een bijna methodische kilte die zijn gedachten stuurde.

'Syl, je weet dat ik zelden onthand voor de klas sta. Maar toen wist ik echt niet hoe ik moest reageren. Ze hadden een sterotiepe negerin op het bord gekladderd, met dikke lippen, bolle kont en overdreven kroezend afrokapsel. "Blackie", hadden ze eronder gezet, en een tweede keer een nóg grovere bijnaam. En ik wist niet wat ik ermee aan moest.'

'Nee?' vroeg Sylvia–en Theo bespeurde een zweem van ironie in haar stem.

'Nee. En ik weet het nog steeds niet.'

Beiden zwegen een moment. Theo draaide zich op zijn rug. Hij was er zeker van dat hij met zijn halve waarheden een bekentenis had afgelegd in de vorm van een cryptogram dat zij zonder hoofdbrekens kon oplossen. Hij trok het dekbed tot aan zijn schouders over zich heen.

'Begrijp je nu dat ik het door dit soort incidenten op school iets minder goed kan hebben als je vader weer iets doms zegt?'

Natuurlijk had hij niet gevraagd of zij het begreep. Hij had gevraagd of zij dat ándere begreep. En of zij hem vergaf. En misschien was zijn vraag ook wel bedoeld om stilzwijgend haar *toestemming* te krijgen voor zijn overspel.

'Ja,' zei Sylvia, 'ik denk wel dat ik het begrijp.'

Nu is het gezegd, dacht Theo. Zij weet het. En zij wil dat ik weet dat zij het weet. Opnieuw begreep hij niet goed wat hij voelde: verslagenheid of berusting. Hij reikte met zijn hand naar de hare. Zelfs haar handpalm leek te seinen dat zij alles wist. En terwijl ieder woord, iedere beweging hem nu ongepast en ongerijmd voorkwam, was het tegelijkertijd de normaalste zaak van de wereld dat hij zich oprichtte en inschatte waar in het aardedonker haar gezicht moest zijn, om vervolgens op haar wang een kus te drukken, een welterustenkus. Bij wijze van antwoord, en ook dat was zo onbegrijpelijk gewóón, duwde zij even met twee vingers in zijn handpalm. Zo, naast elkaar en hand in hand, gingen ze slapen. Althans, zo deden ze dat vaak in andere nachten. Zij had de muis van zijn hand omvat. Theo voelde aan de spanning in haar vingers dat zij waarschijnlijk met wijdopen ogen voor zich uit in het zwart lag te staren. Hij sloot een moment zijn ogen. Prompt was hij overal behalve in zijn bed. Van haarinplant tot hielen leek alles van en aan zijn lichaam met de seconde zwaarder te gaan wegen, alsof hij ieder moment door het bed, de vloer, de fundering van het huis en als het moest ook nog door alle lagen zand, klei, stront en vuur zou zakken, recht naar het binnenste van de aarde, waar hij zou verpulveren tot gruis, tot een minuscuul steentje, op het oog dood en dingmatig maar wel degelijk bezield, om vervolgens ooit bij wijze van boetedoening terug te keren naar de oppervlakte van de aarde en te worden vertrapt door de Chinezen of de Afrikanen alvorens uiteindelijk, na een wereldreis als verstekeling in honderden schoenen van anonieme geweldenaren, te arriveren in Nederland, in Alkmaar, terug in de Bergermeer, en door iemand hier uit de straat te worden geplet, een man of vrouw zó log en zwaar dat Theo, het gelouterde kiezelsteentje, de hevigste pijnen zou lijden. En wanneer er niet op hem werd getrapt, zou de terreur van lucht en licht hem doen sidderen van afschuw, in afwachting van de vrouw die ooit de zijne was geweest, in een ver verleden dat hij zich zou herinneren en zich tegelijkertijd niet zou kunnen voorstellen. Ooit, op een zomerdag, zou Sylvia hem opnieuw en voor het laatst aanraken. In tegenstelling tot ieder ander zou zij geen schoenen dragen. Blootsvoets en onwetend van zijn nieuwe gedaante zou ze hem onder de voet lopen, zodat hij, het door de aarde met walging uitgespuwde overspelige Theo-steentje dat inmiddels ondraaglijk verhit was geraakt door de zomerzon, zijn schaamte en berouw in de holte van haar voet zou kunnen schroeien.

Nu was alles nog nacht en lauw. Roerloos lagen Theo en Sylvia zij aan zij. De tijd talmde. Voorzichtig trok Theo zijn hand terug. Stilletjes stond hij op. Hij deed alsof hij veronderstelde dat zij sliep.

Het was over enen, er restte hem minder dan zes uur slaap. Hij was klaarwakker. In de badkamer doorzocht hij het medicijnkastje. Niet één slaaptablet in huis.

Acht

Theo woonde nog maar pas op kamers en was eerstejaars toen in het voorjaar van 1980 half Amsterdam, of dan toch in ieder geval de helft van de studenten, zich leek voor te bereiden op een volksopstand. Met een air alsof zij in de steden en dorpen waar zij vandaan kwamen de nodige ervaring hadden opgedaan in burgerlijke ongehoorzaamheid spraken jaargenoten weken vóór die dertigste april over 'verzamelpunten' in de binnenstad en 'strategieën' om charges van de Mobiele Eenheid te ondermijnen. Op een morgen hadden vier tweedejaars bij de ingang van het faculteitsgebouw een partij zwarte bivakmutsen uitgedeeld. Theo had er eentje aangepakt; jaren later had hij het ding teruggevonden tussen een stapel oude boxershorts en zwembroeken. Op de ochtend van de kroning nam hij heel vroeg de trein naar Alkmaar. Oma en opa Stet, van zijn moeders kant, gaven een oranjefeestje. Men rekende op zijn aanwezigheid, te meer daar hij toch al bijna ieder weekend naar Alkmaar kwam om met een tas vol vuile was zijn ouders op te zoeken. Op het Amsterdams Centraal Station voerden vrijwel alle treinen grimmig kijkende jongeren aan. De meesten waren in het zwart of droegen legerbroeken en motorjacks. Bij sommigen bungelde een bromfietshelm aan de pols, anderen hadden een Arafat-sjaal tot onder de ogen voor hun gezicht geknoopt. Alleen bij de loketten was het rustig; Theo kocht een kaartje en hoefde zich pas in de hoofdgang een weg te banen door de massa. Een enkeling jouwde hem uit of floot hem na, niet alleen vanwege zijn voor die dag afwijkende kleding – hij droeg een gestreepte pullover en een witte bandplooibroek – maar vooral omdat hij in tegengestelde richting door de hoofdgang liep, wat onvermijdelijk een provocerende indruk maakte op de toegestroomde sympathisanten van de Amsterdamse krakers en actievoerders. Hij was die ene lemming die zich uit hoogtevrees van de afgrond keerde en zich een weg terug bevocht. In de trein naar Alkmaar deelde hij de coupé met een dame met een witte poedel.

De Alkmaarse bussen reden die dag volgens de zondagsdienst, en Theo moest lang wachten op lijn 4 naar het Overdie. Bij oma en opa Stet aan de Willem de Zwijgerlaan zat het grootste gedeelte van de familie in een halve cirkel om de televisie. Ondanks het vroege uur was Theo de laatste die arriveerde en viel hij midden in een hoog opgelopen ruzie over de rellen die inmiddels rond de Dam waren uitgebroken, accuraat in beeld gebracht door een groot aantal camera's dat de nacht tevoren was opgesteld. Het was een warme dag, oma Stet had de deuren naar het achterbalkon opengezet. Om te voorkomen dat repen zonlicht het televisiebeeld zouden verfletsen, waren de gordijnen in de voorkamer dichtgeschoven. Af en toe zette iemand op verzoek van opa Stet het geluid van de tv af en luisterde men naar de radio. Reporters en studiopresentatoren van de VARA gaven de demonstranten tips en adviezen waar en hoe de Mobiele Eenheid te ontlopen en, zo mogelijk, te bevechten. Opa Stet, die zich als zoveel arbeiders en middenstanders om voor Theo in die tijd nog moeilijk te begrijpen redenen niet met mensen uit zijn eigen inkomensklasse maar met de rijken en machtigen vereenzelvigde, wenste het schorremorrie tuchthuizen en gevangenisstraffen toe. Een oom van Theo vond de aanpak van de Mobiele Eenheid verkeerd; men moest met zachte hand de relschoppers beteugelen en ze vooral niet provoceren. Een ander vond het sowieso krankzinnig om de troonsoverdracht te laten plaatsvinden op de Dam. Waarom niet gekozen voor de paleizen Soestdijk of Noordeinde? Nu moesten koningin en kroonprinses zich tijdens de plechtigheid vertonen op een bordes dat uitkeek op het plein waaromheen zich in een straal van vijfhonderd meter 's lands grootste dichtheid aan punks, junks, hoeren en ander gajes ophield.

De familie at appeltaart en dronk koffie, en naarmate het geweld op tv iets apocalyptisch begon te krijgen, werd de stemming aan de Willem de Zwijgerlaan grimmiger. Opa Stet zat trillend van verontwaardiging met gestrekte arm naar de tv te zwaaien, een gedoofde sigaar tussen zijn door reuma kromgetrokken duim en wijsvinger. De eerste rookbommen ontploften, en de straten en grachten van de Amsterdamse binnenstad veranderden in een decor dat Theo tot dan toe alleen kende van journaalbeelden uit Ierland, Spanje en andere landen met een actieve terreurorganisatie. Iedereen in de voorkamer begon door elkaar te praten, totdat opa Stet zich verhief uit zijn stoel met de plastic gezondheidszitting. Dwars door de halve kring schuifelde hij naar het toestel. Met een kort plopgeluid verdween het beeld, op het scherm gloeide een witgele stip na. Er klonk protest, maar opa Stet riep boven alles uit: 'Genoeg! En de radio, met die hetzerij van die rooie ratten gaat ook uit!'

Juist op dat moment meldde een radioverslaggever van de VARA dat op de Brouwersgracht een groep demonstranten in elkaar werd geslagen door de Mobiele Eenheid. Met zijn vrije hand rukte opa Stet de bril van zijn neus, en terwijl de sigaar tussen zijn vingers uit glipte en voor zijn voeten op de grond viel, zei hij bassend: 'Hoe kan het ook anders? Altijd dezelfde rotzooi in die verdomde jodenstad.'

Toen werd het stil. Opa Stet maakte een hoofdknikje naar de transistorradio. Op een toon alsof het een doordeweekse avond en bedtijd was, vroeg hij aan zijn vrouw: 'Cor, zet jij de radio uit?'

Theo keek de kring rond. Zijn ouders en ook alle ooms en tantes zwegen. Steunend zakte opa Stet terug in zijn stoel. Iemand raapte de sigaar van de grond. Oma Stet gehoorzaamde haar man en draaide de knop van de radio om.

Later kon Theo zich niet goed herinneren hoe lang de drukkende stilte had geduurd. Iemand was opgestaan en had de gordijnen opengeschoven, oma was in de bijkeuken bitterballen gaan frituren. Het was zijn moeder geweest die had geopperd om de tv toch maar weer aan te zetten. Nou, vooruit dan maar – en prompt hervatte de familie het veelstemmig geschetter, dat pas werd gestaakt toen de koninginmoeder vanaf het bordes van het paleis op de Dam het volk probeerde toe te spreken: 'Zojuist... zojuihuisssst...' En als een schooljuf legde zij haar wijsvinger op haar lippen. Omgeven door veiligheidsagenten en gezagdragers stond de koninklijke familie dicht bijeen op het bordes. Vaag klonk het rumoer door van de demonstranten, die op een afstand werden gehouden door een dikke haag ME'ers. In de Damstraat, schuin achter Krasnapolsky, kwam duidelijk zichtbaar een rookbom tot ontploffing. Opa Stet wendde gepijnigd het gezicht af. Bij zijn linkerslaap begon een knoestige ader op te zwellen.

Eerder dat studiejaar was Theo voor het eerst met een meisje naar bed geweest. Elza bleef niet lang zijn vaste vriendin. Hij had haar leren kennen in de kantine van de letterenfaculteit. Zij kwam uit Den Bosch, studeerde Engels en was tweedejaars. In de korte tijd dat het 'aan' was, kwam zij tweemaal in de week bij hem in West overnachten.

'M'n moeder komt uit een superkatholiek nest en m'n vader is een jodenjongen uit Den Bosch. De familie van m'n moeder viel collectief in coma toen ze hun verloving bekendmaakten. Grappig hè?'

'Als je vader joods is, ben jij dan half of kwart joods?' vroeg Theo, die zich in die jaren volstrekt niet schaamde voor alles wat hij niet wist.

'Eigenlijk helemaal niet, niet eens een kwart. Officieel dan. Maar hier'–en met haar vuist roffelde ze even tussen haar borsten–'ben ik het honderd procent. Want je denkt toch niet dat er een roomse tuthola tegenover je zit, Theo Altena? M'n moeder is al jaren van d'r geloof af. Als Van Agt op tv is, gaat ze finaal over d'r nek. Dan heeft ze het altijd over die vlezige, gluiperige en druiperige tuitmond van die corrupte anti-abortuspaap. Lachen is dat.'

Theo, gedoopt, gevormd, en vertrouwd geraakt met het evangelie door middel van een gedemocratiseerde catechisatie in een parochiekerk die beatmis en jongerenkoor op het repertoire had gezet, liet zich amuseren door haar ludieke spot. Zo pijnlijk als de uitval van opa Stet hem later zou treffen, zo bevrijdend werkte de afgeleide blasfemie van Elza. Zij was er zich vanzelfsprekend niet van bewust, maar voor zijn gevoel schold zij niet op de partijleider van het CDA maar, uit zijn naam en zonder dat hij er zelf ooit het lef toe zou hebben, op zijn katholieke voorgeslacht. Hij vertelde Elza dat op de middelbare school een meisje uit zijn klas hem in de koffiepauze eens had gevraagd of hij joods was. Hoezo, had hij toen willen weten.

'Ja, hoezo?' vroeg Elza verbaasd.

'Vanwege m'n neus.'

'Je *neus*?'

'Ja. Dat meisje vond dat ik een joodse neus had.'

Dit wekte de lachlust van Elza.

'Theo, jij hebt géén joodse neus,' zei ze stellig. 'Zo'n knol, zo'n aardappelbonk... neeeh.'

En zij draaide haar hoofd, zodat hij haar en profil zag. Vastberaden hief ze haar kin en zei: 'Hier, kijk. Dít is een joodse neus. Zie je wel? Scherp, spits. Een haak en geen tennisbal.'

'Een neus om trots op te zijn,' zei Theo zonder ironie. Dankzij televisie en kerkbezoek had hij al lang geleden ontdekt dat bisschoppen, pastoors en katholieke politici opvallend vaak dikbeknolde neuzen hadden. Misschien was een neus als een deegbal wel een wezenskenmerk van de gezaghebbende katholiek, een episcopaal herkenningsteken.

Op een avond was het gesprek opnieuw op haar ouders gekomen en had hij gevraagd met wie ze beter kon opschieten, met haar vader of haar moeder. Daar had ze niet lang over hoeven nadenken: met allebei even goed.

En grootouders, had ze favoriete grootouders?

'Wat een vraag, Altena. M'n vaders familie is dus vergast.'

Een paar weken later zei ze dat ze het uit wilde maken. Dat kwam niet onverwacht. Op iemand die zo'n vraag had gesteld, knapte je vanzelfsprekend af.

Zijn ouders kenden Elza. Hij had haar één keer mee naar Alkmaar genomen en haar aan hen voorgesteld. Een aardig kind, maar wel wat spontaan, vonden ze. Dat laatste was een eufemisme voor ongemanierd en armoedig. Elza had kortgeknipt haar, strogeel van kleur doordat zij het had bewerkt met waterstofperoxyde. Door de combinatie van het gele piekhaar en de gitzwarte wenkbrauwen leek zij permanent in een staat van verschriktheid te verkeren, maar zo gauw ze haar mond opendeed wist je wel beter.

‘Wat moet jij nou met een punkmeisje, Theo?’ had zijn moeder gevraagd.

Elza was geen punk maar new wave. Dat was een essentieel onderscheid, had zij Theo uitgelegd. Theo had dat voordien niet geweten; hij hield van Genesis, Fleetwood Mac en The Eagles. Elza had geprobeerd hem het verschil duidelijk te maken. Punk was strijd en new wave was stijl, daar kwam het op neer. Theo deed een poging om het na te vertellen aan zijn ouders, die halverwege zijn verhaal al niet meer hadden geluisterd. Achteraf gezien had hij haar waarschijnlijk óók uitgekozen vanwege het strogele haar. Thuiskomen met een meisje met een uiterlijk als dat van Elza was een daad van verzet, zij het van impliciete en daarom nogal laffe aard. Zelf had hij zijn haar van achter laten opknippen en droeg hij bandplooibroeken en katoenen streepjesoverhemden; ze vormden een curieus ogend koppel. ‘De eerste keer dat ik een rechtse bal als vriendje heb,’ had Elza glunderend gezegd. Zo werd hij onder studenten wel vaker beoordeeld. Het was 1980, in de collegezalen droeg zeker een kwart van de studenten grauwe legerbroeken en zesdehands jacks uit dumpwinkels. Theo vond het bekrompen om je uiterlijk af te stemmen op je politieke voorkeur en haalde zijn schouders op wanneer medestudenten hem verdachten van conservatieve en christen-democratische sympathieën, louter op grond van zijn gepoetste schoenen en gestreken overhemden.

Op de dag van de kroning was het al lang uit met Elza, maar dat had hij zijn vader en moeder nog niet verteld. Toen ze thuiskwamen van oma en opa Stet, zei Theo: ‘Maar goed dat ik Elza niet heb meegenomen.’

‘Hoe bedoel je?’ vroeg zijn moeder.

‘Nou, ze had het vanmiddag niet bepaald leuk gevonden.’

‘Allicht niet. Het is waarschijnlijk een linkse tante.’

Theo zuchtte en ademde uit door zijn neus, demonstratief snuivend.

‘Ma, Elza is joods.’

Die opmerking was bedoeld als een slag in het gezicht. Theo had gerekend op enige verlate plaatsvervangende schaamte bij zijn moeder voor de uitval van opa Stet die ochtend, maar zij keek hem slechts verwonderd en licht afwezig aan.

Drie jaar na de kroning kreeg Amsterdam een nieuwe burgemeester. Op de dag dat het nieuws bekend werd, was Theo in Alkmaar en ging hij 's middags met zijn ouders mee op visite bij oma en opa Stet. Het ging niet goed met opa. Na zijn handen waren ook zijn voeten gaan vergroeien. De reuma leek de tenen van opa Stet omhoog te trekken. Hij droeg orthopedische schuiten die bij de neus tien centimeter hoog waren, om ruimte te bieden aan de opwaarts vergroeiende tenen. Wie de gezondheidsschoenen voor het eerst zag, had de indruk dat opa Stet op plateauzolen liep. Hij kwam bijna het huis niet meer uit en schuifelde voetje voor voetje door de kamer. Het traject van stoel naar wc nam vijf minuten in beslag. Een rolstoel werd afgeraden; artsen hadden hem geadviseerd te blijven lopen, ook al ging dat moeizaam en deed het pijn. Omdat hij nauwelijks nog de deur uit kwam, had de familie hem een nieuwe televisie cadeau gedaan, een met afstandsbediening. Het toestel stond dagelijks urenlang aan, altijd afgestemd op teletekst. Kwam er op de pagina 'laatste nieuws' een nieuw bericht door, dan tikte opa Stet op de afstandsbediening onmiddellijk het betreffende nummer in. Op sommige dagen ontbrak het zijn vingers aan de kracht om de tiptoetsjes in te drukken. Wanneer hem dat niet wilde lukken, gaf hij de afstandsbediening uit handen en dicteerde hij de in te toetsen nummers. Die middag deed Theo het voor hem. Op ieder nieuwsbericht gaf opa Stet uitgebreid commentaar, waar men plichtmatig en met een half oor naar luisterde. Maar over de nieuwe burgemeester van Amsterdam was hij kort.

'Alweer een rotjood. Het zal es niet zo wezen.'

Onwillekeurig duwde Theo met de muis van zijn hand op meerdere toetsjes tegelijk. Het bericht verdween van het scherm en maakte plaats voor de globale vertrek- en aankomsttijden van vrachtschepen in de Rotterdamse haven.

'Zo Theo, scheepvaartberichten?' zei opa Stet, en begon te grinniken. 'Verwacht je een belangrijke lading?'

Daar moest iedereen opvallend hard om lachen. Opa Stet

trok cabaretesk zijn wenkbrauwen op. Hij genoot wanneer hij succes had met een grapje. Later dat jaar ging hij dood. Kanker. Z'n halve slokdarm was weggevreten. De laatste maanden voor z'n dood kon ie vrijwel niets meer naar binnen krijgen. Kauwen op een stukje kalfsvlees ter grootte van een knikker duurde soms bijna een minuut. Als ie met muizeslokjes een glas water of wortelsap had gedronken, begon zijn maag even later zó hard te borrelen dat het leek alsof hij gorgelde met zijn mond dicht. Daarna kwamen de oprispingen. Dan schokte zijn borstkas en leek zijn hoofd losjes te deinen op zijn vermagerde romp. 's Nachts spuwde hij soms bloed.

Een half jaar na de dood van opa Stet bracht Theo zijn moeder de kroning van 1980 in herinnering.

'Ik weet niet waar je heen wil, Theo, maar je hebt het wel over een man die drie jaar lang onder de Duitsers dwangarbeid heeft verricht.'

Theo wist dit. Opa Stet was in de oorlog tewerkgesteld in Duitsland. Oma had haar vijf kinderen met de grootste moeite de oorlog door geholpen. Het gezin had soms dagen achtereen bloembollen gegeten. Zijn moeder was van '39. Theo kende haar niet anders dan kwakkelend met haar gezondheid.

'Wat wil je ook, hè, ik ben een oorlogskindje,' zei ze altijd als zij vanwege vage klachten – vermoeidheid, migraine – het bed hield.

Theo trouwde met Sylvia. Op de bruiloft viel zijn familie op doordat bijna niemand van hen een druppel dronk, terwijl Sylvia's achterban hem flink raakte. Van de Altena's zoop alleen zijn broer zich onder tafel.

'Theo, nou ben jij de jongste van de twee, en jij bent getrouwd en je broer heeft nog geeneens een vriendin,' zei oma Stet op de bruiloft.

Zijn broer studeerde waterbouwkunde in Delft. Nooit nam hij een meisje mee naar Alkmaar. Maar een half jaar na de bruiloft, op de verjaardag van oma Stet, kwam zijn broer opgetogen binnenvallen. Hij had een vriendinnetje.

Ongelovige gezichten in de familie. Zijn broer had een foto bij zich. Toen zijn moeder de foto in handen kreeg, tuitte ze haar mond en zoog ze haar wangen naar binnen, alsof ze iets proefde wat ze niet kon thuisbrengen. Ze gaf de foto door aan oma Stet en zei: 'M'n complimenten. Een mooi meidje.'

Oma Stet had haar leesbril opgezet. Met gestrekte arm hield ze de foto ver van zich af. Ingespannen vernauwde zij haar ogen, waarbij ze gelijktijdig haar bovenlip optrok. Toen keek ze vertederd op, haar hoofd schuin en haar vrije hand met gespreide vingers op haar wang.

'Ach gut, een zwartje.'

Theo kreeg als laatste de foto aangereikt. Het 'zwartje' had een lichtbruine huid, steil zwart haar en diepliggende ogen.

'Haar moeder is Indisch,' zei zijn broer, en borg de foto in de binnenzak van zijn spijkerjack.

Twee jaar lang was het meisje de vaste vriendin van zijn broer. Voor geen goud nam hij haar mee naar Alkmaar, had hij Theo eens toevertrouwd. Theo en Sylvia kregen haar één keer te zien, op een studentenfeest in Delft. Ze had smalle schouders en een hoekig, asymmetrisch gezicht. Brede kaken en jukbeenderen als uit kersehout gesneden. Later zei Sylvia dat het meisje met zo'n typisch Haagse r sprak. Was hem niet opgevallen.

'Jij hebt 'r ontmoet, Theo. Was het een lief kind?' vroeg oma Stet later eens. Zij vond het zonde dat zijn broer het meisje aan de kant had gezet. 'Je ziet het steeds meer hoor. Onze buurvrouw van vroeger die nu woid weg in de Kennemerstraatweg woont die d'r zus heeft ook een kleinzoon die het met een zwartje houdt. Die jongen heeft het goed gekluchterd.'

'Theo, ze is zowat tachtig. Voor mensen van die leeftijd is het een heel gewoon woord,' zei zijn moeder later, nadat Theo de opmerking van oma Stet voorzichtig ter sprake had gebracht.

Voordat hij naar huis ging, gaf zijn moeder hem *Het dwaallicht* van Willem Elsschot mee.

'Nooit gelezen, meneer de neerlandicus?'

Daar stond het, op de eerste bladzijde. Drie 'zwartjes' die de weg vroegen, in een verhaal dat scheen te moeten worden geïnterpreteerd als een allegorie van het nieuwtestamentisch verhaal van de drie wijzen uit het oosten.

Toen Theo en Sylvia inmiddels in de Bergermeer woonden en zijn ouders waren verhuisd naar een nieuwbouwflat in Huiswaard 3, belde zijn moeder op een avond overstuur op.

'Muizen, Theo, muizen! Overal in de keuken liggen uitwerpselen. Achter de koelkast ziet het zwart van de keutels.'

Diezelfde avond bezocht hij zijn ouders en zette hij valletjes uit op strategische plekken. Een week later belde zij opnieuw op.

'Ik heb er twee zien lopen! In de keuken, ze roetsjten zo langs de plint. Ik word gek.'

'En pa?'

'Ach, die lamzak doet niks. Die zegt dat overal wel eens een muisje tript. Aan hem heb ik ook nooit wat.'

Theo bracht isolatiestrips aan onder de achterdeur. Bij de drogist kocht hij gif en zette lokdoosjes op de overloop en in de keuken. Diezelfde week was zijn moeder opnieuw in alle staten. Zij had er een zien lopen in de slaapkamer. Keihard had ze gegild. Schoot dat ding zo de linnenkast in! Ze wilde verhuizen.

Hij belde uit naam van zijn ouders met de gemeentelijke ongediertebestrijding. De telefoniste verwees hem door naar een particuliere reinigingsdienst. Op een zaterdagochtend verscheen in een witte bestelbus een werknemer van Rattex. Op verzoek van zijn moeder was Theo aanwezig. Hij hielp mee met het loshalen van het tapijt om via ventilatiegaatjes in het beton bij de leidingen van de verwarmingsradiatoren felroze gifkorrels in de kruipruimte te strooien.

De man van Rattex had een vollemaansgezicht en een scheefstaande mond. Hij droeg een bril die telkens van zijn neusbrug zakte om vervolgens te worden opgevangen door een forse knol die, zag Theo, wel wat op de zijne leek.

'Meneer, u ziet het zelf: het is hier brandschoon,' zei z'n moeder. Sinds de plaag had ze rozerode zenuwvlekken in haar hals. 'Er valt hier geen kruimel te halen voor die dieren. Hoe kom ik nou aan muizen?'

De man legde uit dat ieder huishouden het slachtoffer kon worden van een muizenplaag. Die krengen doken op in zelfs de meest kraakheldere nieuwbouwwoningen. Maar dat was wél iets van de laatste vijftien jaar. Dit begreep zijn moeder niet meteen. De man van Rattex maakte met beide armen een weids gebaar en zei: 'Wat dacht u? De buitenlanders, mevrouw Altena, de buitenlanders.'

Theo voelde het bloed uit zijn wangen trekken. Hij keek tersluiks naar zijn moeder, in een poging een smalende blik van verstandhouding te wisselen. Maar zij luisterde belangstellend.

'De kokerij van die mensen, vuilnis op de balkonnetjes. Andere gewoonten hè,' zei de man van Rattex. 'Sinds onze Turkse en Marokkaanse vrienden steeds meer huizen krijgen, rukken de bijbehorende beesten ook op. Zo gaat dat. Hier is het nog heilig hoor, mevrouw. Maar in het Rooie Dorp en de Kooimeer vieren de kakkerlakken feest, dat wil ik gezegd hebben. En wat dacht u van de grote steden? Daar marcheren ze in rijen van tien, de kakkerlakken dan hè. Soms moeten mijn collega's uit Amsterdam een dag lang complete percelen uitspuiten in de Bijlmer of de Indische Buurt. Ik denk wel eens, echt waar hoor, zouden die Turken al dat ongedierte in een koffertje uit hun mooie vaderland hebben meegenomen? Want waar komen ze vandaan? Misschien poepen ze die beesten wel uit, weten wij veel.'

Het gif werd uitgezet op talloze strategische plekken. Geen gat of hoek sloeg de man over. De rekening bedroeg negentig gulden. Zijn ouders gaven een flinke fooi.

'Jongen, denk je dat die vent zoiets uit z'n duim zuigt over al die verloedering?' zei z'n moeder later. 'Waarom zou ie? Feiten zijn feiten.'

De muizen verdwenen. Af en toe hoorden zijn ouders van achter de muren een langgerekt gepiep. Dat had de man van Rattex voorspeld. Ze willen nog wel eens een piepertje geven in hun doodsuur. Bang voor stinkende lijkjes hoefden ze niet te zijn. Het gif deed het bloed stollen; de beesten implodeerden als het ware om vervolgens netjes uit te drogen. Zijn moeder was zo tevreden over de service dat zij de firma een klein bloemstuk stuurde.

Lang voor de muizenplaag kwam Sylvia regelmatig op visite

bij zijn ouders. Ook opa Stet had zij nog gekend; zij was een jaar voor zijn dood aan hem voorgesteld. Opa Stet had gedweept met Sylvia. 'Silly' had hij haar genoemd, alsof zij niet de volwassen vriendin van zijn kleinzoon maar een achterkleinkind was. Theo had haar nooit verteld over de uitval van opa Stet op de dag van de kroning. Sylvia wist niet beter of zij was van hen tweeën de enige die uit een familie kwam van wie sommigen er zekere opvattingen op na hielden.

Negen

Van de rug af gezien leek het of hij zat te lezen, zijn hoofd licht gebogen en de ellebogen symmetrisch gepunt op de armleuningen van de zwartleren stoel. Maar Theo las niet, hij zat roerloos in de huiskamer voor zich uit te kijken, zoals bijna altijd tijdens slapeloze nachten. Het was bijna twee uur, een tijdstip dat voor Theo, ochtendmens, synoniem was voor 'midden in de nacht'. Bijna een uur geleden was hij de trap af geslopen.

Sinds veertien maanden, *de* veertien maanden, lag zijn nachtrust overhoop. Twee- tot driemaal in de week beleefde Theo uren van gedraai en gewoel. Hij ging het bed uit, dronk warme melk of valeriaanthee, maakte nachtelijke dwaaltochten door het huis en eindigde in de badkamer, zoekend in het medicijnkastje naar de strips met slaaptabletten. Als de pillen op waren, of wanneer hij vond dat hij ze te veel nachten achtereen had geslikt, nam hij plaats in zijn stoel in de kamer. Uren kon hij er zitten, gespannen wachtend op tekenen van vermoeidheid.

Alleen al uit die zogenaamd uit de lucht gevallen slapeloosheid had Sylvia haar conclusies kunnen trekken. Maar zij had voetstoots van hem aangenomen dat hij steeds heviger werd geteisterd door 'stress op het werk', zoals hij het niet alleen haar maar ook de huisarts had verklaard, tijdens consulten waarop hij vroeg om normison of mogadon, pillen met melodieuze namen die hij onwillekeurig associeerde met zeldzame gewassen of nieuwe, exclusieve modellen van auto's ('Maak een proefrit met de Fiat Normison!'). Theo had niet eerder slaapmiddelen geslikt, en verdomd, het was heerlijk om na inname van zo'n mogadonnetje in slaap te worden... gevouwen, zo voelde het nog het meest, alsof een cocon om zijn lichaam werd gesponnen en hij werd opgerold in een soort slaap, diep, drukkend, die hem feitelijk niet toebehoorde maar hem werd gepresenteerd als was het een gerecht. Gewoonlijk welde de slaap van binnenuit, maar met zo'n pilletje leek het van buiten te komen, vergelijkbaar met de prettige kriebeling van wol rondom je hoofd bij het aantrekken van een warme wintertrui.

Alle verlangen naar nachtrust ten spijt, voelde Theo tegelijkertijd vaak *tegenzin* om in slaap te vallen. Dat had te maken met de banale maar daarom niet minder geldige angst dat hij wel eens zou kunnen praten in zijn slaap. Hij had er Sylvia nog nooit over gehoord, dus waarschijnlijk hield hij 's nachts altijd keurig zijn snater. Maar wie kon hem garanderen dat het zo zou blijven? In Amerikaanse soap opera's lulden echtelieden zo váák in hun slaap hun mond voorbij, dus waarom zou het hém niet kunnen overkomen? Theo kon het zich ook heel goed voorstellen; hij zag zichzelf liggen naast Sylvia, allerlei obsceens murmelend over wat hij buiten de deur had uitgespookt terwijl hij diep in coma en met een middernachtelijke paal in zijn pyjama als belastend bewijsmateriaal lekker over Iris lag te dromen... Nee, dan liever slapeloos.

Behalve uit angst zich te verraden lag hij vooral wakker uit spanning. Op zondag- en maandagnacht voelde Theo zich gespannen om wat op dinsdagmiddag te gebeuren stond. Had hij het wekelijks overspel achter de rug, dan hielden de herinneringen aan het gebeurde hem minstens één nacht wakker. Koortsig mijmerend riep hij dan de standjes van de voorbije middag in herinnering. Stiekem rukken in de badkamer hielp nauwelijks. Had hij zich haastig afgetrokken en lag hij daarna weer in bed, dan kwamen ze opnieuw, de beelden van Iris' naakte verschijning, van wat hij die middag bij en met haar had gedaan, van het zicht op haar borsten en schouders en, in bepaalde posities, op kut en kont. Met Sylvia was hij tijdens het vrijen één en ondeelbaar, zij het niet volgens de romantische wetten van de mystieke eenwording. Uitwendig mochten zij behept zijn met tegengestelde lichamen maar al bij de eerste strelingen waren zij gelijksoortig, verbluffend congruent, twee dubbelgeslachtelijke homoseksuelen in hetero-vermomming. In bed (dat wil zeggen: op de bank) met Iris werd de minste handeling juist bepaald door afstand en objectivering. In zijn studententijd had Theo in een filmhuis ooit *Annie Hall* gezien en was hij gebiologeerd geraakt door de scène waarin Diane Keaton in bed met Woody Allen letterlijk uittreedt en in alle nuchterheid zichzelf en haar bezige minnaar aanschouwt. Tot dan toe had hij verondersteld dat alleen mannen tijdens seks uit hun lichaam klauterden en toeschouwer van zichzelf werden. Maar bij Diane Keaton gebeurde het niet, zoals bij mannen, uit een pornografische begeerte maar uit desinteresse en lauwheid. Bij een man die neukt met een vrouw die hij meer begeert dan bemint, verlaat de geest het lichaam en wordt alles wat hij *voelt* voor een groot deel bepaald door wat hij van zichzelf en de ander *ziet*. Dat was in ieder geval wat hem keer op keer overkwam met Iris. De paradox was dat hij een kritische afstand nodig had om intiem met haar te zijn. Dan werd zijn lichaam één groot oog, een alziende camera die hij naar believen kon bedienen en waarmee hij zijn private pornofilm schoot, alsof hij tijdens de seksuele handelingen niet investeerde in genot maar in de toekomstige *herinnering* aan hetgeen hij op dat moment beleefde. Seks met Iris was geen vervulling van zijn fantasie maar een voeding van zijn verbeelding. Dat was het beste af te meten aan de kwaliteit van zijn orgasmen bij masturbatie. Als hij zich aftrok en daarbij dacht aan Sylvia, dan verloor het orgasme het altijd in kwaliteit en intensiteit van de hoogtepunten die hij bij en mét haar had beleefd. Vrijen met Sylvia mondde altijd uit in orgasmen van beeldloze overweldiging, de korte euforie van het eeuwigdurend hier en nu. Dacht hij tijdens de zelfbevrediging aan Iris, dan riep hij de obscene scènes op die hij ooit met haar had 'gespeeld' en was ieder orgasme heftiger dan hem ooit tijdens hun feitelijke vrijpartijen was overkomen. Goedbeschouwd maakte hun affaire niet de minnaar maar de masturbant in hem wakker. Zeer gericht en met een nuchtere inspanning concentreerde hij zich tijdens het verbeten rukken op de gefragmenteerde indrukken die hij had overgehouden aan de seks met Iris. De pornografische herinneringen hadden iets weg van een videoclip, waarin ieder verhaal, iedere suggestie van een ontwikkeling of plot was uitgebannen en waarin flitsgewijze beelden over elkaar leken te buitelen. Theo monteerde de beelden en werkte toe naar een ambachtelijk perfecte opeenvolging van ultrakorte scènes. Precies zo waren vervolgens ook zijn orgasmen: ambachtelijk perfect, hem ontvliedend onder omstandigheden van de grootst mogelijke discipline en controle. Het was bijna kunst, het klaarkomen op Iris, niet te evenaren door hun gedeelde werkelijkheid.

En dan te bedenken dat zijn overspel in grote kuisheid was begonnen. Het had lang geduurd voordat zij hem had uitgenodigd bij haar thuis, en nog langer alvorens zij zich had laten kussen. Na de werkweek van havo 4 in Tilburg, tijdens welke hij voor het eerst uitvoerig met haar had kunnen praten, had Theo er alles aan gedaan om zoveel mogelijk met haar in contact te komen. Hij woonde rapport- en mentorenvergaderingen bij, bleef na ouderavonden dralen in de lerarenkamer in de hoop er haar te treffen, sloot zich in de lunchpauze vaak aan bij het groepje docenten waarmee zij in gesprek was, pluisde heimelijk haar rooster uit en vond tot zijn vreugde de twee gedeelde vrije uren op de dinsdag. Al die inspanningen mochten natuurlijk niet in de gaten lopen. Kwam hij haar tegen in de gang, dan groette hij haar vriendelijk maar met gepaste distantie. Tijdens vergaderingen lachte hij voorkomend en neutraal wanneer hun blikken elkaar kruisten. Zij gaf dan vaak een knikje en lachte soms terug, kort, formeel en bepaald niet amoureus – maar toch, ze had naar hem geglimlacht! Daar moest je koel onder blijven, en dat was niet eenvoudig. Had zij hem toegelachen, dan keek Theo met een ernstig gezicht naar de stencils voor hem op tafel en veinsde hij cijferlijsten te bestuderen.

Op dagen dat zij evenveel lesuren hadden liep hij na werktijd wel eens met haar op naar de parkeerplaats. Stapte hij daarna in zijn Toyota, wankel op de benen als een jongejuffrouw, dan bleef hij soms een tijdje zitten zonder de wagen te starten. Hoe was het mogelijk! Hij leek wel geïnfecteerd met het virus van de kalverliefde dat ieder schooljaar door de klassen raasde en talloze slachtoffers maakte, te zien aan de bleke, hologige tronies van smoorverliefde, kwijnende jongens en meisjes die erbij liepen alsof hun laatste uur had geslagen... Hij, Theo Altena, de rare pief van Nederlands met wie sommige meiden in de hoogste klassen dweepten, hij was weer veertien, vijftien jaar en verschilde slechts in uiterlijk van al die stoere en bepuiste kereltjes die wanhopig achter de meiden aan joegen, het testosteron gierend door de lange, lijzige lichamen.

Op een dinsdagochtend voor schooltijd trof hij haar aan in de lerarengarderobe. Zij hingen er gelijktijdig hun jassen op. Juist toen hij haar wilde aanspreken, kwam Wassenaar van scheikunde binnen die eveneens zijn jas kwijt moest. Theo verwenste zijn collega. Maar het geluk was met hem: Wassenaar had haast en snelde richting koffiekamer. Iris was neergehurkt, doorzocht haar sporttas en haalde er een vakdidactisch handboekje uit. Theo deed een schietgebed. Toen vroeg hij of zij die dag iets met hem wilde drinken.

'Je hebt toch ook twee tussenuren vandaag?'

Op haar hurken draaide zij zich verwonderd naar hem toe. Het was natuurlijk nogal merkwaardig dat hij wist hoe haar lesrooster in elkaar stak. Even keek ze schuin omhoog langs hem heen, toen begon ze te lachen en zei ja. En of hij iets leuks wist in de stad.

Weken had hij toegeleefd naar dit moment. Had alle Hoornse restaurants, cafés en lunchrooms die hij kende in overweging genomen.

'La Bascule, ken je dat?'

Nee, dat kende zij niet, en Theo legde haar uit waar het was.

Hoewel er niets clandestiens aan hun afspraak was, reden ze die middag ieder in hun eigen auto naar het centrum van de stad. Ze parkeerden op de Gedempte Turfhaven. Theo kon wel juichen. Hij liep naast haar en zweefde over de nieuwbakken kasseien van de Kerkstraat. Kuste in gedachten de overhangende klok van de Noorderkerk; omarmde alle voorgevels op en om het plein Rode Steen. Kusje voor alle rood-met-gele luiken van het gerestaureerde patriciërshuis. Dikke kus voor de witte klokgevel van de oud-ambachtelijke bakkerij. Het leek wel of de kosmos hem zacht kietelde, zo tintelde en gloeide zijn lichaam. En hij maakte geen enkele blunder. Was geen moment overdreven in zijn galanterie, maar waakte tegelijkertijd voor een al te opzichtige nonchalance. Zij mocht eens denken dat hij dit soort uitstapjes vaker maakte.

La Bascule, aan de westkant van het Rode Steen, huisde onder de zuilen van het oude waaggebouw, recht tegenover het Westfries Museum. Het jaar daarvóór heette het nog restaurant De Waegh. Op een dag waren de visnetten, koperen sierpannen, houtgravures en schilderijlijsten met krulwerk verdwenen, was het ebbehouten meubilair vervangen door rieten stoelen en ronde tafels met marmeren bladen en was het restaurant een grand café geworden. Die middag waren zij er de enigen. Barman en serveerster hielden zich discreet op achter de tapkast. Theo en Iris spraken gedempt. Hij: over zijn studententijd, over hoe fijn hij woonde in Alkmaar en, natuurlijk, over Sylvia, want het leek hem passend om zich te profileren als trouwhartig echtgenoot. Zij: over haar jeugdherinneringen aan Paramaribo, over arme oma Duivenpoort die reuma had, over haar moeder die zich altijd zorgen maakte om de vijf kinderen, en dan vooral om Franklin en Steven, haar broertjes die helaas hun school niet hadden afgemaakt en nu allebei wakaman dreigden te worden. (Dat was het eerste woord uit het Sranantongo dat hij van haar hoorde. Zij legde uit wat het betekende – iets als 'straatjongen'.) Hierbij trok Iris een droevig gezicht, haar volle lippen neerwaarts gekruld, zodat haar bovenlip nóg meer volume leek te krijgen. En zij knikte traag en peinzend, ten teken dat zij de zorgen om haar broers met haar moeder deelde. Pinaren heette dat – Theo's tweede woord – en het betekende niet alleen armoede lijden, maar ook piekeren, tobben, en zo gebruikte zij het. Iris had zo bedroefd gekeken dat Theo spontaan met haar mee had gepinaard.

Natuurlijk vertelde zij ook over Sidney. Hij was souschef op de afdeling administratie bij Bonaventura in Sloterdijk. Sidney had er een hekel aan om te forenzen, maar wilde niet dat zijn vrouw iedere dag op en neer naar Hoorn zou moeten reizen. En als hij haar gelukkig kon maken met een huis met vijf kamers en een grote voor- en achtertuin in de nieuwbouwwijk Kersenboogerd... Kom daar 'ns om in Amsterdam, daar lieten ze je jarenlang verpieteren op een wachtlijst, voordat je voor een fatsoenlijke woning buiten de Bijlmer in aanmerking kwam. Ai ai ai, de Bijlmermeer... Het was zo eenvoudig nog niet om er een woning te vinden, maar het was oneindig veel moeilijker om er weer vandáán te komen!

Zodra het over huizen en andere algemeenheden ging, herwon Iris haar karakteristieke stem, laag, hees en met af en toe een extreem hoge uithaal, typerend voor veel Surinaamse vrouwen. Had zij het echter over Sidney, dan begon ze bijna te fluisteren. Iris sprak over hem met gepaste trots, zonder op te snijden of koket te dwepen. Ook zij leek tegenover de ander te willen benadrukken dat zij gelukkig getrouwd was – waarmee zij in feite net als Theo zekere bijgedachten had verraden. Theo was niet jaloers op Sidney. Hij dronk koffie met Iris tussen de zuilen van het oude waaggebouw, en dat was genoeg. (Meende hij dat? Dat meende hij.)

Na die eerste keer bezochten zij vrijwel iedere dinsdagmiddag het grand café. Voor de klas werd Theo zo mak als een lammetje. Leerlingen wisten niet hoe ze het hadden. Mijmerend, glunderend en vlinderend werd hij één met de blozende bakvissen die hij voor zich in de banken had. Hij zag geklets en geklooi door de vingers, maakte jolige opmerkingen midden in een les. Men stond paf. Zeg, had de Neus ze allemaal nog wel op een rijtje? Wat was er met die mafkees? De mafkees in kwestie straalde... Kwam er na een les iemand bij hem zeuren over onterecht fout gerekende antwoorden in een proefwerk, dan veranderde Theo zonder morren de vijf in een zes, de betreffende leerling, wiens hoop op een hoger cijfer vrijwel nihil was geweest en die slechts pro forma had geklaagd, in verbijstering achterlatend. De omslag duurde niet lang, al snel stond Theo weer te schamperen voor de klas – maar zijn kortstondige jovialiteit was genoeg om de leerlingen in de pauzes stof tot roddelen te geven.

Gedurende een maand gebeurde er niets, niets dan dat Theo's hand heel kort de hare raakte wanneer zij samen koffie dronken; niets dan geloken ogen, bedeesde lachjes en een behaaglijk zwijgen tijdens wandelingen van Turfhaven naar Rode Steen en weer terug; niets dan de verlegen afscheidsgroet wanneer zij aan het eind van de tussenuren in hun op kleine afstand van elkaar geparkeerde auto's stapten. Thuis werd alles zoetvloeiend. Sylvia had profijt van zijn opperbest humeur. En Theo was schaamteloos. Hij zong onder de douche. Hij bracht vaker een cadeautje mee voor Syl. Trok 's avonds zowaar een fles wijn open, was aanhalig en besteedde driemaal zoveel tijd aan voor- en naspel. Al die levenslust! Hij stond er zelf verbaasd over. Iris wekte het in hem op; hij kon het kwijt bij Sylvia.

Op de eerste dinsdag in maart hadden zij opnieuw in La Bascule afgesproken. Ze hadden juist voor de tweede keer koffie besteld toen de deur opengiŋg en er zeker tien tot vijftien atheneum-klanten binnenkwamen. Theo herkende het gezelschap, ze kwamen uit een vierde klas waaraan hij lesgaf. Hij bedwong de neiging om ineen te duiken en keek strak naar Iris. Hij hield een hand aan zijn bril.

'4b komt binnen. Een stuk of tien. Niet omkijken.'

Zij deed wat hij had onderdrukt, ze bracht geschrokken een hand naar haar mond. Gelukkig zat zij met de rug naar de ingang en was haar paniek niet zichtbaar voor de leerlingen. Even sloeg haar schrik op hem over, maar onmiddellijk voelde hij een stille triomf. Dat zij hier zaten was ook in haar ogen blijkbaar beladen en belastend. Dat was een heerlijke ontdekking.

Hij keek vanuit zijn ooghoeken naar de ingang. Het groepje draalde. Plotseling vond hij het een uitdaging om zich uit de situatie te redden. Het was een goede manier om haar te tonen wat hij waard was.

'Heb jij ze ook, 4b? Ik bedoel, de meiden?' vroeg hij. Het Westfries College deed nog niet aan gemengde gymlessen.

Zij knikte gespannen.

Theo stak zijn hand op naar de groep. Iris boog naar voren.

'Wat doe je *nou*?' vroeg ze.

'Hé, meneer Altena!' riep er een. De zangerige toon was zwaar aangezet, ten teken dat het groepje hen al lang had opgemerkt.

Theo zwaaide een tweede maal, ging achteroverzitten en lachte geruststellend naar Iris.

'Ik doe niets, ik zwaai alleen maar,' zei hij. 'Er *is* toch ook niets? Iris?'

Ze begon te lachen. Ze had het begrepen. Wat viel er te betrappen wanneer zij zich niet betrapt zouden gedragen?

De kinderen kwamen rumoerig kletsend in hun richting.

'Hé, meneer Altena,' zeiden er een paar opnieuw.

'Dag vrienden en vriendinnen,' zei Theo. Hij probeerde met een versleten geraakt mededogen te glimlachen – de lach van een doorgewinterd docent. Daarmee dwong je respect af.

Er waren vier meisjes in het gezelschap. Eén zei: 'Hoi, Iris.'

Een ogenblik bevroor Theo's grijns. Zij liet zich tutoyeren. Hij niet. Zij was hip, hij een duffe zak. Scholieren categoriseerden rudimentair en streng.

'Tussenuur?' vroeg hij, aan niemand in het bijzonder.

Er klonk een tevreden gemompel.

'Vrij van wiskunde. Baars is ziek.'

'Aha,' zei Theo, volstrekt niet geïnteresseerd in hun antwoord.

'U ook een tussenuur?' vroeg er een.

Daar werd, natuurlijk, besmuikt om gelachen.

'Jazeker,' zei Theo. 'Juffrouw Pompier en ik zaten net uit te dokteren hoe wij heel 4b kunnen laten blijven zitten.'

Dat sloeg niet in.

'Watte?' vroeg een ander.

'Hoe we jullie kunnen laten blijven zitten,' herhaalde Theo, die toen pas doorhad hoe merkwaardig die vier werkwoorden op een rijtje klonken.

'O ja,' werd er gemompeld. Je zag ze blikken wisselen, fronsend, meesmuilend. Geflipt, die Altena.

'Ook leraren houden van roddelen, hoor,' zei Iris, en Theo schrok van het volume van haar stem. Het was, iedere goeie docent beschikte erover, haar koppen-dicht-en-luister-stem. Zij galmde ermee door het grand café. Zo had hij haar sinds de werkweek in Tilburg niet meer horen praten. Iris keek de groep langs en zei: 'Denken jullie nou echt dat leerlingen alleen over leraren roddelen en niet andersom? Nou, ik wil het wel onthullen. Meneer Altena en ik hadden het net over... jou!' En Iris wees een meisje aan dat onmiddellijk begon te blozen. Haastig zei ze: 'Grapje, Marjoke. We hadden het over niemand in het bijzonder. Over niemand en iedereen.'

Marjoke lachte zuur; de rest keek afwachtend en, zowaar, verlegen. Theo wierp een geamuseerde blik op Iris. Dat had ze goed gedaan: één leerling slachtofferen ten behoeve van het overwicht op de groep.

'Mogen we d'r effe bij komen zitten?'

Theo kon niet zien wie het had gevraagd. Hij knikte vragend naar Iris, liet haar de keuze.

'Natuurlijk,' zei ze. 'Gezellig.'

De groep kwam in actie. Tafels werden verschoven, stoelen werden aangesleept, de poten schoven roffelend over de quasi authentiek beklinkerde vloer. De serveerster kwam de bestelling opnemen. Vanachter het buffet keek de kastelein misprijzend toe. De meisjes namen thee, de jongens pils, waar zij even later overdreven dorstig van dronken, om zich nog eens extra te onderscheiden van de twee suffe leraren met hun kannetje koffie voor zich.

Theo speelde zo goed mogelijk de rol van gemoedelijke leraar in buitenschoolse situatie. Hij plaatste een paar gekscherende opmerkingen, waar naar zijn smaak te zuinig om werd gelachen. Iris richtte zich tot de meisjes en lachte solidair met hen mee als zij ergens in een deuk om lagen, zoals dat dan heette. Gewoon lachen deden ze nooit, wist Theo. Meiden van zestien giechelden, óf lagen gierend in de spreekwoordelijke deuk. Een tussengebied van mild, beheerst plezier leek niet mogelijk te zijn.

Na tien minuten was de onvoorziene samenscholing voorbij. Iris vertelde dat zij en 'meneer Altena' nog les moesten geven. Zij trok daarbij een verveeld gezicht, waar de kinderen zich vrolijk over maakten. Oók een aardige truc, wist Theo uit ervaring. Spelen dat je een balende leraar bent, daar maak je goeie sier mee.

Over een kwartier zou het zevende lesuur beginnen. Ook 4b moest terug naar school; de klas had die middag nog een uurtje scheikunde. Daar had, o wonder, niemand zin in.

'Kut,' weerklonk het rondom Iris en Theo, 'nog een heel kutuur dat kutscheikunde.'

Theo twijfelde er niet aan dat het voorvoegsel ook dienst

deed wanneer zíjn lesuur in het verschiet lag.

Nadat 4b de brommers en fietsen had gepakt, wist Theo intuïtief dat Iris had besloten hun wekelijks rendezvous te beëindigen. Zij liepen over Kerk- en Nieuwstraat naar hun auto's. Theo wilde haar vóór zijn en zei: 'Maar niet meer doen, hè, zo'n uitstapje.'

'Dacht het niet, nee.'

Enigszins gestoken door haar snelle instemming vroeg hij: 'Kunnen we een volgende keer niet ergens anders naar toe gaan? Ik bedoel, ergens buiten de stad?'

Enkhuizen, Medemblik, Zwaag: hij wilde van alles voorstellen, tot hij begreep dat zijn vraag te gretig was geweest. Hij had hun code van vriendschap en kuisheid geschonden. Iris nam hem op met een afwezig soort afkeuring, alsof zij slechts voor de vorm verontwaardigd was en hij was veranderd in een willekeurige jongen uit 4b die geroutineerd terecht moest worden gewezen.

'Voorlopig niet, Theo. Goed?'

'Tuurlijk. Oké.' Hij glimlachte met opeengeklemde lippen en veel te hoog opkrullende mondhoeken, waarvan er eentje cynisch in de hoogte bleef, zodat hij met een naargeestige scheve grijns in zijn auto stapte.

Op weg naar school passeerde hij het gezelschap van 4b. De meisjes reden alle vier op opoefietsen. Zij hadden één hand aan het stuur; met de ander hielden ze ieder een jongen op een brommer bij de schouder vast. Zo zeilden de meiden zonder te trappen over de Draafsingel, hun lange haren strak naar achter waaiend. Theo claxonneerde toen hij achter hen kwam te rijden. Het was geen speelse groet maar een pulserend getrompetter, bij het produceren waarvan Theo onwillekeurig zijn ogen half toekneep, de muis van zijn hand rustend op de claxon. Twee van de meisjes brachten razendsnel hun vrije hand van jongensschouder naar fietsstuur. Hevig slingerend minderden ze vaart. Een derde hief van schrik haar kont van het zadel. De jongens, onverwacht verlost van het gewicht dat zij voorttrokken, schoten met hun brommers onbeheerst vooruit. Even hoopte Theo dat ten minste één van hen een flinke smak zou maken op de klinkers. Eén van de meiden had – hij zag het in zijn achteruitkijkspiegel nadat hij hen was gepasseerd – een vuist geheven waaruit zich, vermoedelijk toen het meisje dacht dat zij uit zijn zicht was, de middelvinger kaarsrecht oprichtte. Fuck you! Het was Marjoke. Insgelijks, kleine schat, mompelde Theo, en duwde het gaspedaal nog iets verder in.

Die week zon hij op methoden om Iris opnieuw mee uit te vragen. Het ontbrak hem aan de moed haar aan te spreken. Maar de week daarop, op maandagmiddag, stond zij in de hoofdgang bij de rectorskamer te praten met twee brugklassers. Iris groette de twee leerlingen lachend ten afscheid toen zij hem zag naderen. Theo bleef schutterig staan. Een ogenblik meende hij dat zijn stem gesmoord klonk toen hij ja zei op haar vraag of hij misschien de volgende dag bij haar thuis een kopje koffie of thee... goed?

'Ja. Ja, goed.'

Zij stond er, zag hij, anders bij dan normaal, zich gespannen bewust van haar houding, alsof zij ieder moment verwachtte door iemand in de rug te worden geduwd.

Theo zei: 'Ik weet alleen niet waar je woont.'

Snel, zó snel dat ze later misschien zou kunnen volhouden het níet te hebben gezegd, zei ze: 'Je rijdt gewoon achter me aan.'

'Wat?'

Hij had haar wel degelijk verstaan, maar was zó verbaasd dat hij het nog eens wilde horen.

'Je rijdt achter me aan.'

De tweede keer zei ze het met afgewend gezicht. Theo kon nauwelijks geloven wat hij had gehoord. Hij moest een vreugdekreet bedwingen. Later die dag, in de lerarenkamer tijdens lunchpauze, waren de vage glimlachjes verdwenen en vervangen door een bangelijk gluren, gevolgd door te heftige rukjes van het hoofd wanneer een van beiden wegkeek.

Die dinsdag volgde hij inderdaad haar Volvo. Zij reden via Oostergouw en IJsselweg naar Kersenboogerd. Op de hoek van de straat waar zij woonde bleef Theo nog even achter het stuur zitten. Dat had ze hem gevraagd, in verband met glurende buren die een gezamenlijke aankomst waarschijnlijk verdacht zouden vinden. Na vijf minuten liep hij over het tuinpad om het huis. Zij wachtte hem op bij de achterdeur. Eenmaal binnen zwegen zij. Hun ernst was even onvermijdelijk als onbegrijpelijk. Theo keek de kamer rond. In zijn keel kriebelde het, alsof zijn strottehoofd door een plumeau werd bestreken.

In de kamer wees zij hem een plaats op een smetteloze bank met modern dessin. Theo had zich een schilderachtig interieur voorgesteld, een vurehouten vloer, Afrikaanse kunst aan de grofbestucte wanden, oude jazzplaten in een grote, ongelakte Bruynzeel-kast, en een mooie overjarige bank van gebarsten leer, bij de leuningen bedekt door talrijke kleurige kussens die uitnodigden tot schoenen uit en lekker languit liggen – ongeveer zoals rijke zwarten leefden in Amerikaanse speelfilms van zwarte regisseurs. In plaats daarvan ontving Iris hem in een decor als van een kraakheldere kapsalon; pastelblauw linoleum op de vloer, met in het midden van de kamer, waar de perspex salontafel stond, een carré van witte laminaattegels. Een zwart en groot televisietoestel, omzoomd door het glimmend chroom van een meubel op wieltjes, domineerde de zithoek. Even meende hij op een smalle witte boekenplank een encyclopedie in pocketformaat te ontdekken. Maar het waren donkerrode leren dozen van videobanden. Ving hij een glimp op van een dergelijk interieur in een willekeurige woning in de Bergermeer, dan stemde het hem mild. Die middag stuitte het bijna griezelig perfecte evenwicht tussen smetteloos en smakeloos hem tegen de borst. Het interieur omsloot hem alsof hij door onvoorziene omstandigheden plotseling een jas van een vreemde moest dragen, van een model dat hij zelf nooit zou hebben uitgekozen. Misschien had hij Iris nooit mee uit moeten vragen en was hun omgang één groot misverstand, het pijnlijke gevolg van een uit de hand gelopen dweepzucht.

Iris serveerde koffie. Hij dronk uit een wit, hoog kopje. Een half uur voordat het zevende lesuur zou beginnen, stelde zij voor om terug naar school te gaan. Het was hoogstens tien minuten rijden.

'Ga jij maar eerst, ik kom later,' zei ze, en liet hem uit door de achterdeur. Theo bleef staan in de deuropening. Hij keek de tuin in en inspecteerde schuur en schutting. Er moest aan de voorkant van het huis een raam openstaan; een tochtvlaag joeg door de deuropening. Hij voelde kou in zijn nek, de panden van zijn jas waaiden lichtjes op.

'Zien de buren ons?' vroeg hij, en maakte een schuins hoofdknikje naar de schutting.

Iris schudde verbaasd het hoofd.

'Hoezo?' vroeg ze.

'Omdat ik je wil kussen,' zei hij, en deed het al.

Iris probeerde zijn kus te ontwijken met een minieme hoofdbeweging. Toen deed ze een halve stap opzij. Theo was zich bewust van de ontredderde aanblik die hij moest bieden. Het was hem zelf niet duidelijk waarom hij haar juist nu had gekust – en deed het opnieuw, overbewust en precieus. De tweede keer weerde zij hem niet af. Theo had het angstige vermoeden dat zij de techniek van zijn tong en lippen streng beoordeelde. Haar mond legde een smaak in de zijne die hij nooit eerder had geproefd. Aarzelend zocht hij met zijn tong haar mondholte af en beroerde haar gehemelte en tandvlees. Zij smaakte vaag naar gal en gerookte thee. Met trillende vingers aaide Theo haar wang. Tussen zijn wimpers gluurde hij naar haar. Doordat haar gezicht zo dicht bij het zijne was, leek het alsof het bruin-zwart van haar huid zijn ogen in lekte, vanwaar het zich van binnenuit verspreidde over heel zijn lichaam.

Toen hij haar in haar hals wilde kussen, legde zij haar handen met zachte afweer op zijn dichtgeknoopte jas, ter hoogte van zijn borstkas.

'Nu stoppen, Theo,' zei ze eenvoudig.

Hij gehoorzaamde.

Hij reed alleen terug naar school. Zij zou later vertrekken. Theo staarde naar het wegdek. Fietsers en automobilisten vervaagden tot langsschuivende schimmen.

De week daarop bezocht hij haar opnieuw. Die middag stelde zij al na een half uur voor om terug naar school te gaan. Theo voelde een schokje van teleurstelling. Zij hadden nog meer dan drie kwartier de tijd. Toen drong het tot hem door dat zij hun omhelzing misschien wel wilde overdoen, en dit keer zonder zich te moeten haasten. Net als de week ervoor stelde hij de eerste kus uit tot hij met zijn jas aan bij de achterdeur stond. Dit keer sloeg zij haar armen om zijn nek. Voordat hij de kans had haar te kussen, deed zíj het al. Haar geopende lippen beroerden zijn gezicht overal. Nadat hij zijn bril had afgezet en in de binnenzak van zijn colbert had weggestopt, sloeg ze zelfs zijn oogleden niet over. Haar lipstick plakte lichtjes tegen zijn wimpers. De boog van zijn linkerooglid begon te tintelen toen haar dikke, koele lippen er zacht en kozend overheen streken.

In ongemakkelijke omarming liepen ze terug de kamer in, waarbij de één een paar keer op de voeten van de ander trapte. Het leek wel een hoekige, hortende clownsdans, zo onhandig manoeuvreerden zij zich in de richting van de bank. Daar lieten zij zich vallen, en daar viel ook het huisraad dat hen omringde. De bank gleed een stukje over het gladde linoleum en raakte een bijzettafeltje. Asbak en kop en schotel belandden op de vloer en overleefden de val, maar toen de in schokjes glijdende bank tegen een keramische pot op een formica plantenzuil stootte en de pot met varenplant aan gruzelementen ging, keek Iris geschrokken op en leek het even of zij tot bezinning kwam. Toen Theo vlak daarop een been over het hare sloeg, merkte hij niet dat het snoertje van een staande schemerlamp zich om zijn voet had gewikkeld. De lamp klapte om, de kap schoot los, het witte peertje in de fitting raakte onbeschermd en ging aan stukken toen de voet van de lamp tegen een CV-radiator aan rolde. Vreemd was dat: hun roes kenmerkte zich door een bijna totalitaire ernst, maar om hen heen reageerden de dingen als in een slapstick. Zélf vielen zij trouwens ook, ze schoven langzaam achterwaarts de bank af, Iris liep een scheurtje in een vingernagel op, Theo beet zich per ongeluk in zijn onderlip, zij lagen kussend op de koude vloer, reikten naar elkaars kleren en pulkten aan knoopjes, riemen, bandjes, manchetten, haakjes, veters, rijgjes, totdat zij te midden van een krans van kleding lagen en terug de bank op klommen, waarna alles begon wat Theo later die week in zijn verbeelding zou herschikken tot een eerste reeks geheime scènes.

Toen het voorbij was, verkilde in luttele tijd het zweet op hun lichamen. De schaamte was minstens zo hevig als de voorafgegane begeerte. Theo draaide zich voorzichtig van haar af. Iris ging rechtop zitten. Beiden raapten hun kleren van de grond. Theo zette zijn bril op. Eenmaal aangekleed keek Iris om zich heen. Er waren vrouwen, zoveel ervaring had Theo nog wel, die op een moment als dit konden verzuchten: 'Wat hebben we in godsnaam gedáán?' Hij bespeurde een blik in haar ogen die een dergelijke vraag leek aan te kondigen, maar Iris' twijfel bleek van zakelijke aard. Ze maakte een gebaar naar het gebroken keramiek op de vloer en zei: 'Wat moet ik nou tegen Sidney zeggen dat er is gebeurd?'

Theo probeerde de schade te overzien. Hij zette de schemerlamp overeind en bevestigde de kap aan de fitting.

'Even een nieuw peertje indraaien en klaar,' zei hij. 'En verder is alleen de bloempot kapot. Kom, we ruimen alles even op.'

En hij plaatste het salontafeltje terug waar het hoorde. Iris raapte kop en schotel van de vloer. Zij verdween in de keuken en maakte aan het aanrecht een sopje in een emmer. Met stoffer en blik veegde Theo intussen de zwarte potaarde bijeen. In zekere zin kwamen de nuchtere werkzaamheden als geroepen. Nu wist hij zich tenminste een houding te geven, al viel de volstrekte afwezigheid van enige postcoïtale bezieling te betreuren. Tegelijkertijd welde tijdens dit huiselijk opruimen het schuldgevoel. Meer dan met het formele overspel had hij het gevoel verraad te plegen jegens Sylvia door kalm te schuieren met stoffer en blik in een huis dat niet het zijne was. De seks met Iris viel eventueel te vergoelijken en te relativeren; zij had een ander kunnen zijn, die hij dan niet had verleid maar betaald. Maar het samen schoonmaken was van een intimiteit die hem in verwarring bracht. Het was ook zo bizar. Daar komt Iris de kamer in met in haar hand een plastic emmer terwijl hij op zijn knieën druk bezig is om potaarde en scherven van de vloer te vegen. Ondanks alle ongerijmdheden was het een uitgesproken huwelijks *pas de deux* dat hem onuitvoerbaar had geleken met iemand die hij van verre had begeerd maar aan wier huishoudelijke gewoonten en methoden hij tot dan toe geen enkele gedachte had gewijd.

Iris had uit een kast op de gang de stofzuiger te voorschijn gehaald. Theo zag dat haar make-up was uitgelopen. Ook dát had hij nog nooit eerder van zo dichtbij gezien: de verse sporen van een vrijage – wilde vegen van lippenstift en oogschaduw – op een donkerbruin gezicht.

Iris lachte ongemakkelijk toen zij zich bekeken wist.

'Je zegt gewoon tegen hem dat je de plant omver hebt gestoten,' zei Theo, die zijn best deed om de naam van haar man te ontwijken. 'Dat kan toch gebeuren?'

'Ik stoot nooit iets om,' antwoordde ze bedrukt, en Theo hoefde niet opnieuw de huiskamer rond te kijken om haar te geloven.

Vlak voordat hij het huis verliet, zei ze: 'Nu denk je vast dat –'

'Nee,' zei hij met een lach, 'dat denk ik niet.'

'Stil nou. Je weet niet eens wat ik wilde zeggen. Nu denk je vast wat alle witte mannen denken. Dat zwarte meisjes heel gemakkelijk...'

De zin, onafgemaakt, trof hem aangenaam, niet om wat Iris suggereerde maar om hoe zij zichzelf impliciet had omschreven: geen vrouw maar een meisje. *Zwart meisje.* Even sloot hij zijn ogen. Toen zei hij: 'Ik denk niet aan zwarte meisjes. Ik denk alleen aan jou.'

Hij dacht even na en besloot toen dat hij dit meende. Het waren de eerste lieve woorden die hij tegen haar had gezegd. Iris wendde verlegen haar hoofd af, liet haar wimpers trillen en plooide haar mond in een glimlach zó vol en breed dat hij haar er bijna van verdacht een grimas te trekken.

'Nu moet je gaan,' zei ze, 'ik ruim nog even op.'

Hij reed met een kleine omweg naar school, om het gebeurde te kunnen overdenken.

Met een etherische glimlach stond Theo die week voor de klas. Hij gaf opdrachten tot het maken van oefeningen die de uren zouden vullen en sprak slechts tegen leerlingen wanneer het echt nodig was. Theo's verzaligd zwijgen leidde tot geroezemoes onder de leerlingen. Die grijns, heb je die grijns van Altena gezien? Z'n neus glimt! Nee, z'n hele *kop* glimt! Sommigen meenden dat ie misschien stiekem stickies rookte; die maffe lach, die brede grijns, hij leek wel continu stoned, de Neus.

De roes van die eerste middag keerde nooit terug. In plaats daarvan neukten zij wekelijks in grote concentratie en met berekende begeerte. Nooit meer viel het huisraad. Iedere dinsdagmiddag bij haar thuis begon ermee dat Iris zich voor hem uitkleedde. Op zijn verzoek deed zij dat sober en liet zij alles na – heupwiegen, wuft wegwerpen van ondergoed – wat deed denken aan striptease. Van een afstand keek hij toe. Haar kleren vouwde zij ordentelijk op. Was zij eenmaal naakt, dan bond zij haar ontkroesde haren op met spelden tot een wrong of zette een diadeem op. Daarna legde zij haar handen onder haar borsten (en altijd kwam het Theo voor dat niet zijzelf maar een ander, een vreemde die achter haar stond, haar borsten keurend vasthield). Langzaam strekte zij haar wijsvingers naar haar tepelhoven, groot als damstenen. Zo, met de toppen van haar roodgelakte vingers als pijlen wijzend naar haar gitzwarte tepels, liep zij op hem toe. Om de lustvolle afstand tussen hen te vergroten rookte hij soms nog een sigaret of dronk hij koffie terwijl hij haar bekeek, niet zoals een klant kijkt naar de hoer van zijn keuze, maar als een met zijn lot verzoende ter dood veroordeelde naar zijn beul. Zij had het vonnis reeds voltrokken door zich voor hem uit te kleden, hij was al op sterven na dood voordat hij haar van gene zijde zou beroeren. Vervluchtigd tot een nabeeld van wie en wat hij was geweest ontdeed vervolgens ook Theo zich van zijn kleren. Iris was inmiddels op de lage bank gaan zitten, en voordat hij zich op zijn knieën vóór haar plaatste, had zij haar benen al wijd uiteengelegd. Zij kusten of streelden nauwelijks. Zonder plichtplegingen, zijn hand onder aan de schacht van zijn lul geklemd, schoof hij bij haar naar binnen, zoals een lijk op een slede een koelcel in wordt geschoven. Soms duwde hij bij wijze van rituele verkenning eerst met zijn lul tegen de dikke dot schaamhaar – uitwaaierend tot aan haar liezen; zijn voorhuid zacht schrijnend langs het kroezend zwart–alvorens met een altijd weer onbegrijpelijk en bijna beangstigend gemak in één beweging in haar te verdwijnen, recht haar amorfe warmte in, zijn lul het concentraat van een gestold geraakt leven, en haar kut allesbehalve een koelcel maar een crematorium in vol bedrijf, verbeeld door de rookpluim van het smalle streepje haar dat vanaf de zwarte driehoek omhoogkringelde tot aan haar navel. Zo begon het trage, stoïcijnse neuken. Zij wisselden regelmatig van positie maar zelden van tempo. Tergend monotoon waren zijn stoten, met de regelmaat van een geoefend zwemmer die kalm crawlde in stil water.

Na afloop bleven zij, in tegenstelling tot die eerste keer, geruime tijd op of naast elkaar liggen, Iris bij voorkeur strelend door zijn haar en Theo met zijn handen om haar middel en zijn hoofd tegen haar borsten. En terwijl hij kort tevoren nog had gefantaseerd over een in herhaling te beleven extatisch doodsuur, waande Theo zich op dat ogenblik en in die houding soms haar boreling, door medisch personeel dat de bevalling had begeleid tussen haar borsten gelegd, aanvankelijk bleekroze als een flamingo maar wonderbaarlijk genoeg langzaam verdonkerend tot dezelfde huidkleur als de hare. De gedachte dat hij in een andere tijd, in andere gedaante (maar vanzelfsprekend onder hetzelfde karma) *uit* haar zou kunnen komen, veroorzaakte een nieuwe aanvechting van geilheid. Dan kwam zijn geslacht, zijwaarts rustend tegen zijn lies en glinsterend van hun vermengd geraakte vochten, in schokjes omhoog. Voorzichtig veranderde hij van houding en trok intussen een zo onschuldig mogelijk gezicht, alsof het volledig buiten hem om ging dat zijn pik inmiddels weer recht overeind stond en tegen haar nog gezwollen lippen duwde. Door met zijn onderlichaam een minieme manoeuvre te maken, verdween hij opnieuw in haar. Zo'n tweede keer voelde zij altijd anders aan. Haar lichaam leek zwaarder, haar huid was klam, en doordat zijn zaad in haar was achtergebleven, had haar kut van binnen iets rubberachtigs gekregen. Door in het begin iets harder en ruwer te stoten dan gewoon verdween de rubberen gladheid en overheerste spoedig weer haar vertrouwde warmte, waarna hij de snelheid van zijn stoten afzwakte en overging op het ritme dat zij beiden het liefste hadden. Want of zij het nu één- of tweemaal deden op zo'n middag, altijd gebeurde het in hetzelfde lage tempo, uit oogpunt van een naar trance neigend maximum aan concentratie, bij Theo op sommige middagen gevoed door fantasieën die zich voordien nooit aan hem hadden opgedrongen. Dat we spelen dat ik dood ben en jij wanhopig probeert mij weer tot leven te wekken. Dat jij een zwarte doodskist bent van levend steen waar ik in kom te liggen, ik het koude witte lijk in een gloeiende sarcofaag. Dat jij de nacht bent en ik ergens buiten op het land onder zwarte luchten sta te wachten tot het jou behaagt mij toe te laten in de holte van het heelal. Dat jij me keurig wurgt met een zijden sjaal op het moment dat ik in je spuit. Dat mijn ademhaling, hartslag, het spannen van mijn spieren en de rillingen over mijn huid vervluchtigen tot summiere tekens van leven waarop ik steeds minder vertrouw wanneer ik mij vergelijk met alles wat ik van jou zie en hoor en voel, jij het enigmatische elixer, jij de warmbedauwde nevel van fluweel en ik een bleke zak met botten, knekelhuis met kloppend hart.

Nooit had Theo haar verteld wat hem door het hoofd kon spoken op de dinsdagmiddagen. Hij keek wel uit. Zij zou onmiddellijk denken dat hij ze niet allemaal op een rijtje had, is ie soms gek geworden, die bakra? Lig ik wekelijks te tjoppen met een vent die ziek in het hoofd is! Zij spraken toch al zelden. Eerst hadden zij gezwegen uit schaamte, en later juist uit oogpunt van wellust. Het had iets verslavends om in stille concentratie te neuken. Het maakte hen beiden anoniem en inwisselbaar. Die sensatie was hem met Sylvia nooit overkomen. Streelde hij Sylvia, dan was dat zó intiem dat het geil werd. Als hij Iris streelde, was dat geil omdat het niet intiem hoefde te zijn. Dat Iris hem het gevoel kon geven voor korte tijd anoniem en inwisselbaar te zijn, maakte haar vanzelfsprekend onvergetelijk en onvervangbaar. Het liefste wilde Theo dat er zelfs geen gesmoorde kreten van genot werden geslaakt, en het enige dat een van tweeën soms zei was dat de ander misschien zo en zo in die en die houding en of de ene hand iets sneller dáár misschien...

'Ietsje lager.'

‘Lig je goed zo?’

‘Ja, daar ja.’

En daarna stilte, rust, het zwijgend, wiegend en verstervend naaien, obscene meditatie, uiteenvallend in een regen van beelden zodra alles voorbij was en zij weer twee hard werkende collega’s waren en Theo steeds aan haar moest denken, in de auto naar huis, in de tuin in de zon, in de weekends wanneer hij boodschappen deed, tijdens lange, lange schoolvakanties, of ’s nachts, wanneer Sylvia boven al lang in bed lag en hij weer eens niet kon slapen, dolend door het huis en eindigend in de luie stoel in de huiskamer.

Het was drie uur. Theo zuchtte en gleed met de punt van zijn tong over zijn boventanden en -kiezen. Met tinkelingen zo zacht dat het bijna leek alsof iemand in de verte drie keer heel kort neuriede hoorde hij vanachter de lange wand van de huiskamer de klok van de buren slaan. Nog steeds geen spoor van vermoeidheid – soms kon hij zo tot aan de ochtend blijven zitten.

Er restte hem nog slechts één slaapmiddel. Theo haalde zijn linkerhand van de armleuning. Hij wist dat de regen van beelden zou vonken wanneer hij zijn ogen sloot. Juist toen zijn hand was gedaald, hoorde hij de deur van de slaapkamer opengaan. In zijn vuist slonk prompt zijn lul. Heilloos bewoog hij zijn hand nog even in jagend tempo op en neer, waarom wist hij niet, misschien wel omdat hij *wilde* dat Sylvia hem zo zou betrappen en hij zou kunnen bekennen aan wie hij had gedacht, over wie hij had gefantaseerd. Maar Theo haalde zijn hand weg, knoopte zijn ochtendjas dicht en sloeg een been over het andere toen hij het zachte kraken van de traptreden hoorde. Zwijgend kwam Sylvia de kamer binnen. Zij had haar badstoffen pyjamabroek aangedaan. Een grote zoete baby met dikke ogen van de slaap in de deuropening.

‘Er is geen mogadon meer in huis,’ verklaarde Theo ongevraagd.

‘Nee? Volgens mij wel. Ik zal wel even kijken.’ Ze had een ruis in haar stem en glimlachte slaapdronken.

Zij gingen samen naar boven. In het kastje in de badkamer

vond zij blindelings strips met pillen, half verscholen achter een pot zeegroene gel en onder een doosje paracetamol.

Hij nam een half tablet in. Hij moest zuinig zijn. De huisarts schreef hem doorgaans een klein aantal voor en hij durfde nooit te vragen om meer.

In bed schoof zij met haar billen tegen zijn buik en benen. Theo legde zijn dekbed half over het hare, en op het moment dat hij zijn arm om haar middel legde, was hij er ineens zeker van dat zij nog steeds geen enkel vermoeden had van zijn overspel. Er was niets rampzaligs gebeurd, hij had haar niets onthuld, zijn bekentenis in cryptogram was gewoon een alledaags verhaal geweest over een collega gymnastiek met wie hij beroepshalve sympathiseerde.

Sylvia tilde even haar hoofd op van het kussen en vroeg: 'Denk je dat je nu wel kan slapen?'

Theo fluisterde van ja, en de ontroering om haar zorg sloeg snel om in schaamte. Zij lichtte haar middel even op om hem behulpzaam te zijn bij het van achteren opschorten van haar hemdje, en toen Theo haar rug begon te strelen, dacht hij: een vrouw die zojuist van haar man heeft gehoord dat hij haar heeft bedrogen, laat zich niet aanraken. Nog geen minuut later hoorde hij aan haar ademhaling dat zij opnieuw in slaap was gevallen. Theo staakte zijn strelingen, schoof voorzichtig haar hemd omlaag en draaide zich op zijn rug.

Hij verwachtte tot aan de ochtend wakker te blijven liggen, slaappil of niet. Het kon hem niet schelen. Er zou niets veranderen – Sylvia bleef, Iris bleef. Tevreden lag hij in het zwart te staren, in het vage besef dat de slaapkamer langzaam veranderde in een lauwwarme grijsheid die als een wade over zijn gezicht werd gedrapeerd. Vlak voordat hij insliep, ademde hij tweemaal stotend uit door zijn neus en draaide hij zich opnieuw op zijn zij, met zijn gezicht naar Sylvia toe.

Rondom het bed verzamelden zich zo'n dertig jongens en meisjes. Theo gebood hen naar het klaslokaal te gaan, waar zij zich in een kring opstelden en een lied aanhieven dat hij niet kon verstaan. Er verschenen vogels aan de ramen van het klaslokaal. De kinderen raakten afgeleid en hielden op met zingen.

Ze gooiden pennen, schriften en tassen door de open ramen naar de vogels. Het regende schoolspullen. Verschrikt vlogen de vogels op. Theo koos partij voor de vogels. Hij liep achter zijn bureau langs en sprong het raam uit. Kringelend en wiegend als een veertje in de wind kwam hij voorbij een aantal klaslokalen. Vanachter de ramen werd hij aangegaapt door leraren en leerlingen. Sommigen drukten hun neus tegen de ruit terwijl hij zijn kalme vlucht maakte, etage drie, twee, één, overal verbouwereerde tronies achter de ramen. Op de begane grond, tussen de struiken, stonden dezelfde leerlingen die zoëven nog schoolspullen naar de vogels hadden gegooid. Nu droegen ze sportkleren en stonden ze met gestrekte armen in een cirkel om hem op te vangen. Theo landde grijnzend in hun armen. En toen iemand die hij niet kon zien een fluitsignaal gaf, wierpen de kinderen hem joelend in de lucht, en opnieuw kwam hij in hun armen terecht en daarna veerde hij weer omhoog en zzzoef omlaag, hij werd gejonast en maakte buitelingen tot boven het dak van de school. Op een hoogte waarop hij de klokketoren van de Oosterkerk kon zien, besloot hij in de lucht te blijven. Hij begon zijn armen te bewegen, Theo de biddende vogelleraar. De leerlingen zwaaiden naar hem. Hij strooide confetti uit over de school.

Toen om kwart voor zeven de wekker ging, herinnerde Theo zich niets van zijn vlucht uit het schoolraam, zodat het geen leugen was–zoals hij in zekere zin nooit tegen haar loog–toen hij ontkennend antwoordde op de vraag van Sylvia of hij vannacht nog had gedroomd.

Haastig stapte hij uit bed. Hij voelde zich zowaar uitgerust. Woensdag, zes lesuren. Op die dag gaf Iris drie blokuren. Kwam ze in de tweede pauze altijd in joggingpak naar de lerarenkamer. In joggingpak.

Hij zuchtte.

Nog zes dagen.

‘Wil je straks koffie of thee?’ vroeg Sylvia.

Tien

Theo viel happend naar adem van zijn stoel. Het gebeurde nadat hij borden en bestek had afgeruimd. Hij zat aan tafel in de open keuken, en terwijl Sylvia bij het aanrecht stond en zich een tweede kop koffie inschonk, legde koud zweet een jeukend vlies over zijn rug en borst.

Zij vroeg of hij een tweede kopje wilde. Theo antwoordde niet meteen. Het leek alsof er een klem op zijn keel was gezet.

'Nee, dank je.'

Het kwam er hoog en hees uit. Hij had zijn handen plat op tafel gelegd en probeerde langzaam door zijn neus te ademen. Zijn hart sloeg als een razende.

'Is er iets?' vroeg Sylvia.

'Het gaat al weer,' zei hij, wat niet waar was.

'Wat heb je dan?' vroeg ze.

Een vuist leek zijn adem terug zijn longen in te stompen. Hij legde zijn bril op tafel.

'Benauwd,' zei hij piepend – en gleed slap als een marionet van zijn stoel op de koude keukentegels.

Sylvia had zijn hoofd en pols gevoeld, was naar de kamer gerend en kwam terug met een kussentje dat zij onder zijn hoofd schoof. De kilte van de tegels drong door zijn kleding. Zijn handen, voeten en billen tintelden. Sylvia legde een natte handdoek op zijn voorhoofd. Het plafond van de keuken veranderde in een golvende witte plaat, alsof hem een bril met te sterke glazen was opgezet. Gierend haalde hij adem. Van ver hoorde hij Sylvia vragen of zij een dokter moest bellen. Zijn hoofd leek omgord door een transparante plastic zak. Theo strekte zijn vingers en maakte met zijn ene hand een wuivend gebaar als van een verkeersagent. Het betekende 'nee'.

Toen was het voorbij. Met een snelheid die bijna deed vermoeden dat zijn gestel een flauwe grap met hem had uitgehaald en een inzinking had geënsceneerd, werden Sylvia's stem en de kleuren in de keuken weer helder. Het leek alsof er niets was gebeurd; alsof hij zich de inzinking had verbeeld. Beduusd stond hij op.

Sylvia zag bleek. Ze zei dat hij thuis moest blijven, vandaag, en dat hij waarschijnlijk had gehyperventileerd. Theo wist dat de korte flauwte er alle symptomen van vertoonde maar sprak haar tegen.

'Alles is al weer prima. Gewoon een beetje stress.' En hij zette zijn bril weer op.

Toen hij even later, nog steeds enigszins licht in het hoofd, in zijn kamer boeken en proefwerkvellen bij elkaar zocht en in zijn aktentas stopte, bedacht hij dat duizeling en ademnood waren begonnen met een moment van ontroering. Hoe Sylvia daar aan het aanrecht had gestaan! De vredige routine waarmee zij de koffie had ingeschonken had hem week gemaakt. Het was onooglijk alledaags, maar soms kon het gebeuren dat hij bij het zien van een van die talloze gewoontegetrouwe handelingen in gedachten een stap achteruit deed en van deelnemer aan de gedempte weldaad van de huiselijkheid veranderde in een toeschouwer die met hernieuwde interesse bestudeerde hoe en wat de ander bijdroeg aan die weldaad. Sinds hij haar bedroog, ging de huwelijkse ontroering steeds vaker vergezeld van onrust en schaamte. Natuurlijk viel die samenballing van onrust en schaamte uit te leggen als een verkapte vorm van schuldgevoel. Eigenlijk had zijn overspel nooit wérkelijk op zijn geweten gedrukt. Angst, de angst 'betrapt' te worden, had hij daarentegen vanaf het begin gevoeld. Maar of die angst ontsproot aan schuldbesef? Juist het ontbreken van reëel schuldgevoel werkte hem op de zenuwen. Hoe was het mogelijk dat hij nog steeds met Syl kon vrijen en praten alsof die derde niet bestond? Hoe kon het dat de gedempte weldaad onaangetast bleef en zijn huwelijkse ontroering niet sleet? Dat hij angstig maar zonder gewetensnood met Sylvia naar een docentenfeestje kon gaan? Op dat feest had zij kennis gemaakt met een aantal van zijn collega's onder wie, het was onvermijdelijk, Iris. De twee vrouwen hadden een tijdje met elkaar staan praten, en later had Sylvia notabene nog gedanst met Sidney. Hij had er als verdoofd naar staan kijken, alsof het hele feest slechts was georganiseerd om zijn koelbloedigheid te testen. Theo hield het er maar op dat hij gebukt ging onder wat hij een *secundair* schuldgevoel noemde. Want natuurlijk kon je je schuldig voelen om het feit dat je je niet of nauwelijks schuldig voelde. Het was een paradoxaal dubbelbeeld van schuldbesef, ingegeven door een soort scheelkijkend, loensend geweten.

Voordat hij terug naar beneden ging, legde Theo twee vingers op de binnenzijde van zijn pols en mat zijn hartslag. Alles normaal. In de keuken deed hij fruit en een pakje muesli-yoghurt in zijn aktentas.

'Je moet een plastic zakje bij je dragen,' zei Sylvia. 'Die benauwdheid wordt veroorzaakt door een te grote uitstoot van koolzuur. Tegelijkertijd krijg je te veel zuurstof binnen. Met zo'n zakje voor je mond herstel je het evenwicht tussen zuurstof en koolzuur.'

Theo knikte. Hij had wel eens verontrustende dingen gelezen over mogelijke verschijnselen van hyperventilatie. Over mensen die met jagende ademhaling tegen de grond waren gegaan en niets meer op hadden kunnen houden. Pas wanneer het weer beter ging, werden ze zich bewust van de verkild geraakte urine en de plakkende korst van stront. In het ergste geval verhevigden de duizelingen zich tot hallucinaties – alsof adrenaline, dolle hartslag en de klem op de luchtwegen de effecten van LSD veroorzaakten.

Sylvia tikte met haar vinger op haar polshorloge en trok haar wenkbrauwen op. Bijna acht uur – gewoonlijk was hij al lang onderweg. Theo sloot zijn tas en gaf haar twee snelle kussen. Zij vroeg hem of hij zich werkelijk weer goed voelde, liep bezorgd met hem mee naar de hal waar hij zijn jas aantrok.

Bij de voordeur draaide Theo zich naar haar om en zei: 'Het spijt me. Dat wilde ik je nog even zeggen. Sorry voor gisteravond.'

Zij hield het kraagje van haar ochtendjas in een vuist onder haar kin. Even had hij spijt te hebben toegegeven aan zijn impuls.

Sylvia vroeg: 'Dus je geeft toe dat je onredelijk bent geweest tegen m'n vader?'

'Ja,' zei hij, en tuitte zijn lippen, als om zichzelf enige correctie onmogelijk te maken.

'Excuses aanvaard.' Er school ontegenzeglijk iets triomfantelijks in de manier waarop zij naar hem glimlachte.

De blijdschap en opluchting waarop Theo had gerekend bleven uit, zodat het nogal plichtmatig klonk toen hij zei: 'Mooi. Dan ga ik tenminste met een gerust hart naar school.'

Sylvia schudde het haar uit haar gezicht.

'Maar ik wil wel dat je óók je excuses aan m'n vader aanbiedt,' zei ze. 'Je belt hem op en zegt dat het je spijt. Ja?'

Hij deed de voordeur open.

'Goed. Ik zal bellen. Vanuit school, in de pauze.'

Toen hij de auto de garage uit reed, hield hij halt op de oprit. Vanachter het stuur keek hij het keukenraam binnen. Theo zag haar van opzij, zij sloeg juist de ochtendkrant open. Natuurlijk wist Sylvia dat hij nog niet was weggereden. Het maakte hem niet uit, hij fantaseerde dat zij zich niet door hem bekeken wist. Daar zit ze, aan de grenen keukentafel, lezend over alles wat niet deugt in de wereld. Het kwaad was niet zonder zin. Geen sterveling zou nog op de oprit van zijn huis vanuit de auto naar zijn vrouw gaan zitten kijken als hij er zeker van was dat de verworven rust en vrede nooit verstoord zouden kunnen worden. Theo maakte zich geen illusies: niet het gedroomd Arcadië maar de voortvluchtige seriemoordenaar in een ver, vreemd land en een anoniem incestslachtoffer in een tv-show bepaalden de notie van geluk en tevredenheid. Theo geloofde niet in de gecanoniseerde God van de beide Testamenten, maar snapte niet waarom iemand die dat wél deed plotseling aan Zijn bestaan zou twijfelen bij de gedachte aan terreur en massamoord. Als er een God bestond, zou Hij de wereld Auschwitz hebben bespaard, wilden ongelovigen nogal eens beweren. Daar stond dan tegenover dat medemenselijkheid juist opleefde in tijden van onderdrukking en terreur. Op gezette tijden leek een maximum aan horror onvermijdelijk, eenvoudig opdat het goede in de gelegenheid kon worden gesteld om zich ertegen af te tekenen en aldus te profileren. Zonder massamoord geen godsvrucht. Onlangs nog had hij het gelezen bij een schrijver over wie hij al jaren lesgaf: 'In Holland waren de mensen nooit zo humaan geweest als in de winter van '44-'45, toen duizenden van honger stierven en rondom de schoten van de executiepelotons knalden.' Dat was een pijnlijke waarheid. In de even omnipotente als egalitaire welvaartsstaat vervaagden gestaag de contouren van goed en kwaad. Er viel volgens Theo weinig in te brengen tegen de gedachte dat niets nog betekenis en waarde zou hebben in wat men zich doorgaans voorstelde bij de beste van alle werelden en dat God zou vervluchtigen tot een ridicule overtolligheid. Sylvia vond hem pervers als hij iets dergelijks beweerde, of anders was het wel 'gezwets van een cryptokatholiek', maar waar het de vaststelling van de gedempte weldaad betrof hield hij voet bij stuk: niet het goede maar het kwaad was de standaard. De witte prunus en de vlier in de achtertuin krijgen betekenis door het bestaan van grauwe industrie, braakliggend land en bepiste stadsstegen. De enige reden dat parfum goed ruikt is omdat vrijwel alles ter wereld stinkt. Eden had nooit het Oude Testament gehaald als de slang niet tussenbeide was gekomen. Wie gezond is en alleen een flinke schram op zijn knie heeft, voelt niets dan het branden en schrijnen van de schram. Pijn is de maatstaf, precies zoals geluk zich niet laat definiëren door te wijzen op het handjevol tevredenen maar op de overweldigende meerderheid van ongelukkigen. Inertie uit zelfbehoud was de sleutel tot een haalbaar welzijn. 'Heaven is a place where nothing ever happens', had hij eens horen zingen op de radio toen hij nog te jong was om te geloven dat dat klopte. Jaag niets na en je wordt gespaard, wist Theo inmiddels. Goed, hij had boter op zijn hoofd doordat hij de gunsten van Iris had nagestreefd – maar dan misschien vooral om zichzelf zoveel mogelijk ándere verlangens en wensen af te leren. Probeer zo min mogelijk te laten gebeuren in je leven. Wie vooruit wil, moet bewegen, en wie beweegt, die tart het lot. Wees roerloos: hoe meer je met je hoofd alle kanten opkijkt, hoe groter de kans bestaat dat je je nek verrekt. Leef zo dood mogelijk, alleen dan is er kans op vroegtijdige verzoening met de echte dood.

Dat was de theorie, maar in de praktijk moest Theo, hij zag het op de digitale klok onder het dashboard, haast maken om nog op tijd te arriveren. Woonerven en verkeersdrempels dwongen echter een sukkelgang af, en pas voorbij het kruispunt bij het RIAGG-gebouw versnelde hij enigszins, om er vervolgens op de ringweg de vaart in te zetten. Het was acht uur geweest – hij zou vrijwel zeker te laat komen. Mazzel voor de brugklas die hij het eerste uur had. Hé jongens, de Neus is d'r niet! Wegwezen, naar de kantine!

Het was stil op de Provinciale Weg. Theo haalde bij vlagen de honderdtwintig. Hard rijden voelde goed. Als je maar snel genoeg ging, dan belandde je vanzelf in een toestand van hogere roerloosheid.

Elf

Net als de leerlingen keek Theo iedere ochtend even op het mededelingenbord, om te zien wie van zijn collega's die dag afwezig waren. Het bord hing tussen directiekamer en administratiekantoor; vandaag stonden er zo'n tien namen op, waaronder die van twee muziekleraren die minstens drie dagen per maand ziek waren.

Theo wilde de trappen naar zijn lokaal op gaan toen Ferweda de directiekamer uit kwam.

'Jouw klas zit in de kantine, Theo.'

Hoewel de ander hem nergens naar vroeg, meende Theo zich tegenover de conrector te moeten verantwoorden.

'Ik redde het niet op tijd. Ik werd vanochtend hondsberoerd wakker.'

'Dat weet ik. Duizelingen, zei je vrouw. Ik heb even naar je huis gebeld. Het gaat nu beter, neem ik aan?'

Dit beviel hem niet. Hij meldde zich haast nooit af, en áls hij eens ziek was, liet hij dat keurig ver voor schooltijd weten.

'1c was nogal rumoerig onder je afwezigheid. Ik wist niet of je nog zou komen. Ik nam dus maar de vrijheid om even te bellen.'

Daar was niets vreemds aan; Ferweda verzorgde de vermelding van afwezige leerkrachten op het mededelingenbord. Maar het stond hem tegen dat Sylvia zijn korte inzinking met de conrector had besproken.

'Ik moet me haasten,' zei hij, en stak in een gebaar van ongepaste informaliteit kort zijn duim naar hem op. In plaats van de trappen te nemen liep hij naar de kantine, waar hij op zijn vingers floot en riep: 'Oké, 1c! Jullie hebben twintig minuten geluk gehad. Ik verzoek de dames en heren met mij mee te komen. De les gaat gewoon door.'

Afkeurend gejoel steeg op.

Na lang dralen volgden de brugklassers hem naar het lokaal, slepend met zware, uitpuilende schooltassen. Dat deden ze nog in hun eerste schooljaar; met de beste bedoelingen torsten ze een overgewicht aan boeken die ze lang niet allemaal mee naar school hoefden te nemen. Sjokkend door de gangen lieten sommigen de tassen rusten op hun heup en bogen daarbij hun bovenlichaam zó ver opzij dat het bijna de indruk van een vergroeiing wekte. Anderen hadden een felkleurige rugtas en vermaalden traag het brood dat zij die ochtend van huis hadden meegekregen. Af en toe keek Theo even om. Het kwam hem voor dat hij hoogbejaarde lilliputters achter zich aan had sloffen. Brugsmurfen, werden ze in de bovenbouw genoemd. Nog steeds voelde Theo een zekere gêne wanneer hij, op werkweek of excursie, zich vertoonde met deze allerjongsten van de school. Dan was hij gespitst op iedere zweem van meewarigheid bij passanten. Vooral wanneer hij zich bekeken wist door bouwvakkers of stratenmakers voelde Theo zich verschrompelen tot een soort staatsgouvernante, op pad met indolente marmotten in merkkleding. Aan het leraarschap kleefde onherroepelijk een imago van sulligheid en slapte, nauwelijks aangevochten door de vermeende sullen in kwestie. Als je je buiten school met een groep pubers vertoonde, bevestigden de misprijzende blikken van mensen die ongetwijfeld van zichzelf vonden dat ze zwaardere banen hadden het idee dat leraren een soort gediplomeerde kneuzen waren, profiterend van korte werkdagen en lange schoolvakanties. Deze reputatie droeg in sterke mate bij tot de eeuwig smeulende minachting onder leerlingen; zij kregen les van mensen die ervoor hadden gekozen zich te verschansen achter de schoolmuren om niet te hoeven deelnemen aan de wereld waarover ze geacht werden les te geven. De gedachte was dat achter iedere leraar het oertype schuilging van de zweminstructeur die vanaf de rand van het kinderbad zijn aanwijzingen gaf en zelf nooit één teen in het water stak. Dan móest je als zes-, zevenjarige wel gaan vermoeden dat je leerde zwemmen van iemand die er geen flauw benul van had hoe overweldigend en ontzagwekkend het water was waar jij kleumend in rondploeterde.

Bij haast iedere scholier leefde een dergelijk idee over de fundamentele halfhartigheid van het leraarschap. Theo had al lang de ambitie verloren om zijn reputatie onder leerlingen gunstig bij te stellen door hen bevlogen toe te spreken. Bezieling kon je maar beter thuis laten als je niet al te gehavend je arbeidsjaren door wilde komen. Ook op het Westfries College bevonden zich onder het docentenkorps de toffe types die nog niet zo lang geleden waren aangesteld en met een manische energie hele theatervoorstellingen opvoerden tijdens de lessen. Zelf hadden de nieuwbakken onderwijskrachten het idee een bron van inspiratie voor hun leerlingen te zijn, terwijl de kinderen onder elkaar smaalden dat je tijdens hun lessen lekker kon slapen of kloten, of dat je er alvast je huiswerk kon maken van vakken waarvoor zij een minder inschikkelijke leraar hadden getroffen. Als ze merkten dat de rapportcijfers van hun klassen achterbleven bij het gemiddelde, bonden de nieuwelingen in en staakten zij hun enthousiasmerend bedoeld gespring en gezwoeg voor de klas. Zo was het ook Theo vergaan. In de eerste maanden na zijn aanstelling had hij geprobeerd zijn leerlingen 'communicatieve vaardigheden' bij te brengen, zoals hem op de lerarenopleiding was ingeprent door vakpedagogen. Maar het belang van die vaardigheden viel in het niet als je besefte dat je doodgewoon een klas moest klaarstomen voor eindexamen of overgangsrapport. Ouders en conrectoren verlangden toetsbare vorderingen: haalden jouw leerlingen in vergelijking met die uit andere klassen lage cijfers bij schoolonderzoeken, dan was *jij* in gebreke gebleven. Ook de leerlingen zelf hechtten waarde aan concrete resultaten. Nu ze toch verplicht op school verbleven, waren zij gespitst op het praktisch nut van de lessen. Als je per ongeluk eens iets begon te vertellen dat niet direct verband hield met de leerstof uit de lesboeken, dan begon men al gauw ongemakkelijk in de banken te draaien en was er altijd wel één die je onderbrak en vroeg: 'Meneer, waarvoor is dit?' En je werd aangestaard met een mengeling van achterdocht en minachting wanneer je begon uit te leggen dat niet alles altijd ergens voor hoefde te dienen. Dat nut en efficiëntie middelmatige verdiensten waren die in onze samenleving sterk werden overgewaardeerd; dat kennis die niet direct een praktisch belang diende een wezenskenmerk was van grote kunst en literatuur. Had je zoiets eenmaal beweerd, dan keek de hele klas je aan alsof je zojuist in lompen uit een donker hol was komen kruipen. Afkeurend geroezemoes weerklonk wanneer je antwoordde: 'Voor je algemene ontwikkeling.' Voor je *wat*? Algemene ontwikkeling, dat was toch geen vak? Daar hoefde je toch geen cijfers voor te halen?

In de hoogste klassen wilde Theo ondanks alles nog wel eens van de lesschema's afwijken en uitweiden over de romantische aspecten van de literatuur; dan besprak hij de dichtersidealen van de Tachtigers, legde aan de hand van Nescio's *Titaantjes* uit wat een bohémien was of droeg experimentele poëzie voor, waarna hij op een cassettedeck jazz van John Coltrane liet horen en dia's vertoonde van schilderijen van Jackson Pollock, Willem de Kooning en Karel Appel. Kreeg je tien tegen één de bekende opmerkingen te horen: is-dat-nou-kunst? En: dat-kan-m'n-kleine-broertje-ook. Op zeker moment liet het hem onverschillig dat bijna niemand nog aandacht had voor wat hij voorlas en vertelde. Dan had hij de indruk louter tegen zichzelf te spreken, met de leerlingen als toevallig, inwisselbaar auditorium. Heel soms waren er in een klas één of twee die er iets van leken op te pikken. Die zaten dan met open mond en verhitte wangen naar je te luisteren. Daar deed je het voor, voor de gespannen aandacht van die enkelingen. Alle anderen gaapten je aan met een blik van: man, waar *heb* je het over? Hij had wel eens gewaagd te spreken van 'het avontuur van de literatuur'. Dat was voor de kids natuurlijk een gotspe. Goed, dat hij wauwelde over literaire boeken konden ze velen, maar dat hij het bestond te spreken van avontúúr... Wat wist híj, pratende pantoffel, daar in vredesnaam van af?

Theo maakte niet de fout zíjn schooljaren te verheerlijken met de valse veronderstelling dat het vroeger allemaal beter was. In Alkmaar kwam hij op zaterdagmiddag in de Laat en Langestraat wel eens vroegere klasgenoten tegen, mannen en vrouwen die procesmanager, systeemanalist, makelaar, diëtiste, grondstewardess of PR-medewerkster waren geworden, beroepen waarmee hij geen enkele affiniteit had, zo min als de anderen enige oprechte belangstelling toonden als hij hun vertelde over het zijne. 'O ja? Je bent dus eigenlijk teruggegaan, alleen nu aan de andere kant van de lessenaar. Goh, wat grappig.' Zó werd het leraarschap beoordeeld, als een maatschappelijk geaccepteerde vorm van regressie. Terwijl alle anderen de wereld onder ogen durfden komen, was hij 'teruggegaan' en had zich ingekapseld in het surrogaatuniversum op bouwpakketformaat. Vertelde hij dat hij Nederlands gaf, dan kreeg de ander voor een ogenblik een vaag peinzende blik en schoten er namen te binnen die jarenlang verzonken hadden gelegen in stoffige depots van het geheugen, Slauerhoff, Bilderdijk, P. C. Hooft, schrijvers en dichters van wie je ooit een hoofdstuk of een gedicht had moeten lezen waar je in je hele leven geen zier aan zou hebben, dat was zonneklaar. Theo kon het niemand kwalijk nemen niets te hebben onthouden van enige literatuurles. Wat was hij zelf allemaal niet vergeten van de vakken die hij onderwezen had gekregen... Hoe beschaafder het land, hoe meer geld en arbeidskracht er werden besteed aan een onderwijssysteem waarin aan duizenden werd onderwezen wat door een enkeling zou worden onthouden. Hoeveel van de brugklassers zouden in de toekomst baat hebben bij de tekstoefeningen die ze in dit lesuur maakten? Hij had ze aan het werk gezet, men maakte braaf de zinsontledingen, terwijl Theo intussen zeker wist dat er onder hen niet één zou zijn die op zijn dertigste zou verzuchten: 'Goed dat ik weet dat er naamwoordelijke gezegden bestaan. Ik heb er veel aan gehad.' Waarom, waarom dan toch gekozen voor het vak van leraar? Alleen al omdat Sylvia het hem vaak had gevraagd, had Theo zich verplicht gevoeld een antwoord te bedenken. Op school waren er collega's die voortdurend werden getreiterd en die desondanks een blijvend zwak hadden voor hun leerlingen, zoals dierenvrienden na een zoveelste beet in de onderarm nog steeds de eerste de beste hond aanhaalden. Een dergelijke halsstarrige affectie was hem vreemd. Als je nauwelijks mensen om je heen verdroeg maar niet het lef had om je werkelijk af te zonderen, dan was het niet zo vreemd dat je het gezelschap van kinderen verkoos boven dat van volwassenen. Onder scholieren kon je tenminste de illusie koesteren dat hun onuitstaanbaarheid van tijdelijke aard was en dat ze later, misschien voor een miniem gedeelte als gevolg van jouw lessen, in gunstige zin zouden veranderen. En ach, duwde men hem een pistool tegen de slaap, dan zou hij desgevraagd erkennen dat kennisoverdracht nooit helemáál heilloos kon zijn.

'Meneer, wat moet je doen als je klaar bent?'

Het waren altijd dezelfden die deze vraag stelden. Een antwoord van Theo deed niet ter zake. De bedoeling was om de rest van de klas af te troeven.

Theo keek op zijn horloge.

'Dan mag je iets voor jezelf gaan doen.'

De vragensteller keek triomfantelijk om zich heen. Een verontwaardigd gemompel trok door het lokaal. Plotseling bleken ook veel anderen de oefeningen af te hebben.

'Maar ik wil na de les wel de schriften op m'n bureau hebben. Kijk maar in het takenboek. Deze oefening telt mee voor het tussenrapport.'

Die mededeling veroorzaakte enige consternatie. Zelfs de allersnelsten bleken bij nader inzien toch nog wat werk te moeten afmaken.

'Dat had u toch wel eerder kunnen zeggen?' vroeg er een.

Theo acteerde milde verbazing.

'Na de twee instructieparagrafen over de gebiedende wijs enkel- en meervoud volgt een test. Dat staat glashelder in het takenboek, mensen. Moet ik dat dan nog extra benadrukken? Ik hoef toch niet bij álles jullie handje vast te houden?'

Vooral dat laatste was een effectief verwijt. Spreek de brugklassers altijd aan op hun status van vlo, wist hij sinds lang. Ze waren de oudsten geweest op de basisschool, en hier plotseling weer de kleinsten en jongsten. Die degradatie schrijnde.

Een meisje dat vorig jaar was blijven zitten stak haar vinger op.

'Het is onrechtvaardig. U was te laat en nou hebben wij niet meer een vol uur de tijd om die twintig zinnen te ontleden.'

Haar verwijt kreeg klassikale bijval. Theo wist dat ze gelijk had. Voor hij antwoord kon geven, zei ze: 'Mogen we het niet later op de dag inleveren? We hebben het vierde uur vrij, dan kunnen we het afmaken in de studienissen. We hebben geen gym vandaag, Pompier is ziek.'

Pompier. Pompier is ziek. Altijd wanneer onverwacht Iris' achternaam viel, was Theo op zijn hoede en had hij het idee dat hij op de proef werd gesteld.

'Dat is niet waar,' zei hij. 'Ik liep langs het mededelingenbord en juffrouw Pompier stond er niet op.'

'Dan hebbu niet goed gekeken!' riep er een, en ergens achter in de klas zei een ander net iets te luid: 'Níet op het bord? Is ie blind of zo?'

Hij had niet het idee dat de eersteklassers hem iets probeerden wijs te maken.

'Akkoord. Aan het eind van het vierde uur komen jullie het hier inleveren.'

Men zuchtte opgelucht, schriften werden dichtgeslagen, tassen werden met een bons op de banken neergezet.

'Maar denk eraan, dat is dan ook de uiterste inlevertijd!' riep Theo. Niemand leek hem nog te horen. De zoemer was gegaan, en zo traag als zij hem eerder dat uur door de gangen hadden gevolgd, zo watervlug kwamen de brugklassers nu uit hun banken. In hun haast om het lokaal uit te komen dromden zij bijeen voor de deuropening, de tassen als buidels tegen hun buik geklemd. Ook de belendende lokalen braakten linten scholieren uit, en zoals bij iedere wisseling van lesuur leek het alsof de honderden kinderen in de lange gangen samenvloeiden tot één amorf organisme dat als een sissend ontsnappend gas het schoolgebouw tot in de verste hoeken wist te vullen.

Twaalf

Theo had zich door de menigte leerlingen gewerkt en ging de trap af naar de hoofdingang om te zien of de brugklassers gelijk hadden. Iris stond inderdaad vermeld op de lijst van afwezigen. Waarschijnlijk had hij haar naam eerder over het hoofd gezien doordat Ferweda hem kort na zijn binnenkomst had aangesproken.

Theo wist dat Iris de pil slikte, welke dagen in de maand zij ongesteld was en hoe zij het liefst haar schouders gemasseerd wilde hebben, maar hij had er geen idee van naar welke televisieprogramma's ze graag keek, op welke politieke partij ze stemde en of zij eigenlijk wel eens had gezwommen in de Noordzee. Hij ging wekelijks naar bed met iemand die hij nooit een cadeautje had zien uitpakken; die hij nooit had zien huilen. De tussenuren op de dinsdag waren toereikend om te neuken, maar zelden kwam het zover dat zij elkaar vertelden over hun dagelijkse gewoonten of intieme herinneringen. Er school iets uitgesproken naargeestigs in het idee dat hij de plooien van haar kut kon dromen en intussen niet eens haar schoenmaat wist. En nu kon hij zelfs niet achterhalen waarom ze niet op school was. De afspraak was dat geen van tweeën de ander ooit thuis zou opbellen. Theo had er zich altijd aan gehouden. Voor zover hij wist had Iris hem evenmin ooit gebeld. Sylvia had tenminste nooit geklaagd dat iemand wel eens had gezwegen of snel had opgehangen nadat zij de telefoon had opgenomen. Iris en Theo hadden het in de eerste maand van hun affaire afgesproken: geen contact buiten school en de dinsdagse vrijage. Geen stiekeme briefjes in jaszakken of onder ruitewissers, geen boodschappen in cryptogram in elkaars postvakje bij de docentenkamer, niets. Zo er bij overspel gradaties van fatsoen bestaan, dan streefden zij naar het maximum.

Was ze ziek geworden? Gistermiddag bij haar thuis had zij,

als altijd, bepaald een gezonde en daadkrachtige indruk gemaakt. Ze had ook niet gezegd dat ze niet zou komen. Misschien was ze gewoon schoolziek, zoals veel leerlingen en ook de beide muziekleraren dat vaak waren. Theo kon het zich voorstellen – er waren tenslotte genoeg ochtenden dat hij er zich nauwelijks toe kon zetten de gang naar het Westfries College te maken.

Om hem heen verminderde het aantal leerlingen; de tijd om van het ene naar het andere lokaal te gaan was bijna voorbij. Nu pas zag Theo dat Ferweda hem van een afstand over de hoofden van een grote groep brugklassers stond aan te kijken. Theo rechtte instinctief zijn rug. Hij wist dat hij een eigenaardige indruk maakte door in de korte tijd tussen twee lesuren zijn lokaal te verlaten om opnieuw het mededelingenbord te inspecteren. Even vroeg hij zich af of het ongepast zou zijn om bij Ferweda naar de reden van Iris' afwezigheid te informeren. De conrector wist het waarschijnlijk; Iris had haar absentie ongetwijfeld aan hem doorgegeven. Maar Theo stak slechts zijn hand op naar Ferweda, waarop de ander hem toeknikte, niet onvriendelijk, een kort moment de beide ogen toeknijpend.

Voor de tweede keer die ochtend nam Theo de trappen naar de derde verdieping. Terwijl hij zich haastte, sloten collega's de klasdeuren. Gang en lokalen werden slechts gescheiden door grote ramen, opgedeeld in rechthoeken en omlijst door felblauwe kunststof kozijnen, zodat iedereen die langsliep vrij zicht had op wat er zich in de lokalen afspeelde. Theo zag een collega Frans gekscherend een karatebeweging maken naar een klein groepje eindexamenklassers. Op het moment dat hij zijn lokaal naderde, ging opnieuw de zoemer, ditmaal ten teken van het begin van het tweede lesuur. Hij had havo 3, klas D, een uur tekstverklaring.

3D was al binnen. Onmiddellijk wist Theo dat er iets niet klopte; iedereen zat al op zijn plaats en zweeg. Hij werd onderzoekend en afwachtend begluurd. Drie meisjes voor in de klas keken met trillende wimpers naar hun tafelblad. Anderen zogen hun wangen naar binnen om hun lachen in te houden.

Theo keek naar het schoolbord. De zijpanelen waren dichtgeklapt. Hij wist genoeg.

'3F is toch jullie parallelklas?'

Geen reactie.

'Tijdens gym of computerkunde heeft 3F jullie natuurlijk verteld over hun prachttekening op het bord en nu moeten jullie ook zo nodig.'

Als autistisch staarden de leerlingen hem aan. Theo stoorde zich niet aan hun provocerende zwijgzaamheid. Hij besloot tot een tegengestelde tactiek als bij 3F; hij moest hier laconiek en onbezorgd op reageren. Om te beginnen maakte hij een wegwerpgebaar naar het schoolbord.

'Goed, laten we de tekening eens bekijken.'

Achterin kon een meisje zich niet langer beheersen. Van tussen haar samengeknepen lippen ontsnapten haar korte ademstootjes. Prompt sprak Theo haar aan.

'Gaat het, Wieke?'

Het kind staakte als op afroep het proestend ploffen met haar lippen. Theo draaide zich half om naar het bord.

'Wat mag het zijn? Een portret? Van mij? De rector? Een collega?'

Hij zwaaide de panelen open. De tekening leek nergens naar. Met onvaste hand was het profiel getekend van een verkreukelde oude man met hangwangen en een kop als een rottende gerokte ui die, al mocht hij dan inderdaad niet bepaald aantrekkelijk zijn, in de verste verte niet op hem leek. Uit een vormeloze zijkwab die een monstrueus grote neus moest verbeelden viel op te maken dat iemand uit de klas wel degelijk zijn portret had proberen te schetsen. De krabbelaar moest de poverheid van zijn prestatie hebben beseft want hij had nog snel Theo's initialen onder het portret gezet. Het enige dat trefzeker en met dikke strepen was neergekalkt waren de vier woorden, omcirkeld door een tekstballon en eender aan die van de dag tevoren: BLACKIE IS THE BEST, waarbij alleen de 'i' en 'e' van het eerste woord slecht leesbaar waren, vermoedelijk omdat er eerst een ypsilon had gestaan die door middel van doorhalingen en toevoegingen in een ander handschrift was gewijzigd tot de twee huidige letters.

Theo draaide zijn wang naar het schoolbord, zodat hij, evenwijdig aan de tekening, met zijn profiel naar de klas kwam te staan. Hij hief het hoofd en vroeg: 'En, lijk ik een beetje?'

Zoals ornithologen vele variaties kunnen ontdekken in voor leken volstrekt identiek getsjilp, zo was Theo, overigens zonder zich er ooit voor te hebben ingespannen, sinds lang in staat om in de geluiden die groepen leerlingen voortbrachten nuanceverschillen te onderscheiden waar ieder ander slechts een auditieve drab van geroezemoes, geruis en gemompel zou hebben opgevangen. Zo bestonden er nogal wat manieren waarop zij met hun stoelen over het gladde linoleum konden schuiven. Het sonoor geknetter van de rubberen noppen onder de stoelpoten door in schokjes met de stoel naar achteren te schuiven, waarbij vooral de druk op de achterste twee poten van belang was, was in de laagste klassen wel het meest geliefde geluid, vanzelfsprekend omdat het veel weg had van een trompetterende scheet. Maar ditmaal klonk er slechts ritselende verbazing door in het dof gerommel van het rubber op het linoleum; men draaide achterdochtig en verwonderd met de konten over de zittingen, in de veronderstelling dat Theo tolerantie veinsde en dat zijn vraag een valstrik was. Nog steeds met zijn ene hand naar het bord gericht keek Theo vanuit zijn ooghoeken de klas in. Zoals de tactiek vereiste, zocht hij een bedeesde jongen om aan te spreken en koos er een uit die ingespannen naar een hoek van het plafond keek.

'Gerard, geef jij eens je mening. Wat vind je van het kunstwerk?'

Gerard Kist, een gedrongen joch met wijd uitstaande oren, wiens Westfries knauwende vader op iedere ouderavond bedroevend slecht geformuleerde vragen aan Theo stelde over Gerards beroerde rapportcijfers voor Nederlands, keek spiedend naar enkele klasgenoten alvorens een verongelijkt gezicht te trekken, alsof Theo hem op voorhand ergens van had beschuldigd.

'Geen mening, Gerard?'

De jongen trok zijn schouders op terwijl hij met een vragend gezicht naar zijn buurman keek, seinend: wat moet ie nou van me?

'Naah, u laikt er nie op,' antwoordde hij ten slotte.

'Dat ben ik helemaal met je eens,' zei Theo opgeruimd. Hij deed twee passen van het bord en nam de cartooneske pose aan van een museumbezoeker, borst vooruit, handen op de rug en overdreven vooroverbuigend. In die houding draaide hij zich zwierig om naar de klas.

'Wie vindt dat ie wél lijkt? Vingers.'

Met langzaam draaiende hoofden keek men elkaar niet-begrijpend aan. Nog steeds vermoedde zijn gehoor dat hij een hinderlaag uitzette.

'Niemand? Heel fijn. Dat streelt mijn ijdelheid. Als ik er zó uitzag,' zei Theo, en wees met zijn duim achter zich, 'dan bleef ik de rest van m'n leven minstens de helft van de week van ellende thuis in bed liggen.' Met een scheef lachje voegde hij eraan toe: 'Wat jullie natuurlijk prima zou uitkomen.'

Nu pas waagde een enkeling het te lachen. Theo pakte de bordenwisser en veegde tekst plus tekening gedeeltelijk uit.

'In ernst, mensen. De regels van het spel gebieden dat ik mij kwaad moet maken over zo'n tekening. Maar eerlijk gezegd laat het me koud of jullie me willen portretteren met een neus van hier tot Tokyo.' Dat was niet waar, maar Theo had, zoals wel vaker de laatste tijd, niet het gevoel dat hij loog. 'Ik wil jullie maar al te graag een plezier doen door te spelen dat ik mij in mijn eer voel aangetast. Maar dít hier begrijp ik niet.' Met de wisser nog in de hand wees Theo naar de tekstballon die hij gedeeltelijk had uitgeveegd. 'Ik zal niet doen alsof ik niet weet wie jullie met BLACKIE bedoelen, en dat juffrouw Pompier the best is wil ik graag geloven, maar' – gesnuif, geblaas, gegiebel, en Theo dacht: die intuïtie van die kinderen, valt daar niet iets tegen te doen? – 'wat hier is opgeschreven, beste mensen, valt buiten de normale beledigingen en het getreiter aan het adres van de leraar. Tegenwoordig staan er op nog veel te weinig scholen in ons land zwarte mannen en vrouwen voor de klas. Ik zal geen verhaal gaan houden over onze voormalige koloniën en over de slavernij waar ons land tot in de negentiende eeuw wel weg mee wist, want dan vallen de dames en heren vermoedelijk in slaap. Laat ik wat minder ver teruggaan in de tijd.

Neem Amerika. Nog geen halve eeuw geleden was het op veel plekken in de wereld ondenkbaar dat zwarte kinderen ook maar één stap in een schoolklas zouden zetten. Een voorbeeld. Dertig, veertig jaar geleden was het in het zuiden van Amerika een ongeschreven wet dat een blanke man die toevallig zin had om met een negerin naar bed te gaan van een zwarte man kon eisen zijn echtgenote tijdelijk af te staan. Je kon zo'n eis maar beter niet weigeren. Maar wanneer een zwarte man het waagde om op straat te knipogen naar een blanke vrouw, werd hij afgeranseld en soms vermoord door blanken die daar zelden of nooit voor werden gestraft. Alleen al in de jaren vijftig zijn in Amerika meer dan vijfduizend zwarten uit rassenhaat vermoord. Vrijwel alle schuldigen aan die moorden zijn nooit berecht. En wat dacht je van het onderwijs in Amerika? Gemengde scholen bestaan daar pas sinds de jaren zestig. Hebben jullie weleens gehoord van Little Rock? Dat is dat schattige stadje waar de huidige president van Amerika woonde toen hij gouverneur was van de staat Arkansas. Maar in datzelfde Little Rock hielden in 1956 soldaten de wacht om zwarte kinderen de toegang te ontzeggen tot een blanke school. Totdat de toenmalige president sommeerde dat de school de zwarte jongens en meisjes wél zou toelaten. Als reactie hierop wachtten woedende blanke ouders de zwarte kinderen op. Moesten die kinderen onder politiebegeleiding naar school, omdat ze anders zouden zijn afgetuigd door die brave blanke dorpsbewoners. Goed, dit is zwaar geschut in vergelijking met wat jullie hier hebben opgeschreven. Ik zou alleen maar willen zeggen: begrijp goed dat iedere negermop altijd herinneringen oproept aan een van de meest beschamende hoofdstukken uit de geschiedenis van de twintigste eeuw. Dus als er ergens, op het voetbalveld, in de trein of in de disco, of hier bij ons op school, iemand wordt beledigd of bespot vanwege ras of huidkleur, dan is dat niets anders dan een echo van vernedering, achterstelling, uitbuiting en onderdrukking. Wij noemen hier dus niemand "Blackie". Akkoord? Ik zou het waarderen als jullie de kern van dit verhaal zometeen in de pauze doorgeven aan mijn goede vrienden van 3F. Zodat in de komende lessen dit soort gedoe achterwege blijft.'

Theo zocht gelaten zijn bureaustoel op. Hij was niet tevreden; halverwege zijn monoloog was een galm van belering in zijn stem geslopen. Hij speurde de gezichten af. Niet één oogde schuldbewust. Sommige jongens keken met sfinxachtige onbetrokkenheid voor zich uit; een aantal meisjes, met bleke wangen en sluik neo-hippiehaar, gaapte hem echter grootogig en verontwaardigd aan. Achterin schudde Edo Venneker, een breedgeschouderd blokhoofd met een vlezige nek en vrouwenoortjes, demonstratief het hoofd en zei iets tegen zijn buurman, zijn stem op de provocerende sterkte tussen brommen en bassen, met de bedoeling dat degenen die in zijn buurt zaten hem wél en Theo hem níet zou verstaan. Dat kon hij niet laten passeren. Het was belangrijk dat hij in dit stadium van de confrontatie iedereen kort hield.

'Venneker, jij hebt wat te zeggen. Ik zou zeggen, ga je gang.'

'Nee niks, ik zei niks.'

'O, ik zag anders je mond bewegen. Was je aan het playbacken? Of heb je last van een of andere zenuwtrek?'

Kleineren was altijd doeltreffend.

'Ik zei alleen maar, het lijkt wel maatschappijleer.'

Met een zucht draaide Theo zich naar het raam. De verontwaardiging die hij tot dan toe had geveinsd werd plotseling gemeend en authentiek, als bij een onervaren acteur die zich laat overmeesteren door het personage dat hij speelt.

'Tuurlijk, Edo. Als jij datgene wat ik te zeggen heb wilt reduceren tot een mededeling die thuishoort bij één vak, dan heb je mijn zegen, hoor. Maar ik had het idee dat ik eventjes niet het woord deed als docent. Als ik jou, Edo, op zaterdagavond in een café tegenkom en je maakt een spreekfout, waar ik in jouw geval niet lang op zal hoeven te wachten'–sarcastisch gesnuif in de klas; Venneker bewoog mokkend zijn onderkaken–'dan zal ik je niet aan je hoofd zeuren met een verbetering. Maar als jij op die plek en op dat tijdstip herhaalt wat hier zojuist op het bord stond, dan...' Theo keek een willekeurig aantal kinderen aan en vroeg zich plotseling af waar hij eigenlijk zijn energie aan verspilde. Eenzelfde vermoeidheid als in Schagen, ten huize van pa Houtman, nam bezit van hem. '...dan zal ik je precies hetzelfde zeggen als ik zojuist heb gezegd. Of ik zeg helemaal niets en loop bij je vandaan. Want om je de waarheid te zeggen voel ik er niets voor om ook maar één woord te wisselen met mensen die er plezier in hebben zulke stompzinnige, dubieuze mededelingen als deze hier op te schrijven.'

Van de bleke, sluikharige meisjes wond er één zich hevig op. Het was Marleen Dallinga, een kosmetisch perfecte blondine met lange, trage wimpers en een halve kop groter dan de meeste jongens in de klas. Zij zette grote ogen op, plantte haar ellebogen op het tafelblad en zei: 'Belachelijk hé. Ik vind die tekening ook niet oké, maar u moet niet gaan zitten zeggen dat wij discrimineren of zo.'

'Zei ik dat dan?' vroeg Theo. Hij zoog de binnenkant van zijn linkerwang tussen zijn kiezen.

'Een beetje wel ja.'

Theo zag het al voor zich; gechoqueerde ouders, klagend bij rector of conrector. Meneer Ferweda, mijn dochter is géén racist. De beschuldigingen van uw docent Nederlands gaan alle perken te buiten. Goed, wij willen heus wel dat onze dochter mondig en kritisch de maatschappij in stapt, maar het is ronduit schunnig dat een onschuldige kwajongensstreek door de heer Altena wordt opgeblazen tot een daad van discriminatie.

Marleen Dallinga schudde fronsend haar mooie hoofd, de blonde lokken deinden op haar schouders, en voor de zoveelste keer trof het Theo dat ze met het jaar smettelozer oogden, die kinderen, alsof ze niet meer werden verwekt maar gedesignd. Hij had weleens het idee dat hij stamde uit de laatste generatie van lelijke kinderen, met kippeborsten, onregelmatige gebitten en flaporen. Tegenwoordig zwoegden ze in sportscholen en fitness-studio's massaal op modellichamen. Gebitten werden bijgewerkt door orthodontisten, en als je slechte ogen had, nam je natuurlijk geen bril maar contactlenzen. Er waren er zelfs die iets onwelgevalligs, vet op de dijen of een wijkende kin, hadden laten corrigeren door een plastisch chirurg. Op hun leeftijd! Pukkels hadden ze ook nog maar zelden. Terwijl in zijn schooltijd de halve klas wanhopig had geploeterd met lapmiddeltjes die werden aangeprezen in swingende advertenties, gingen ze nu, óók de jongens, bij het ontdekken van een verdwaalde mee-eter pijlsnel naar een diëtiste, schoonheidssalon of 'kuurstudio' met zonnebank en sauna.

'Ik weet het niet hoor,' zei Marleen Dallinga, 'ik heb die tekening niet gemaakt maar volgens mij gaat het helemaal niet om juffrouw Pompier.'

Haar klasgenoten vielen haar mompelend bij.

'O ja?' vroeg Theo ijzig, 'om wie of wat dan wel?'

'Nou gewoon...' zei het meisje, en keek met grote ogen in het niets.

'Om u!' zei Edo Venneker plotseling.

'Om mij.' Theo voorvoelde ineens een klassikale onthulling die hem zijn overwicht zou ontnemen. Onder zijn colbert en streepjesoverhemd begonnen zijn oksels te prikken.

Edo Venneker zag zijn kans schoon.

'Nou, Wouter Nijman uit 3F woont in Kersenboogerd, in de Schaafstraat, om de hoek bij Pompier. En Wouter z'n vader heeft tegen hem gezegd dat ie u tweeën altijd op dinsdag naar haar huis ziet gaan.'

De jongen leunde achterover en keek met een scheve grijns de klas rond.

Wouter Nijman! Dan had ie gisteren tóch de juiste eruit gepikt om de tekening uit te vegen.

Theo zocht naar een neutraal antwoord en duwde met zijn wijsvinger zijn bril tegen zijn neusbrug.

'Hij wordt rood,' zei iemand achter in de klas.

Een ander viel in: 'Ja, meneer Altena, u krijgt een boei.'

Theo voelde inderdaad hoe zijn bloed bij de wangen aan een stuwing begon. Hij besloot tot een onbezorgde lach. Dat wilde niet echt lukken: te lang bood hij de klas een ongetwijfeld weinig overtuigend zicht op boventanden en een roze reepje tandvlees. Hij was zich zéér bewust van de plooien in zijn wangen; zijn lach dreigde te verstarren tot een grimas. De adressenlijsten, dacht hij, waarom heb ik nooit de adressenlijsten doorgenomen om te zien wie uit welke klassen in Kersenboogerd woont?

Twee jongens begonnen met hun vuisten zachtjes op hun

tafel te bonzen en scandeerden aarzelend: 'Boei boei boei, Altena heeft een boei.'

Was dat het resultaat van zijn preek van zoëven? Dat ze het zich plotseling permitteerden om een potje te gaan *zingen*? Maar nog steeds leek het hem niet juist om de strijd aan te gaan. En met op zijn gezicht nog steeds de langzaam wegstervende statische lach klapte Theo een paar keer ludiek in zijn handen en bracht een dirigentenmotoriek in stelling om ze stil te krijgen. Daar hij wist dat ontkennen geen zin had en nuanceren nog minder, zei hij: 'Al ga ik iedere dag op bezoek bij juffrouw Pompier, dan nog vind ik zo'n bijnaam smakeloos en stuitend.' Hij voegde eraan toe, in een poging tot wat in de pedagogiehandboeken een 'emotieve didactische handeling' heette: 'Volgens mij vinden jullie dat diep in je hart ook. Of heb ik dat mis?'

Verdomd, dat werkte. 3d stemde roezemoezend in, waarna Theo de klas verzocht de boeken open te slaan bij tekst zus paragraaf zo. Hij zette hen aan het werk, zodat hij zich de rest van het lesuur in alle rust bezorgd kon afvragen of hij misschien onbewust allerlei signalen – elkaar bij de elleboog aanstotende jongens en meiden; gegniffel achter hun rug wanneer Iris en hij na een pauze samen de lerarenkamer uit kwamen lopen – over het hoofd had gezien en hun affaire sinds lang een publiek geheim was onder geamuseerde collega's en gnuivende leerlingen.

Het derde uur had hij een eindexamenklas. Onder het mom van 'een in subgroepen te voeren discussie ter voorbereiding op het mondeling examen' liet hij twintig aanstaande examinandi in vier groepjes een eind weg kletsen over drie klassikaal gelezen hedendaagse romans. Zonder achter zijn bureau vandaan te komen, zodat hij niet wist of de fluistergesprekken gingen over Harry Mulisch of de nieuwste cd van U2 en de prijs per pil van xtc, overzag Theo de groepjes en verdiepte zich intussen in de vraag hoe hij onder zijn collega's onopvallend kon peilen of iemand iets af wist van zijn overspel. Van een onderzoek kwam niet veel, want in de pauze tussen elf en half twaalf kwam Theo in de overvolle docentenkamer met zijn zakje brood en plastic bekertje koffie te zitten tussen twee identiek bebrilde leraren scheikunde met grijzige zweetplekken in hun overhemden die op snatertoon een gesprek voerden over het praktisch nut van *remedial teaching*, een vraagstuk waar hij, hoewel de beide goeierds hem in hun gesprek probeerden te betrekken, nauwelijks aandacht voor wist op te brengen, en toen hij tegen het einde van de pauze terugliep naar zijn lokaal, was Theo doof voor de honderden puberstemmen die in het trappenhuis kaatsten. Prangende vragen sloten alle geluiden buiten: wanneer vader Houtman bellen, waarom was Iris niet op school, en hoe geheim was hun affaire eigenlijk nog? Er hoefde geen reden tot paniek te zijn, besloot hij. Als het uitlekken van hun overspel slechts een paar prutserige spotprenten en een suffe slogan op een schoolbord opleverde, viel het allemaal nog wel mee en bestond er niet echt een gevaar dat Iris en hij openlijk op hun romance zouden worden aangekeken, terwijl de kans dat op een lerarenfeestje een aangeschoten en loslippig geraakte collega iets aan Sylvia zou overbrieven vrijwel nihil was.

Op weg naar zijn lokaal raakte Theo bekneld tussen een groep brugklassers. Hun transpiratie verspreidde een geur van verzuurde melk. Voor de tweede keer die dag leek zich een klem op zijn keel te zetten. Maar ditmaal haalde Theo geconcentreerd adem door zijn boven iedereen uitstekende neus. Er gebeurde niets. De vage, diffuse druk op zijn hart bleef uit. Het zorgvuldig ademhalen gaf hem zowaar het prettige gevoel te verzinken in de omgeving. Hij raakte ver verwijderd van het krioelsel van kinderen en waande zich een moment lang onbezield, een lid van de grote, beschermende familie van houten trapleuningen, gele bakstenen en spiegelende ramen in de gangen. Theo baande zich een weg door de groepen kinderen. In zijn lokaal zat 3F reeds op hem te wachten.

Er stond tekst noch tekening op het bord. Theo groette de klas. Slechts een enkeling bromde een antwoord. Theo herkende de overeenkomsten met de ontvangst door 3d van twee uur geleden: de te rechte ruggen waarmee ze in hun banken zaten, de afgewende gezichten, de wirwar van snelle onderlinge blikken.

Op zijn bureau lagen zes glanzende pornofoto's, gescheurd uit een tijdschrift, symmetrisch geordend rond het tekstboek *Van de taal der Nederlanden*. Theo draaide één van de foto's om. De pagina's waren afkomstig uit een meertalig pornomagazine; achter op de foto stonden onder elkaar vier blokjes tekst met in iedere linkerbovenhoek een kleine landsvlag. Van ieder tekstblok was één korte zin uitvergroot en vetgedrukt. De foto's toonden uitsluitend vrouwen. Eén model zat schrijlings op een motor en trok met paarsgelakte nagels haar schaamlippen van elkaar. Drie anderen lagen diagonaal en wijdbeens op bedden met vergulde spijlen en satijnen lakens. Eén lag voorover op het dek van een kleine zeilboot, haar billen geheven naar de lens. De zesde had haar handen gevouwen om het uiteinde van een vaalwitte vibrator die voor de helft naar binnen was geduwd. Alle modellen waren zwart.

Met gebogen hoofd stond Theo achter zijn bureau. Hij legde zijn handen op de rugleuning van zijn stoel. Een ogenblik was het alsof een transparant laagje plastic zich aan zijn gezicht had gehecht en hij de foto's nog slechts kon zien door een vervormend waas, alsof zijn brilleglazen waren natgeregend. Onwillekeurig begon hij te kuchen, wat kennelijk bijzonder komisch was, want er werd zacht blazend gelachen. Toen pakte hij de foto's één voor één op en liep ermee de klas in. Op zes tafels, waaronder die van Wouter Nijman, deponeerde hij een foto. Een lispelende onrust trok door de klas. Achter in het lokaal leunde Theo tegen een vergrendelde stalen boekenkast en zei: 'De zes die een foto voor zich hebben liggen mogen deze beneden gaan laten zien aan meneer Ferweda.'

De klas bleef stil. Het bleek enige tijd te vergen om de ongewone represaille te verwerken. Dat hij een aantal de klas uit zou sturen, hadden ze misschien voorzien, maar dan toch niet met medeneming van de foto's.

'Kom, schiet een beetje op,' zei Theo tegen niemand in het bijzonder, 'dan kan ik beginnen met de les.'

Wouter Nijman was de eerste die protesteerde.

'Bekijk het, hé,' zei hij, de k's scherp knallend door het klaslokaal, en borg de foto op in één van de vakken van zijn schooltas. Theo liep van achteren op hem af, pakte zijn tas van de grond, haalde de foto eruit en legde deze met een klap van zijn vlakke hand terug op het tafelblad.

'Ik heb het jullie gisteren duidelijk gezegd: nog één keer gedoe hier in de klas en een willekeurig aantal mensen kan een enkele reis maken richting conrector. Jullie kenden de maatregel. Dus geen schijnheilig protest graag.'

Wouter Nijman hield zich doof voor Theo's uitleg en verkondigde op hoge toon: 'U heb helemaal het recht niet om in mijn tas te graaien!'

Theo klakte met zijn tong.

'Jongen, zeur niet. Je moest eens weten waar ik allemaal wél het recht toe heb.'

Dat had hij niet moeten zeggen. Zo gaf hij Wouter Nijman gelegenheid tot een opruiend commentaar – waar hij dan ook onmiddellijk gebruik van maakte.

'O ja? Welke rechten dan wel? Dat zou ik wel es willen weten.'

Theo's blik ging van bank tot bank; vanuit zijn ooghoeken had hij gevolgd hoe drie andere jongens intussen ook de foto in hun tas hadden gemoffeld. Hij liep terug naar zijn lessenaar. Twee van de zes waren bedeesde meelopers van Wouter Nijman. Hen zou hij het makkelijkst weg krijgen. Theo wees de twee aan en zei: 'Robbert Graft en Niels Hoogland. Voor jullie geldt hetzelfde. Foto meenemen en wegwezen.'

De beide jongens wisten zich geen houding. Wouter Nijman seinde met zijn wenkbrauwen iets naar de twee lotgenoten, draaide zich toen om naar Theo en vroeg: 'Waarom zijn het eigenlijk alleen maar jongens en geen meiden die d'ruit moeten?'

'Toeval,' antwoordde Theo droogjes.

Dat lokte luide protesten uit. Natuurlijk had Theo inderhaast besloten dat hij niet een meisje naar de conrector kon sturen met medeneming van zo'n prent met *frontal beaver shot.*

'Toeval, m'n neus,' zei Wouter Nijman – en dat was dan weer uiteraard bijzonder geestig, gezien Theo's bijnaam. 'Ik ga niet naar Ferweda,' zei hij eenvoudig. Hij strekte zijn benen en sloeg zijn armen over elkaar. 'Moet ik zeker opdraaien voor wat de hele klas heeft gedaan.'

Een meisje stootte haar buurvrouw aan. De ander begreep het signaal en zei: 'Nou, ik heb niks gedaan. En Sharon, Monique en Miriam wisten ook van niks. Wij hebben niet eens van die boekkies. Kom nou.'

'Kutwijf!' riep een jongen achter hen meteen – Theo kon niet zien wie.

'Domme teef!' Dat was Wouter Nijman.

'Genoeg!' Theo liep tussen de rijen banken naar de klasdeur. 'Natuurlijk zal het heus geen klassikale actie zijn geweest. Het interesseert me niet wie die dingen heeft neergelegd. Het gaat erom *dat* ze er liggen. Dat is genoeg.'

Theo hield zijn hand aan de deurklink. Vier van de jongens die hij had aangewezen, borgen nu, zij het tergend traag, schriften, agenda's en etuis in hun tassen. Onder aarzelend boegeroep van enkele anderen waren Robbert Graft en Niels Hoogland, volgens Theo's verwachting, als eersten opgestaan. Ook twee anderen maakten aanstalten te vertrekken.

'Aan het eind van de les controleer ik of jullie je ook echt hebben gemeld. Denk daaraan.'

Verontwaardigd liepen de vier nu voor hem langs de klas uit. Nummer vijf volgde, met slepende tred en smalend loerend naar Theo. Ook hij had de foto diep weggestopt in zijn tas. Theo besloot hen er verder niet op aan te spreken. Natuurlijk zouden zij in geen geval de conrector die foto's durven tonen, en over de reden van hun wegzending zouden ze evenmin veel vertellen. Ze zouden slechts een potje klagen; Theo kon hun verhaal voorspellen. Nou, iemand had iets op het bureau gelegd van meneer Altena, we wisten geeneens wat het was en hij werd kwaad en wees toen zomaar óns aan. We snappen er echt niks van.

Tot Theo's ergernis bleven de vijf op de gang staan wachten op Wouter Nijman, die leek te hebben besloten dat verder verzet geen zin had en inmiddels ook was opgestaan. Als een verveelde popster na een persconferentie wandelde hij met o-benen naar de deur, zijn versleten schooltas onder zijn arm geklemd en in zijn vrije hand de inmiddels verkreukelde pagina uit het pornotijdschrift. In de deuropening bleef hij staan. Hij strekte demonstratief zijn vrije arm, kneep de foto tot een prop en gooide die met een boogje naar de prullenbak onder het schoolbord. De prop landde op de rand en viel vlak voor de voeten van Theo op de grond. Toen draaide Wouter Nijman zich om en zei tegen zijn klasgenoten: 'Ik ga mooi gewoon naar de kantine. Verder niks.'

Theo keek weg toen de jongen hem grijnzend passeerde. Maar onmiddellijk daarop hield hij hem staande door hem bij zijn bovenarm vast te pakken. De ander liet zijn tas vallen, rukte zich met één beweging los en riep: 'Blijf van me af! U heb het recht niet om me zo vast te grijpen!'

Weer dat 'recht', waar– Theo wist het van een aantal onder ordeproblemen lijdende collega's, maar had het nu voor het eerst zelf aan de hand–de hufters van de school zich als op afspraak op beriepen wanneer hun getreiter een docent noopte tot een bescheiden fysiek ingrijpen.

Theo greep de jongen opnieuw, en ditmaal klemvast, bij de arm.

'Raap die prop op,' zei hij, en probeerde zijn stem dreigend te laten klinken.

'Blijf van me af!' Wouter Nijman schreeuwde inmiddels met een razernij alsof hij werd gemolesteerd.

Theo aarzelde. De snelheid waarmee hij in- en uitademde leek die van zijn hartslag te overtreffen. De klas keek als verstomd toe. In het belendende lokaal–Dorjee, een kleine blonde vrouw met een gezicht vol sproeten, gaf er Engels–hadden leerlingen zich in hun banken omgedraaid. De vijf jongens op de gang verroerden zich niet. In de deuropening lag de schooltas van Wouter Nijman. Boeken, schriften, twee pennen, een broodtrommel en een mes met nikkelen heft waren uit de tas gevallen.

'Laat me los, man!'

Ondanks een verbeten rukken met zijn arm, wist Wouter Nijman zich ditmaal niet te bevrijden uit Theo's greep. Hij had de jongen enkele passen terug de klas in getrokken. De twee keken elkaar nu recht in het gezicht, Theo transpireerde en in beide oren vlamde een pijnscheut doordat hij zijn kaken te stijf opeen hield geklemd. Die prop kon blijven liggen. Dan maar een nederlaag. Hij moest de jongen nu zonder verdere escalatie zien weg te krijgen.

'Verdomme, laat me los!'

Theo begon met een korte, schorre piep achter in zijn keel te hijgen, en zag hoe de ander hem erom minachtte. Als was het een caféruzie trok Theo de jongen naar zich toe. Luid, zo luid dat hij er zeker van was dat de rest van de klas hem kon horen, zei hij: 'Jij meldt je bij Ferweda. Als je dat niet doet, zorg ik ervoor dat je de rest van het schooljaar geen stap meer bij mij in de klas zet. Dat betekent: geen eindcijfer voor Nederlands. En ga je dus niet over. Kun je nog lekker een jaartje extra hier rondlopen, Wouter.'

Even leek de jongen, wiens agressie zoëven nog van zijn gezicht spatte, zich met schrik de ernst van de situatie te realiseren; zijn woede leek te zakken, hij keek achter zich, als om zich te vergewissen van de aandacht van zijn klasgenoten. Waarschijnlijk bespeurde de jongen eerbied in hun blikken. Op zijn gezicht verscheen een spottende grijns.

'Rustig maar, hé,' zei hij, 'ik ga heus wel.'

Toen Theo hem had losgelaten, bevoelde Wouter Nijman zijn bovenarm. Om zijn mond speelde een gepijnigde trek. Intussen keek hij onafgebroken naar Theo, met in zijn ogen een doffe uitdrukking, alsof hij gedrogeerd was geraakt door zijn eigen verzet en agressie.

Theo wees naar de schooltas op de grond.

'Vergeet je spullen niet.'

Wouter Nijman haalde zijn schouders op en bromde: 'Ach man, ga toch spelen.'

Theo verstrakte. Dacht: niet meer reageren, wat hij verder nog zegt of doet. Misschien had hij zijn gedrag al op een eerder moment moeten negeren.

De jongen bukte zich naar zijn tas. Intussen stonden de vijf anderen sloom te wiebelen van been op been, alsof zij een teken van hun aanvoerder Nijman verwachtten.

'Zeg, jullie kunnen alvast gaan, hoor,' zei Theo, en wapperde met zijn hand. 'Meneer de schreeuwlelijk hier doet er nog wel een paar minuten over om zijn spullen bij elkaar te rapen. En hij kan de weg naar Ferweda heus wel alleen vinden.'

Dat was een onnodige provocatie, hij wist het reeds voordat hij was uitgesproken. Wouter Nijman keek woedend om, veerde op en riep: 'Krijg toch de tering, stomme idioot!'

Terwijl hij wist dat hij niets, *niets* moest ondernemen, stoof Theo tot zijn eigen verbijstering op hem af en deed iets wat hij helemaal niet wilde doen: hij probeerde zijn hand te haken aan het shirt van de jongen, die zich razendsnel van hem af draaide en een halve stap naar achter deed. Theo greep mis en raakte met de rug van zijn hand pijnlijk de deurpost, waar hij steun moest zoeken om niet voorover te vallen, en op datzelfde moment raakte ook Wouter Nijman uit evenwicht, hij viel over zijn tas tegen de grond en schampte met zijn achterhoofd langs de klink van de deur die daardoor verder openzwaaide en met een bons terechtkwam tegen de rubberen deurvanger. De vijf in de gang deinsden achteruit. Wouter Nijman bleef liggen, greep onder het slaken van een langgerekte kreet met beide handen naar zijn kruin en trok zijn benen op tot in foetushouding. Theater, dacht Theo, hij simuleert. Negeer hem. *Negeer hem*. En hij gebaarde naar de vijf jongens die verbluft naar hun klasgenoot staarden.

'En nou wegwezen jullie! Opgesodemieterd!'

Ditmaal gehoorzaamden de vijf en liepen de gang uit. Maar bij de klapdeuren naar het trappenhuis bleven ze opnieuw staan dralen.

Wouter Nijman kermde luid.

Linksrechtslinks keek Theo. Twee lokalen verderop ging een deur open en stak Mellink, de oudste van de sectie Duits, zijn hoofd om de deur. Mellink bevroor en zette grote ogen op, Theo maakte zo laconiek mogelijk een sussend handgebaar in zijn richting, waar hij onmiddellijk spijt van had, want nu zou Mellink denken dat hij een dergelijke escalatie wekelijks aan de hand had. Intussen acteerde Wouter Nijman dat hij nauwelijks de kracht had om op te staan. Op dat moment deed Theo iets onnozels. Hij stak een helpende hand uit naar de jongen. In een oogwenk reageerde deze alsof hij een mep kreeg uitgedeeld, en opnieuw schreeuwde hij naar Theo dat hij van hem af moest blijven. Theo deed een stap naar achter, waarmee hij onbedoeld de indruk wekte dat hij zoëven had uitgehaald. In de belendende klas stond Dorjee hem aan te gapen, met slap hangende armen, ronde ogen en ronde, open mond, zich niet bekommerend om haar leerlingen die nu allemaal van hun plaats waren gekomen en zich hadden verdrongen achter de ramen van het lokaal.

Toen stond Wouter Nijman op.

'Mishandeling!' galmde hij door de gang. Theo draaide opgelucht zijn hoofd af. Aan de fanatieke manier waarop het eruit kwam, wist hij zeker dat de jongen geen spat mankeerde. Zoeven nog voor zwaargewond over de gangvloer rollend, veegde Wouter in één beweging boeken, schriften, pennen en mes in zijn tas. Theo keek even naar de plek waar de jongen had liggen spartelen. Geen spoor van bloed.

Aan het einde van de gang keken de vijf anderen nog steeds toe. Toen Theo aanstalten maakte op hen af te komen, schoten ze als motten door de klapdeuren naar het trappenhuis. Wouter Nijman was hem intussen achterlangs gepasseerd. Voor het lokaal van Dorjee draaide hij zich om en herhaalde schallend: 'Mishandeling!'

Automatisch inspecteerde Theo het roerloos vogelkopje van Dorjee, wier ogen groter en groter waren geworden.

Een laatste strijdkreet van Wouter Nijman.

'Ik ga naar Ferweda en zeg mooi wat er is gebeurd! En ik vertel het ook aan m'n vader en moeder!'

Er viel weinig meer hoog te houden; Theo gaf toe aan de impuls om terug te schreeuwen.

'Vooral doen, joh! Succes ermee!'

Nadat hij met een klap de klasdeur had dichtgeslagen, stond Theo uitgeblust tegenover het resterend deel van 3F, van wie de meesten in korte tijd leken te zijn verjongd en er schichtig en ontheemd bij zaten als brugklassers in hun eerste schoolweek. Theo zeeg neer op zijn bureaustoel. Hij zette zijn bril af en wreef in zijn ogen. Een meisje stak haar vinger op.

'Meneer, onder Frans heeft ie ook wel eens zoiets gedaan. En laatst met maatschappijleer stond ie ook al op de gang te schreeuwen.'

Theo zette zijn bril weer op. Hij verschoof zijn agenda over zijn bureau. Ze kozen zijn partij – en dat was minder prettig dan hij het zich had voorgesteld. Er was iets goed mis wanneer leerlingen medelijden met je hadden.

'En vorig jaar dan,' viel een ander in. 'Toen haalde hij bij Krammer van aardrijkskunde drie keer...'

'Stop. Ik hoef het niet te weten. Op rapportenvergaderingen en ouderavonden is er vaak genoeg over Wouter Nijman gesproken. Hij is bekend bij iedere leraar, ook bij degenen die hem nooit in de klas hebben gehad.'

Dat was wat overdreven maar scheen geen verbazing bij de klas te wekken.

'Wie had nou eigenlijk die foto's op m'n bureau gelegd?' vroeg Theo.

Hij zag een enkeling onzeker en schuldbewust naar een ander gluren.

'Laat ook maar,' zei hij, 'ik hoef het niet te weten.'

Hij probeerde de mogelijke gevolgen van het incident te overzien. Hij moest zich in ieder geval vandaag nog nader verklaren aan Dorjee en Mellink. En dan moest hij met Ferweda een passende straf voor de zes bepalen.

Theo sloot een willekeurig lesboek dat op de hoek van zijn bureau lag.

'Jullie mogen gaan. Er stond grammatica op het programma, die les halen we overmorgen in.'

Niemand maakte aanstalten. De mededeling scheen niet tot hen door te dringen.

'Echt, jullie kunnen gaan, ik geef jullie vrijaf. Doe zacht op de gang, oké? Ik zie jullie vrijdag weer.'

De eersten pakten aarzelend hun tassen.

Stilte in een lokaal kende talloze varianten. Stilte tijdens proefwerk, stilte uit verveling, stilte tijdens een klassikale krachtmeting als van zoëven. Maar deze variant kende hij nog niet. 3F zweeg uit mededogen.

Men verliet het lokaal. Een groepje van vier bleef staan bij de deur.

'Meneer Altena?' zei er een.

Theo knikte vragend.

'Tot vrijdag, meneer Altena.'

Toen de laatste de deur achter zich dicht had gedaan, draaide Theo zijn stoel naar het raam. Twee vrouwen in windjacks kwamen voorbij op glimmende fietsen. In de sloot die de rozebeklinkerde straat scheidde van het sportterrein dobberden plastic bekertjes en papieren verpakkingen, weggeworpen in schoolpauzes. Op de parkeerplaats naast de gymzalen en de fietsenstalling stonden de auto's van de leerkrachten, de kleuren wit, rood en blauw domineerden, afgewisseld door de onzijdige glim en glans van grijs metallic. Theo had zijn Toyota ergens achteraan geparkeerd. Vanuit zijn lokaal kon hij slechts de neus van zijn auto zien. Hij vroeg zich af of Wouter Nijman vandaag of morgen zijn mes in de lak zou zetten.

'Meneer?'

Nee toch. Er waren een paar teruggekomen, waarschijnlijk meevoelende meiden die nog even wilden komen vertellen wat Wouter Nijman nog meer voor ergs had gedaan in andere lessen.

'Meneer Altena?'

Theo draaide zijn stoel. In de deuropening stond niemand uit 3F maar een vijftal brugklassers.

'We hebben de zinsontledingen van taak 14 af. Die zouden we het vierde uur inleveren.'

Hij nam de schriften in ontvangst. Er moest hem het een en ander zijn aan te zien, want de brugklassers wisten niet hoe snel ze weg moesten komen. Theo raapte de tot prop geknepen foto van de grond. Aan zijn bureau wreef hij met de palm van zijn hand het papier glad. Het was de foto van de vrouw die op een motor zat en met paarse nagels haar geslacht had opengepeld. Nu pas ontdekte hij in de linkerbovenhoek een in blokletters geschreven bijschrift. Met balpen waren de vier woorden aan de foto toegevoegd waar het de dag ervoor allemaal om was begonnen: BLACKIE IS THE BEST.

Dertien

Iris noemde zich zwart maar was het niet. De kleine voren en groefjes van haar vingerkootjes waren nog het donkerst van kleur, gevolgd door de huidplooien in haar nek, vlak onder de haargrens. Daar was haar huid dof en donkergrijs als droge klei. Theo hield ervan om te fantaseren dat zij samen beschikten over een onuitputtelijk aantal kleurnuances. En misschien was dat ook wel zo. Haar kleur riep de bekende vergelijkingen op: koffie, mokka, chocolade. Zonlicht legde een blauwig waas over het bruin, zoals bij hem het wit niet wit maar roze of gelig grijs was of, in gedempt kunstlicht, neigde naar een vaal soort oranje. Als zij moe was of zich niet erg lekker voelde, verminderde de glans van haar wangen en werd haar huid mat als leisteen. Als Theo lang en hard applaudisseerde, werden de palmen van zijn handen donkerrood, met gele stipjes bij de muizen; Iris' handpalmen en voetzolen hadden de kleur van sigarettefilters. Wanneer op school het TL-licht brandde, kreeg iedereen een gezicht zo grauw als krantenpapier, maar het mahoniebruin van Iris leek er juist door op te leven. Onder kunstlicht kon haar huid glimmen als suikerstroop. Scheen de zon op de achterkant van haar benen, dan ontstond in de rechte groeven in haar knieholten een heel nieuwe weerschijn, niet blauw maar purperachtig, vaag herinnerend aan het mauve van rozijnen. Iris in bad of in de regen was een gebeurtenis. Water op haar huid had het effect van een laagje bitumen op een schildersdoek; bruin en grijs en de schemerlaagjes paars en blauw vermengden zich tot een zachtglanzend teerderivaat. En als je haar dicht naderde, om haar te kussen of iets toe te fluisteren, ontdekte je op haar neus en voorhoofd enkele minuscule moedervlekjes, groter dan poriën en kleiner dan sproeten. Een soort spatjes waren het, als de spikkeltextuur van blokjes rundvleesbouillon. Dezelfde spatjes had Theo ontdekt op haar schouders en bovenarmen. Op haar billen kronkelden de lichtbruine lijnen van de striae die zich in haar huid hadden geëtst.

Theo raakte maar niet op haar uitgekeken. Alleen al die kont van haar! Als ze naakt op haar buik op de bank lag, oogde de bolling strak glooiend als een Brancusi, en met een pastelkleurig slipje aan, hoog uitgesneden en zonder ruches, overtroffen haar billen de cirkels van Chagall, de bacchantische volumen van Picasso en het Tahitiaans mahonie van Gauguin. Schilde hij een kiwi, at hij gestoofd rundvlees met jus, kocht hij blokken hout voor in de open haard of dronk hij thee die lang had getrokken, dan dacht hij aan mogelijke overeenkomsten met haar huidkleur. Door al haar tinten te onderscheiden hoopte hij op intimiteit op afstand. Misschien was het ook wel een zoveelste stille rechtvaardiging voor zijn overspel. Als ik haar kleur exact weet te benoemen, kom ik er vast achter wat me er zo in aantrekt. Om dezelfde reden had hij aan haar kont de kwaliteit van kunst toegekend, toen hij het ongepast begon te vinden om haar planeetronde billen zomaar zonder enige excuserende vergelijkingen te bejubelen. Maar wanneer zij bij elkaar waren en zij zich eenmaal had uitgekleed, verdwenen alle vergelijkingen en vergaapte hij zich aan haar zoals het hem het liefste was. Haar kont was zo rond als haar kont, haar huid zo bruin als haar huid, en de rest was benadering en imitatie.

Zij was het niet gewend dat de ander haar zo uitvoerig wilde bekijken. Theo herinnerde zich haar ongemak tijdens de eerste weken. Haastig en stuurs had zij zich toen uitgekleed. Snel de armen gekruist en haar bloesje bij haar middel beetgepakt om over haar hoofd te trekken; nog sneller met beide handen blind gezocht naar het gespje van haar bh, de ellebogen naar voren gepunt. Het uitschoppen van haar schoenen: driftige schokjes van haar wreven, eindigend in een kort moment waarop zij de schoen losjes liet bungelen op haar grote teen alvorens ervan af te laten glijden. Dan viel de schoen met een droog tikje op het laminaat. Zij droeg meestal een spijkerbroek, die zij uittrok zonder van de bank op te staan. Even de kont omhoog om de broek langs haar heupen af te stropen, en op het moment dat haar knieën blootkwamen en de spijkerbroek als de ineengeduwde blaasbalg van een accordeon om haar enkels lag, veerden haar voeten een centimeter of tien van de vloer. Dan boog zij voorover, duwde de broek over haar hielen en woelde haar voeten uit de strakke, rechte pijpen. Als zij merkte dat Theo op die speciale manier toekeek (wat hij *altijd* deed, hij kon het niet helpen), wenkte zij hem dwingend. Kom, kom bij me. Soms aarzelde hij even. Dan schoof Iris eenvoudig zijn kant op, krulde zich tegen hem op en omhelsde hem met een vrijmoedigheid die contrasteerde met het ongemak dat over haar kwam zodra ze zich bekeken wist. Voor Iris was kijken enger dan vrijen. Voor Theo gold juist het tegendeel. Zolang hij naar haar kon kijken, was er geen reden tot ongemak. Maar zodra Iris op hem kwam zitten terwijl hij achterover op de bank zat en zij zijn stijve zonder veel plichtplegingen in zich manoeuvreerde, raakte hij, alle geilheid ten spijt, nogal eens geïntimideerd. Haar methodiek stond geen inleidende liefkozingen toe. Theo had eraan moeten wennen om zo te vrijen, toegespitst op het abrupte, franjeloze neuken, zoals het hem in het algemeen – en zonder dat hij dit betreurde – ontbrak aan enig gevoel voor onbesuisdheid, overrompeling, vaart, verrassing.

Maar ook Iris had zo haar reserves. Zij mocht er geen enkele moeite mee hebben om hem zonder dralen in zich toe te laten, tegelijkertijd deinsde zij ervoor terug om met haar hand of mond ook maar in de buurt van zijn erectie te komen. En zij greep hem met een beslist gebaar bij zijn pols wanneer hij zijn handen voorzichtig over de binnenkant van haar dij liet gaan, in de richting van haar kut, nat, soepel, open en uitnodigend voor zijn lul maar verboden gebied voor zijn schuchter strelende vingers. Nadat hun overspel – Theo had het bijgehouden – de achtste week was ingegaan, had zij hem voor het eerst laten begaan toen hij zijn hand omhoog tussen haar benen had bewogen. Het was midden juli en de laatste week voor de zomervakantie. Zij zouden elkaar ten minste zes weken niet zien, en het was nog maar de vraag of zij in hun respectievelijke lesroosters van het komend schooljaar de gemeenschappelijke tussenuren zouden behouden. Die middag raakte hij voor het eerst met zijn handpalm zacht haar schaamhaar aan. Het prikte scherp tegen zijn vingers en was stugger dan hij bij anderen had gevoeld. Zij reageerde op zijn strelingen alsof het hun eerste seksuele verkenningen waren. Haar lichaam was gespannen, en zij hield haar ogen zó wijd open dat ze er vijf jaar jonger door leek te worden. Haar terughoudendheid gaf Theo het idee dat hij figureerde in een film waarin einde en begin waren verwisseld.

Sylvia meegerekend had hij met zes vrouwen geslapen. Dat was niet veel, vond hijzelf, in ieder geval te weinig om zich ervaren te noemen, maar zó veel wist hij dan toch dat een aarzelend minnekozende hand doorgaans eerder werd gebillijkt dan een dwingend duwende erectie. Zo niet door Iris. Met één hand kneep zij in de bekleding van de bank op het moment dat hij wijs- en middelvinger langzaam kromde. En zij stelde hem de vraag die op dat moment toch aan hém moest zijn voorbehouden.

'Vind je dat lekker?'

Haar ogen stonden groot en dof op hem gericht met een mengeling van lijdzaamheid en onderdrukte ontzetting. In verwarring trok hij een ogenblik zijn hand terug. Toen knikte hij en vroeg: 'Jij?'

Zij gaf geen antwoord maar stond toe dat hij opnieuw zijn hand in een boogje tussen haar benen legde en nu met één vinger teder kracht bijzette. Theo zag hoe zij haar ogen sloot en met haar mond geluidloos een o maakte. Op haar dikke onderlip lagen twee kringelende speekseldraden. Theo likte ze weg met de punt van zijn tong. Onder zijn hand opende zich het weke reliëf van reepjes vlees, en zijn gekromde middelvinger gleed als vanzelf naar binnen. Een ogenblik later trok hij zijn vinger terug, even traag en voorzichtig als hij tot aan het tweede kootje in haar was gegaan, om vervolgens met de beslijmd geraakte vingertop het kleine slakkespoor naar boven te maken, eindigend op en rond het monnikskapje van haar klit, die met de weke hardheid van een kleine cyste vanonder haar natte weefsel opbolde, en toen hij er met twee vingers in vederlichte rotatie op en omheen bewoog, maakte Iris het geluid dat haar open mond had voorgevormd. Ze fluisterde in dezelfde lome herhaling als waarmee Theo zijn inmiddels gestrekte wijs- en middelvinger steeds dezelfde trillende cirkeling liet maken.

Toen ging het fout. Iris was onderuit gaan zitten en had haar benen verder uiteengelegd om het zijn hand te vergemakkelijken. Hij was half van de bank geschoven en steunde met één knie op de grond. Overmoedig geraakt door haar onverwachte toeschietelijkheid wilde Theo proeven wat zijn vingers voelden. Haastig had hij zijn bril afgezet. Haar schaamhaar deelde speldenprikjes uit aan zijn tong en lippen. Met beide handen greep zij in zijn haar. In één beweging trok zij zijn hoofd tussen haar dijen vandaan.

'Dat wil ik niet. Nu niet, nooit.'

Zij liet zijn haren los. Voordat hij iets kon zeggen, had Iris haar hand plat op zijn mond gelegd. De muis van haar hand raakte zijn neus, Theo rook zeep en ijzer en zoethout. Toen liet ook zij zich van de bank glijden, waarna ze neukten zoals zij het wenste. Na afloop hadden zij zich moeten haasten om, voor het laatst dat schooljaar, op tijd terug te zijn op school.

Niet zes maar negen weken later hadden zij hun dinsdagse ontmoetingen hervat. Onafhankelijk van elkaar hadden Iris en Theo aan Lelieveld, de decaan, gevraagd om hun lesrooster niet al te ingrijpend te veranderen en in ieder geval de vrije tussenuren op de dinsdag te behouden. Lelieveld was tien jaar decaan en had voordien twaalf jaar Engels gegeven. Hij was halverwege de vijftig en had al levervlekken op zijn handen en zijn halfkale schedel. Verticale rimpels tekenden zich af op zijn peervormige hangwangen wanneer hij schuins en traag glimlachte. Het droeg bij aan het charisma van de zachtmoedige veteraan die zijn laatste arbeidsjaren leek te willen volbrengen in een staat van mildheid en onthechting. Dat was misleidend; Theo vermoedde dat Lelievelds geacheveerde inschikkelijkheid diende ter verhulling van een peilloos diepe desinteresse. Dat het Lelieveld weinig kon schelen wie wat aan hem vroeg, kwam Theo in dit geval uitstekend uit. Ieder ander had het op z'n minst opvallend gevonden als twee jonge leraren onafhankelijk van elkaar om exact dezelfde vrije tussenuren hadden gevraagd; Lelieveld, in gedachten al volop in de VUT, had hun verzoeken onbekommerd gehonoreerd en de gewenste lesroosters ingevoerd in de computer, om er vervolgens, daar ging Theo tenminste van uit, geen enkele gedachte meer aan te verspillen.

Na de onderbreking van negen weken had Iris hem niet naar zijn vakantie op de Antillen gevraagd. Zelf was zij niet op vakantie geweest. Geen geld. P'pa Pompier was werkloos geworden, 'afgevloeid' bij de Spoorwegen. Sidney vulde de uitkering van zijn vader aan tot zijn vroegere maandloon, zoals Iris op haar beurt háár vader en moeder maandelijks geld overmaakte, want van de WW van haar vader konden zij en grantata Duivenpoort, die zonder geldige papieren bij hen inwoonde, niet met z'n drieën rondkomen. Theo sprak zijn bewondering uit voor de financiële ondersteuning. Dat viel verkeerd; Iris vatte het compliment op als bevoogdend.

'Jullie doen je vader of moeder in hun eentje weg in een kamer of een zaal, weet je. Surinamers doen dat niet.'

Theo kon nooit voorspellen wanneer hij 'jullie' werd. Eén verkeerd woord en hij was minnaar af. Dan werd hij toegesproken alsof hij alle aan Nederlanders toegeschreven hebbelijkheden in zich verenigde. Theo vermeed het om haar in soortgelijke termen te antwoorden. Eén keer had hij haar wél met 'jullie' aangesproken; zij was zowat ontploft van verontwaardiging en had nog net allerlei beladen beschuldigingen in kunnen slikken. Het viel moeilijk te begrijpen dat zij tegen hém kon uitvaren met een felheid die hij toch echt onredelijk vond, terwijl ze met superieure luchthartigheid reageerde op alle verstolen xenofobie van haar collega's. Het was haar manier om te tonen dat hij haar niet onverschillig liet, daar hield Theo het maar op. Misschien moest hij al haar ongenoegens over de bakra's incasseren omdat zij het niet aandurfde er een ander op aan te spreken.

Die middag hadden zij het franjeloze neuken hervat, met een zakelijke, en daardoor eens te meer opzwepende vanzelfsprekendheid. De onderbreking van negen weken was moeiteloos tenietgedaan. Het overspel op dinsdag werd traditie. Nog steeds wees zij hem beslist af wanneer zijn mond aarzelend afdaalde in de richting van haar buik en benen. Op een dinsdag in november kwam zij met een verklaring voor het strenge verbod. Ze hadden het zojuist gedaan, zij was nog naakt en had een witte badhanddoek tussen haar benen gelegd. Theo had zich aangekleed en was bezig een knoop uit zijn schoenveters te peuteren toen Iris een koele hand in zijn nek legde en vroeg: 'Wil je het zo graag, Theo?'

Geschrokken keek hij op.

'Wat?' vroeg hij schijnheilig.

'Nou, dát,' antwoordde ze. 'Met je mond.'

Ze trok haar broek en trui weer aan en legde hem toen uit dat iedere creoolse met een beetje waardigheid zich daar nu eenmaal niet liet likken of zoenen. Dat had ze, bij toeval, geleerd toen ze veertien was. Op een dag nodigde een groep jongens haar uit om ganja te roken in de parkeergarage van Frissenstein. Dat had ze nog nooit gedaan, blowen. De jongens wisten dat het haar eerste keer was en zagen erop toe dat zij kleine trekjes nam van de dikgedraaide joint. Het spul had onmiddellijk effect. Alles wat ze zag en hoorde werd stroperig, het leek wel alsof de jongens acteerden in een vertraagd afgespeelde film. Plotseling was ze bang dat ze vastgeplakt zat aan de motorkap van de auto waarop zij was gaan zitten. In de parkeergarage hing de geur van koolmonoxyde en verbrand rubber, maar zij rook alleen maar pas gemaaid gras, en achter haar oren en in haar nek begon haar huid te tintelen alsof ze onder een hete douche stond. Ook bij de jongens tikte de ganja flink aan, het leek alsof zij haar geheel vergeten waren, ze begonnen grappen te maken over seks en op te scheppen over alle meiden waarmee ze hadden geperst. Allemaal waren ze wel totel op een of andere meid, en lachend en joelend wisselden ze spectaculaire ervaringen uit. Toen werd het plotseling stil. Eentje, notabene de jongste van het stel, had trots meegedeeld dat hij een Hindoestaanse in de kut had gelikt. Pas op dat moment herinnerden de jongens zich haar aanwezigheid. Van schrik en plaatsvervangende schaamte wisten ze niet waar te kijken. Zijzelf zat er wat schaapachtig bij – ze had er nooit bij stilgestaan dat meisjes dat deden, een jongen met z'n mond aan je poentje laten zitten. De oudste van de groep was tegen de jongen uitgevaren.

'Jij bent ziek in je kop, jongen. Als in Suriname de mensen weten dat je een vrouw in de kut hebt gelikt maken ze je leven onmogelijk en kan je niet meer vrij op straat lopen. Ben jij van Suriname, ja toch? Het zijn de Antillianen die dat soort vieze dingen doen. Wij niet. Jij niet. Begrepen?'

Toen zij later door haar moeder en door oudere meisjes op school werd voorgelicht en hoorde over kroi, had zij de ontzetting van de jongens begrepen. Kroi was de magische seksuele macht waarmee vrouwen de wil van de man konden uitschakelen. Voor kroi waren bijna alle creoolse mannen doodsbenauwd. Het gezicht was rein, de vagina onrein, en als een man de regels van de winti negeerde en zo gek was om een vrouw daar te likken, liep hij groot gevaar. Een kerel die gekroid was door een vrouw, was verloren. Zijn verstand zat voortaan onder haar voet, en in het ergste geval werd de man een levend lijk. Z'n ziel, z'n kra, verliet z'n lichaam, hij werd een willoos werktuig van de sluwe vrouw die zich met wisi aan hem had gebonden. En Iris had de meest verontrustende verhalen over gevallen van kroi te horen gekregen, fluisterend en met ontzag door de meiden op school aan elkaar verteld. De meeste indruk maakte het verhaal van een meisje uit de hoogste klas. Wanneer zij ondergoed op het balkon had opgehangen, liep haar vaste vriend als een in het nauw gebrachte kater met een grote boog om het wasgoed heen, zo bang was hij voor kroi.

Theo had naar haar geluisterd in het groeiende besef dat zijn minnares in sommige opzichten een volslagen vreemde voor hem was. Vaak had ze benadrukt dat zij en Sidney veel zeden en gewoonten uit Suriname waren ontgroeid. Maar soms, in de vaart van een gesprek, liet ze een verdwaald geraakt Sranan-woord als wisi of hebi vallen als zij het over tegenspoed in haar familie had, en ze droeg, naar eigen zeggen uit gewoonte en zonder bedoelingen van winti, als ketting een kleine amulet die zij tapu noemde, van origine bedoeld om haar ziel te beschermen tegen ogri ai, het boze oog.

Sindsdien had Theo geen poging meer gewaagd haar 'daar', zoals zij het altijd zei, met zijn mond te beroeren, uit respect voor de resten van haar gehechtheid aan de winti-metafysica.

Hij had nog overwogen om luchtig te vertellen dat hij zich bij Sylvia toch al talloze malen aan de gewraakte handeling had gewaagd en zich niet bepaald een gekroid man voelde, maar hij wist wel zeker dat die opmerking niet goed zou zijn gevallen. Zij was toch al zo terughoudend in haar informatie over het stelsel van magische regels van winti. Een blanke christen mocht zich, geruggesteund door een geschiedenis van zending en bekering, op het exhibitionistische af laten voorstaan op zijn vrome inborst. Maar een Surinamer, voor wie het respecteren van de winti-rituelen probleemloos samenging met het geloof aan de beide Testamenten en de inachtneming van de Tien Geboden, sprak niet met een bakra over winti, dat was ongepast. Dat Nederlanders dat niet begrepen! Van Iris leerde Theo dat onder Surinamers nieuwsgierigheid, indiscretie en opdringerigheid als typisch Nederlandse eigenschappen golden. En zelfs dat had zij hem niet rechtstreeks te verstaan gegeven, en bovendien pas een week nadat zij hem over kroi had verteld en hij had doorgevraagd. Hadden Sidney en zij dan nooit...? Bestond er een speciale winti-god die opspeelde in geval van overspel? En had zij eigenlijk wel eens een goede vriendin of een familielid in vertrouwen genomen over hun affaire? Als antwoord had zij hem een mop verteld die ze op haar elfde had gehoord van haar oom Larry, de oudste broer van haar vader die als eerste van alle Duivenpoortjes in 1973 met de Bijlmer-expres uit Paramaribo was vertrokken. Een Surinamer gaat op het Centraal Station voor het hele gezin kaartjes kopen voor de trein naar Groningen. Hij komt thuis met kaartjes voor Haarlem. Gevraagd waarom, zegt hij: 'Die vrouw aan het loket vroeg me waar ik naar toe moest. Zo'n vrijpostigheid! Maar mooi dat ik zei dat ik naar Haarlem moest!'

Het was een typerende grap, die Iris' terughoudendheid inzake de winti-godsdienst verklaarde. Een wonderbaarlijke genezing in haar jeugd was het enige dat zij hem er ooit over had verteld. Een tante van moederskant had zich over haar ontfermd toen ze, elf jaar oud, met longontsteking en hoge koorts in bed had gelegen. Tante 'kreeg winti', raakte in trance, stond schuddend en klaaglijk zingend aan haar bed – en anderhalve dag later was Iris weer op de been. Dat de talrijke bos-, lucht- en aardgoden niet ergens ver weg in een abstract schimmenrijk zweefden maar in lichaam en geest van gewone stervelingen konden huizen, had Theo al vagelijk begrepen, maar dat de magie van winti zich in alledaagse situaties en, oneerbiedig gezegd, op z'n janboerenfluitjes manifesteerde, was nieuw voor hem. Zoals gristenen getuigden dat zij de here Jezus hadden 'ontmoet' en over Hem spraken alsof ze onlangs nog een glas bier met Hem aan de keukentafel hadden gedronken, zo waren de manifestaties van winti minstens zo concreet en nabij. De goden waren vanzelfsprekende deelgenoten van de geloofsgemeenschap en nestelden zich in talrijke gedaanten in de kra van ouderen, familiehoofden, maar ook van jonge mannen en vrouwen. Juist omdat Iris hem er zo weinig over vertelde, was het verleidelijk om te denken dat zij wel degelijk aan winti geloofde. Misschien, fantaseerde Theo, had zij ooit zélf eens 'winti gehad' en droeg zij een specifieke god of godin met zich mee. En dat betekende dan weer dat hij, wanneer hij met haar neukte, in zekere zin reikte naar een tweede wezen, een door trance op te roepen medium dat in haar schuilging maar waaraan niets menselijks vreemd was. Je hoefde de winti-metafysica maar een kwartslag te draaien en de geminnekoosde ander was de draagster van een goedertieren winti-godheid van je keuze – en nadat hij eens ergens had opgezocht welke winti er zoal werden onderscheiden, had Theo geen moment geaarzeld en gekozen voor Aisa, de godin van de aarde, beschermvrouwe van de natuur en hoedster van de vruchtbaarheid, over wie hij had gefantaseerd. Hij bedreef een abstract en hoofs soort polygamie: in zijn verbeelding deelde Iris zich onder zijn strelingen op in het 'zwarte meisje', zoals zij zichzelf in het begin had omschreven, en in het onkenbare archetype van de godin die in haar schuilging.

Hij had haar nooit iets verteld over zijn fantasieën. Evenmin had hij al te veel over de winti-godsdienst gevraagd; vanaf het begin van hun affaire had Theo geprobeerd geen nieuwsgierige indruk te maken. Maar nog steeds was er veel dat hij niet begreep. Het belangrijkste was wel de vraag wat zij eigenlijk in hem zag. Als hij eerlijk was, wist hij dat niet altijd even goed. Theo vond zichzelf niet bepaald seksueel aantrekkelijk. Zijn beroep mocht hem onverschillig laten en hij dacht oneindig veel vaker aan háár dan aan zijn leerlingen, maar naar aard en wezen was hij leraar, geen minnaar. Hij kende vanzelfsprekend zijn eigen motieven voor hun overspel, maar naar de hare kon hij slechts gissen. Waarom hij en niet een ander? Waaraan had hij deze uitverkiezing te danken? En hij vond dat hij het zich niet behoorde af te vragen – en vroeg het zich telkens weer af: waarom een *blanke* minnaar?

Tot de zes vrouwen met wie Theo naar bed was geweest behoorde een vakantieliefde, een Italiaans meisje dat hij had ontmoet op het strand van Rimini toen hij met twee studievrienden een goedkope busreis van meer dan vierentwintig uur had gemaakt voor een vakantie van acht dagen. Naar de wetten van het cliché had het meisje hem in een gammel hotelbed de Italiaanse equivalenten voor kut, lul en neuken bijgebracht. Het waren slechts drie schamele schuttingwoorden, en van alles wat het meisje hem verder had toegefluisterd, had hij nauwelijks iets verstaan, maar het was genoeg geweest om het Nederlands te laten vervliegen. Zijn moedertaal was in volle vaart uit hem verdwenen, hij had geneukt in een taal die hij niet kende, was uiteengevallen tot een samenraapsel van anderstalige personages, voor het eerst in zijn leven ten prooi aan de fysieke sensatie te haken aan het bestaan van een vreemde die hij evengoed had kunnen zijn, anoniem en inwisselbaar, iemand die geen lul had maar een 'cazzo' en die niet wist wat neuken betekende omdat het 'scopare' heette. Alle seks was vlucht, de meest bedwelmende manier om aan jezelf te ontsnappen, en hoe anders de ander was, bijvoorbeeld doordat zij een taal sprak die je niet beheerste, hoe groter de kans dat de vlucht zich kon verheffen tot een moment van verzaligd niet-bestaan. Iris sprak zijn taal, het was allereerst haar kleur die hem in staat stelde aan zichzelf te ontvallen, maar toen zij hem in de loop van hun affaire op een middag en op zijn verzoek had uitgelegd dat zijn stijve spierde, dat neuken persen, tjoppen, dieken of sporten heette en dat zijn lul een toli was die zij in haar poentje gestoken kreeg, had hij net als die keer in Italië alle denkbare Nederlandse synoniemen voelen verdwijnen. Het overzeese *slang* van Iris had hem naar een niemandsland gedreven waar hij zonder taal was; waar taal moest worden uitgevonden in plaats van aangeleerd. Ontlast van je moedertaal, en daarmee in zekere zin van de dwang te denken en benoemen, voerden geilheid en genot je naar een oneindige uitgebreidheid van taalloosheid en was je eindelijk zover om ook aan jezelf geen enkele betekenis meer te hechten, zodat lichaam en geest konden worden vacuümgezogen tot een staat van ontzielde zintuiglijkheid, een sjieke manier om te zeggen dat je alles voelde en tegelijkertijd niet meer bestond.

Zo had hij het voor zichzelf benoemd, op een van de dinsdagavonden na hun wekelijkse nummertje neuken en inmiddels weer thuis in Alkmaar, waar Sylvia het avondeten bereidde en hij intussen stil de tuin in keek en mijmerde in de taal waarvan je natuurlijk nooit kon worden verlost, ook niet door die miezerige siddering van het orgasme waar zijn fantasieën op waren gestoeld. Maar het was verleidelijk om toe te geven aan die hoogdravende fantasieën. Het bevrijdde hem voor even van het andere, dwingender motief om Iris te begeren. Theo schaamde zich voor wat hij was, lelijk en bleek, en wilde zijn als zij: strak van lichaam, soepel, donker. Zwart. Als een echte neger je evenbeeldig liefje beminnen.

Eén keer had Iris hem per ongeluk met haar elleboog in het gezicht geraakt. Ze hadden gelijktijdig hun kleren van de grond geraapt en pats, daar puntte zich haar elleboog tussen bovenlip en knolneus. Vloekend greep hij naar de getroffen plek, zijn hand als een muilkorf voor neus en mond. Zij aaide hem geschrokken over zijn wang en vroeg of het pijn deed.

'Neenee, het is niks, het is al weer over.' Maar het bloed klopte dreunend in zijn neusholten, en hij voelde zijn bovenlip zwellen. Beschaamd weerde hij haar af toen zij hem wilde kussen op de getroffen plek. Natuurlijk, zijn bovenlip mocht zij afkussen. Maar niet zijn neus.

'Gewoon, een kusje op je neus, Theo, toe nou.' En, toen hij haar lippen ontweek door haar zijn wang toe te keren: 'Waarom dan niet?'

Hij liet haar begaan. Haar smeltende lippen op zijn groteske gok. Hij bloosde als een brugklasser.

'Je gaat me toch niet vertellen dat je je schaamt voor je *neus*? Theo?'

Haar vertedering beviel hem niet. Als hij haar taboe op orale technieken respecteerde, kon zij dan zijn neus niet met rust laten?

Toen zei ze vrolijk: 'Man, jouw neus is top!'

Hij lachte ongemakkelijk. Nadat ze haar spijkerbroek had aangetrokken, verdween haar goedmoedige spotlust, en in een imitatie van het knauwend Amerikaans uit de zuidelijke staten, maar tegelijkertijd met een zekere plechtigheid waaruit bleek dat zij het belang van haar oordeel feilloos aanvoelde, zei ze langzaam: 'Theo, you have a black man's nose.'

Onwillekeurig had hij opnieuw zijn knol betast. Thuis had hij zichzelf in de badkamer voor de spiegel bestudeerd, en verdomd, ze had gelijk. De aan de bovenkant inwaarts glooiende neusbrug, de bolle vleugels, de brede knol, de grote zwarte stopcontactgaten die niet naar beneden maar bijna recht naar voren wezen aan weerszijden van het onder de vlezig ronde knoest verborgen tussenschot: zijn neus leek op de hare.

Tevreden met de ontdekking had hij de badkamer verlaten. Zij mochten elkaars tegenbeeld zijn, hun neuzen waren identiek. Hij had een neus om van te houden.

Veertien

Aan de hand van aankleding en inrichting van een klaslokaal konden leerlingen feilloos beoordelen welk type leraar er lesgaf. Wanneer hij door de gangen liep en bij collega's naar binnen keek, deed Theo wel eens hetzelfde. Sommigen waren er zó op gebrand om in de smaak te vallen dat ze hun lokaal volstouwden met planten en posters. Vooral die van maatschappijleer en geschiedenis sloofden zich uit. Ze plaatsten de tafels niet in dubbele rijen maar in groepjes van vier of zes en sierden hun lokalen op met eigentijdse affiches en ludiek ogende voorwerpen. Aangezien het vrijwel onmogelijk was om de snel wisselende voorkeuren van pubers bij te houden, gefixeerd als ze waren op trends die kwamen en gingen met het tempo van seizoenwisselingen, maakten juist de van plint tot plafond beplakte lokalen een gedateerde indruk en riepen ze onbedoeld de sfeer op van zieltogende jeugdhonken, met in het ergste geval een archaïsch interieur als bij Ruwold van tekenen, die notabene een visnet aan het plafond had bevestigd en manden van pitriet, lege Vinho Verde-flessen en glazen potten met droogboeketten op de materiaalkasten had neergezet, ongetwijfeld met de bedoeling om het allemaal wat gezelliger te maken maar met als enig effect een regelmatig terugkerend gegniffel onder leerlingen: 'Wat heb jij het volgende uur?' 'Tekenen, in de pizzatent van Ruwold!' Nee, dan nog liever de onverzettelijken die weigerden frutsels en tutsels in hun territorium toe te laten. Zij onderwezen in je reinste koelcellen: geen spatje groen in de vensterbank en niets aan de wand, of het moesten de affiches en voorwerpen zijn die alle modegrillen hadden overleefd en waren verworden tot schoolse emblemata. Zo hing al jaren in alle vier de biologielokalen de actieposter van het Wereld Natuur Fonds met de pandabeer en stond in twee van die lokalen op de practicumtafel een terrarium met een wandelende tak die niemand natuurlijk ooit had zien bewegen, laat staan wandelen. In de lokalen Duits: het proto-pointillistisch portret van Goethe (met aan het begin van ieder schooljaar altijd wel de doodernstige vraag: 'Meneer, is dat soms Mozart?'). Aardrijkskunde: manshoge uitvergrotingen van Amerikaanse landschapsfoto's uit de jaren zeventig, de bergen te geel en de lucht te blauw. De economie- en wiskundelokalen herbergden de hoogste dichtheid verwaarloosde vetplanten. Armetierige sprieten in zwarte plastic bakjes op groezelige schoteltjes stonden jarenlang op dezelfde plaatsen in de vensterbank, met op de schaarse blaadjes donsdekjes van stof.

Theo had de middenweg gezocht door geen populistische rimram zijn klas in te slepen maar evenmin de wanden kaal te laten. Achter in zijn lokaal en op de ramen aan de gangkant hing een kleine reeks schrijversportretten, met als blikvanger een grote poster van Multatuli. Aan weerszijden ervan hingen foto's van een handvol andere schrijvers. W. F. Hermans en Gerard Reve, poserend als twee acteurs uit een obscure *film noir*, hun ernstige hoofden omcirkeld door vier fietsbanden. Verder: de waterige oogopslag van Willem Kloos. De prelatenlippen en de vette haarlok van Godfried Bomans. De zijwaarts in de mond geklonken pijp van Harry Mulisch. Het ronde brilletje op het enigmatische eihoofd van Ter Braak. Theo had de schrijversportretten in het jaar van zijn aanstelling opgehangen. Behalve licht vergeeld waren ze aan de randen gekreukt en gescheurd, doordat leerlingen er met jas en tas tegenaan hadden gestaan. Bruingerande afdrukjes van reepjes plakband op het raam gaven aan dat er vroeger ook dáár affiches hadden gehangen. Het was ironisch dat sommigen tijdens de les suffend en dagdromend hun blik lieten dwalen langs die schrijverskoppen, te meer daar je tegenwoordig al heel wat had bereikt als je ze zover kreeg om het eerste hoofdstuk van de *Max Havelaar* eens in te kijken ('Waarom zegt die knakker nou twintig keer dat ie makelaar in koffie is?'). Losgeweekt van 's schrijvers identiteit fungeerde het pregnante profiel van Multatuli voor de meeste leerlingen waarschijnlijk als een decoratief symbool voor schoolse jaren, saaiheid en verstoffing. Theo vond het vaak wat gratuit om te klagen over de snelle afkalving van culturele interesse onder jongeren, maar het viel eenvoudig niet te ontkennen dat de schrijvers die hij hier in zwart-wit aan de wand had hangen, vijftien, twintig jaar geleden, toen híj voor het eerst over hen te horen had gekregen, door leerlingen van havo en gymnasium misschien ook niet werden stukgelezen maar dan toch intuïtief werden herkend als eigenzinnige erflaters, terwijl zij voor de Nintendo-generatie even abstract waren geworden als de koningen en stadhouders uit de geschiedenislessen en uitsluitend nog werden geassocieerd met dorre plicht, overhoringen, meerkeuzevragen en roulerende uittreksels. Eénmaal had hij met eindexamenkandidaten klassikaal een roman van Simon Vestdijk gelezen. Dat was nog alleszins meegevallen, hij had er hun aandacht mee weten te vangen. Twee maanden later had hij echter op het mondeling examen aan sommigen een foto van Vestdijk getoond. Schoof iedere examinandus ongemakkelijk heen en weer op zijn stoel. Ja, wie was dat ook al weer? Was het misschien een strikvraag; wás het wel een schrijver? Kon het geen eertijdse Bekende Nederlander zijn, een of andere politicus, een verzetsheld of een ander kopstuk uit de prehistorie?

Hij moest eerlijk zijn: ook voor hemzelf waren de portretten in de loop van de jaren geabstraheerd tot vignetten die hij dagen achtereen zag zonder er nog bewust naar te kijken. Misschien hadden de onverschillige blikken van de leerlingen er een stoffig waas op achtergelaten, waardoor de mannen op de foto's waren vervaagd tot schimmen die weinig meer gemeen hadden met de namen op de boekruggen in de kasten bij hem thuis.

Zojuist had Theo de portretten met hernieuwde belangstelling bekeken. Dat kwam door Ferweda, die achter in zijn lokaal de posters stond te bestuderen, handen in de zij, het hoofd schuin in de nek. Vanmiddag, in de pauze van half één, had Theo hem in zijn kamer opgezocht. Hij had Ferweda ingelicht over het incident met 3F, inclusief de pornofoto's op zijn bureau, en in één adem door twee mogelijke maatregelen voorgesteld voor het zestal dat hij de klas had uitgestuurd: twee weken uitsluiting van zijn lessen of een dag schorsing.

Theo had veel verwacht, maar niet Ferweda's aarzeling, gevolgd door een formele bedrijvigheid: geschuier met paperassen op zijn tafel, geblader in zijn agenda. En toen de vraag of hij later op de middag tijd had.

'Natuurlijk. Maar kijk, Wouter Nijman heeft waar-schijn-lijk hele verhalen aan je staan vertellen. Ik geloof niet dat we daar veel tijd aan hoeven te verspillen.'

'De jongen is nu thuis, Theo. Z'n vader heeft me zojuist gebeld. We moeten het er vanmiddag maar even over hebben. Je hebt vandaag toch zeven uur? Daarna kom ik even naar je toe. Kwart over drie.'

Theo had zijn laatste twee lesuren van die dag afgeraffeld. Schriftelijke opdrachten, 'zelfwerkzaamheid' van de leerlingen, dat eigentijdse eufemisme waarmee je jezelf van de plicht ontsloeg om daadwerkelijk les te geven. Ergernis, de beide uren. Moest hij verdomme tegenover Ferweda verantwoording afleggen over het besluit Wouter Nijman en de vijf anderen de klas uit te sturen?

Ferweda verscheen bijna een half uur later dan was afgesproken. Hij had twee bekertjes koffie bij zich, in wankel evenwicht op een geplastificeerd dienblad uit de kantine. Theo had het voor hem bestemde bekertje aangepakt en weggezet. Inmiddels stond Ferweda nu bijna een volle minuut met voorgewende belangstelling het profiel van Multatuli te bekijken. Theo zat op zijn lessenaar. Het was kwart voor vier geweest, het achtste uur was bijna om. De meeste lokalen waren al leeg. Hooguit een tiental leraren gaf nog les aan klassen met een ongunstig rooster. In de gangen verschenen de schoonmaaksters, een ploeg van Turkse meisjes met stevige kuiten en verzorgde kapsels, hun houten kleppers ketsend op het linoleum, de lichtblauwe dienstvesten losjes over hun beprinte of goudbestikte katoenen shirts, een mopkar voortduwend met de stok van de veger die zij schuin in de plastic emmer op de kar hadden gestoken.

Ferweda had zich omgedraaid. Met zijn duim wees hij naar de achterwand.

‘Het zijn en blijven mannen met charisma hè.’

Theo knikte kort. Ferweda was vijf jaar conrector. Van origine was hij docent scheikunde. Van de ‘mannen met charisma’ had hij waarschijnlijk niet meer dan gemiddeld gelezen. Daar hoefde je niet iemand voor op het schavot te zetten; op zijn beurt sliep Theo ’s nachts ook niet in met mijmeringen over het periodiek systeem. Maar het was tenenkrommend wanneer een collega zich met een obligate algemeenheid meende te moeten profileren als een connaisseur van jouw vakgebied.

Ferweda was naar het raam gelopen. Het groene zonnescherm hing een stukje onder de aluminium beschermkap vandaan.

‘Noem mij een detail in een klaslokaal,’ zei hij, en tikte met zijn vinger tegen de slinger van het ophaalsysteem, ‘en je kunt er de algemene onderschatting van ons beroep aan illustreren.’

Hij gaf een nogal driftig rukje aan de slinger, en het scherm verdween onder de kap. Een *poestig* rukje, zeiden ze in West-Friesland, zoals mannen als Ferweda, klein van stuk, ijdel en ambitieus, poestige ventjes werden genoemd.

‘Neem de zonneschermen. Er is er eentje niet goed opgehaald. Je staat bij het raam, de klas is net binnengekomen. Het is een lastige klas. Wat doe je? Laat je een leerling het scherm ophalen of doe je het zelf? Wijs je iemand aan, dan heb je de kans dat je de verkeerde uitkiest die er een geintje mee gaat maken. Die houdt dan het koord vast terwijl hij de slinger afrolt, zodat het scherm naar beneden klapt als hij het koord weer loslaat. O sorry meneer, het gebeurde zomaar. De klas lacht. De klas wordt rumoerig. Gedonder in de glazen. Of doe je het zelf? Dan sta je met de rug naar de klas en zie je niet wat er achter je gebeurt, kletsen, rotzooien, etteren. Het lijkt futiel, maar buitenstaanders schijnen niet te begrijpen dat een leraar in een les van vijftig minuten gemiddeld iedere halve minuut zo’n kleine beslissing moet nemen. Dat zijn honderd ordebeslissingen in één les.’

Ferweda sprak op een toon alsof hij een vergadering voorzat. Theo was achter zijn bureau gaan zitten.

‘Max, voor wat het waard is: ik lig ’s nachts niet wakker over de vraag wie in mijn klas de zonneschermen moet ophalen.'

Ferweda keek kort opzij, de middagzon reflecteerde met glinsterende spatjes in zijn brilleglazen. Zij waren gewoon elkaar te tutoyeren, maar doorgaans vermeed Theo het om de conrector bij de voornaam te noemen. Ferweda schoof zijn duimen achter de revers van zijn colbert, alsof daar kleine bretels zaten verscholen. Zijn houding kreeg er iets boertigs door, en even stelde Theo zich de conrector voor in halve klederdracht op de Alkmaarse kaasmarkt. Had gekund.

'Wat had die vader van Wouter Nijman te klagen?' vroeg hij.

Ferweda kwam naar voren en leunde met beide handen op Theo's bureau.

'Die jongen beweert dat je hem nogal hardhandig hebt aangepakt. Dat je hem tegen de grond hebt geduwd. Meerdere keren. Het vervelende is: die andere vijf jongens bevestigen zijn verhaal.'

'Natuurlijk. Wat dacht je dan, dat ze hun vriendje zouden afvallen?' Dat was een zwaktebod. Door slechts de getuigenis van de vijf te bagatelliseren wekte hij de indruk geen verweer te hebben tegen de aantijgingen van Wouter Nijman. 'Iedereen weet dat Wouter Nijman nou niet de gemakkelijkste is. Jij krijgt hem wekelijks in je kantoor, niet omdat ik hem eruit stuur maar omdat alle anderen dat altijd doen. Nu was het dan mijn beurt. Het is nog een wonder dat hij het zo lang bij mij heeft uitgehouden.'

'Die jongen klaagde over duizeligheid en misselijkheid, Theo. Ik heb hem naar huis laten gaan. Een uur later had ik vader Nijman aan de lijn. Hij beweert dat z'n zoon een lichte hersenschudding heeft.'

Theo verstarde. Verkilling in zijn maag.

'Hij is met zijn hoofd tegen de deurklink gevallen.'

'Hoe kwam dat zo?' vroeg Ferweda.

Theo reikte alsnog naar het bekertje koffie.

'Ik wilde hem bij zijn arm pakken. Hij rukte zich los en gleed uit.'

De koffie was lauw. Theo nam drie slokken en wist dat de

ander hem hoorde drinken. Ferweda deed zijn best de indruk te wekken alsof hij boven de partijen stond en het beste met hem voorhad. Zijn vragende blik was vriendelijk maar zijn houding, kont leunend tegen de rand van een tafeltje, de armen over elkaar, had iets gretigs, op het triomfantelijke af. Misschien genoot hij van dit soort incidenten en beviel het hem wel om leraren aan te spreken op ordeproblemen.

'Ik hoef me nergens voor te verdedigen,' zei Theo, en was daar helemaal niet zeker van. 'Wouter Nijman zei tot twee keer toe dat hij weigerde zich bij jou te melden. Hij liep te brullen in de gang. Ik kon de tering krijgen, ik was een stomme idioot, het hele repertoire. Hij was hysterisch.'

'Dat geloof ik graag,' antwoordde Ferweda, 'maar daar kan ik niet mee aankomen bij die vader. Zo van, meneer Nijman, volgens onze leraar Nederlands was uw zoon hysterisch. Theo, ik zeg het je rechtuit: die man wil er werk van maken. Hij zit in de medezeggenschapsraad, wist jij dat? Hij heeft al gezegd dat ie het voorval wil aankaarten bij schoolbestuur en onderwijsinspectie. Hij speelt op.'

'Prima. Moet ie vooral doen,' zei Theo, en dat klonk feller dan hij had bedoeld.

Ferweda trok een zuinig gezicht.

'Dat lijkt me geen verstandige reactie.'

'Die jongen had een *mes* bij zich, Max. Het viel in de gang uit zijn tas. Alleen dat al, een mes op zak, is een reden voor schorsing. Waar hebben we het over?'

Ferweda streek duim en wijsvinger langs zijn mondhoeken.

'Hoe kwam het dat dat mes uit zijn tas viel?' vroeg hij.

Theo keek de ander met grote ogen aan. Er gebeurde hier iets ongehoords. Ferweda manoeuvreerde hem in de beklaagdenbank.

'Hij smeet z'n tas door de gang en het mes gleed over de vloer. Maar luister nou eens. 3F legt een serie seksfoto's op mijn tafel. Ik had al na een andere dubieuze practical joke, een spotprent op het bord, gewaarschuwd dat ik geen zin had om als een schlemiel te wachten tot de schuldigen zich zouden melden, ik had–'

'Theo.'

Opnieuw was Ferweda bij zijn bureau komen staan. Te dichtbij. Theo leunde achterover in zijn stoel. Ferweda verlegde een pen op Theo's bureaublad.

'Dat heb je allemaal verteld, vanmiddag. Ik ken de aanleiding. Maar met alle respect, Theo, daar gáát het nu toch niet om.'

'O nee?'

Fout. Hij had gesnauwd. Theo zag op het gezicht van de ander – half afgewend hoofd, lichtjes naar binnen gezogen onderlip, onbeweeglijke blauwe ogen achter vettig bestreepte brilleglazen – de vraag verschijnen: ging dat vanmiddag in de klas met Wouter Nijman ook op die toon?

Ferweda hield een hand aan zijn kin. Tussen zijn wenkbrauwen verscheen het soort frons van iemand die vindt dat hij moet fronsen.

'Ik begrijp iets niet. Je staat zes jaar voor de klas. Je kent het klappen van de zweep. Een stel grappenmakers legt wat naaktfoto's uit een blaadje op je bureau. Daar lach je toch om, Theo. Dat wuif je toch weg. En iemand met jouw ervaring en inzicht gaat dan toch niet een of andere lastige havo-klant aan beide armen de klas uit slepen?'

'De klas uit slepen? Aan beide armen nog wel? Hoe kom je dáár nou weer bij?'

Theo zette met een bons zijn tas op tafel. Hij viste de foto van de negerin met de paarsgelakte nagels eruit en streek voor de tweede keer die middag het papier glad.

'Hier. Kijk. "Naaktfoto," zei je. Let vooral op het bijschrift. Hebben ze er snel nog even boven gezet. Zie je? Kun je het lezen?'

Ferweda kreeg een kleur. Twee mannen in een klaslokaal stonden gebogen over een oorverdovende obsceniteit. Thuis vond Ferweda zulke foto's waarschijnlijk geil. Nu was hij in een positie dat hij het wijdbeens liggende grietje opwindend noch aanstootgevend mocht vinden. Hij zag zich verplicht tot onverschilligheid – hij had het immers zoëven verkondigd. Dat wuif je toch weg.

‘Zie je?’ vroeg Theo opnieuw, en dwingend schoof hij de foto naar een hoek van het bureau. ‘Blackie is the best. Het stond ook een paar keer bij me op het bord aan het begin van een les. Met een karikatuur van Iris Pompier. O, ik ben ook af en toe aan de beurt, hoor. Spotprentje van Altena. Daar lach ik om. Dat wuif ik weg. Maar dit hier’ – en Theo sloeg zachtjes met vlakke hand op de foto op tafel – ‘dit laat ik niet passeren.’

Ferweda zweeg en deed een halve pas naar achter. Theo wilde het pas verworven overwicht behouden.

‘Dus pa Nijman wil er werk van maken? Laat hem maar komen. Ik zal hem vertellen over de geintjes van zijn zoon. Het gaat niet om die seksfoto’s, en ook niet om die miezerige tekeningetjes op het bord. Je hebt gelijk, dat is de standaardhumor van vijftien-, zestienjarigen. Maar ik zal vader Nijman er wél op aanspreken dat zijn zoon er crypto-racistische practical jokes op na houdt. En ik verdom het om die jongen z’n gang te laten gaan. Ik trek een lijn. Tot hier en niet verder. Dus géén zogenaamd ludieke geintjes over gekleurde collega’s, géén geklets in mijn klas over blackies, zwartjes, Zulu’s, Nelli’s, dropstengels of welke woorden ze nog meer op hun repertoire hebben.’

Dat was het. Theo ging opnieuw achteroverzitten en sloeg zijn armen over elkaar.

Ferweda nam plaats op een van de schoolbanken op de eerste rij.

‘Iedereen zal het met je eens zijn,’ zei hij. ‘Maar denk je niet dat er nog iets anders aan de hand is?’

Dit laatste drong niet meteen tot Theo door. Hij zei: ‘Een lerares wordt op grond van haar huidkleur bespot en belasterd. Wat ga jij daar als conrector tegen doen? Misschien gebeurt dit soort dingen ook wel bij anderen in de les.’

‘Inderdaad,’ zei Ferweda. ‘Als je het weten wil: bij een heleboel anderen. Ik heb er een aantal leerkrachten over gehoord. Daarom weet ik ook dat je dit verkeerd beoordeelt. Of verkeerd wílt beoordelen.’

‘Pardon?’ zei Theo, maar begreep met een schok de ware reden van Ferweda’s aarzelingen, zijn mengeling van gêne en gretigheid.

'Die grappen deden al een tijdje de ronde. Behalve bij jou in de klas. Tot voor kort, dus. Moet ik verdergaan?'

'Ja,' zei Theo, terwijl hij nee bedoelde. Zijn gehemelte verdroogde.

'Ik zeg het degenen na die het mij hebben verteld. Die grappen gaan niet over de huidkleur van de gymlerares. Ze gaan over de betrekkingen tussen de leraar Nederlands en de gymlerares.'

Theo voelde zijn hartslag over de breedte van zijn borstkas. Een ogenblik had hij het dwaze idee dat dit gesprek zich afspeelde in een tijd die hij niet kende, in een toekomstig jaar waarin hij terugkeerde in een lokaal waar hij lang geleden had lesgegeven. Wist Iris dit? Wist Iris dat de hele school het wist? Nee, dat was onmogelijk, ze zou het hem hebben gezegd en in één moeite door hun dinsdagse vrijage hebben beëindigd. Zoals dat nu zou gaan gebeuren. Iedereen wist het. Einde affaire. Iris was er altijd al bang voor geweest dat het uit zou komen. Zo pijnlijk, Theo. Geroddel en gegniffel in de docentenkamer, nee, dat nooit.

Ferweda leek verlegen met de situatie en keek ingespannen uit het raam, waar niets viel te zien.

'Theo, wij hebben natuurlijk niets te maken met jouw privéleven, maar...'

Pauze, aarzeling. Theo dacht: wie bedoelt ie met 'wij'? Wij, de schoolleiding? Wij, de leraren en leerlingen? Wij, de monogamen?

'...maar het wordt iets anders wanneer de privé-besognes van een leerkracht op een negatieve manier doorwerken binnen de school en er conflicten met leerlingen door ontstaan.'

Ferweda had zich van het raam af gedraaid. Opnieuw bespeurde Theo bij de ander een smeulende triomf, alsof de conrector ernaar had uitgezien hem op zijn overspel aan te spreken, niet uit oogpunt van morele verontwaardiging maar van masculiene wedijver. Ferweda keek in de gang soms nét iets te lang meisjes uit havo 5 na. Poestig ventje.

'Dus als ik het goed begrijp,' zei Theo, 'ben jij van mening dat ik conflicten oproep. Wouter Nijman kaffert mij midden in de klas uit, een paar huftertjes zetten een vernederende leus bij een pornofoto en ík veroorzaak het conflict?'

Ferweda ademde hoorbaar uit door zijn neus.

'Natuurlijk is die jongen over de schreef gegaan. Natuurlijk moest jij ingrijpen. Wie zal dat tegenspreken? Maar Theo, je gaat in de fout wanneer je onzorgvuldig en overtrokken met allerlei suggestieve opmerkingen reageert op alledaagse puberstreekjes die jij onder normale omstandigheden zou hebben beschouwd als *peanuts.*'

Op de gang klonk een klap, gevolgd door een kreet. Een van de schoonmaaksters had waarschijnlijk een emmer van een mopkar laten vallen.

'Zo te horen wordt daar weer met veel plezier gewerkt.' Ferweda zei het besmuikt, alsof hij half en half verwachtte dat Theo ook nú 'onzorgvuldig en overtrokken' zou reageren. Het was verkeerde ironie op het verkeerde moment, maar uit beleefdheid glimlachte Theo. De ander vatte dat op als een teken van toenadering. Ferweda stond op en kwam opnieuw naar voren, en Theo vreesde dat de ander hem op de schouder wilde kloppen. Maar de conrector leunde losjes tegen het schoolbord. Er kwam krijt op de mouw van zijn jasje.

'Theo, je denkt dat ik niet aan jouw kant sta, maar dat heb je verkeerd. Wat jij met Iris Pompier uitvreet moet jij weten, maar je had er natuurlijk donder op kunnen zeggen dat het in de gaten zou lopen. Kinderen zien alles. En voor hen is het een spektakel. Stel je voor, twee jonge leraren die...'

De conrector zocht naar passende woorden en maakte een handgebaar alsof hij aan een kleine katrol draaide.

'Die alles doen waar zij alleen nog maar van dromen,' vulde Theo in, en Ferweda begon te lachen, opgelegd ontspannen en zelfs wat schalks, alsof de opmerking was gemaakt in een sfeer van jongens-onder-elkaar.

Theo begreep niet goed waarom hij het had gezegd. Het was niet alleen onnodig openhartig maar vooral klef en koket. Maar misschien wilde Ferweda wel zoiets horen, een frivoliteit, een luchthartige capitulatie. Dat moest dan maar. Nu hij de conrector niet van zijn gelijk kon overtuigen, restte hem niet veel meer dan te proberen hem gunstig te stemmen.

Ferweda besloot zijn lach met een kort, droog kuchje.

'Vader Nijman heeft natuurlijk een verhaal in handen waar hij het ons heel lastig mee kan maken,' zei hij. 'Zijn zoon maakt grapjes over de amoureuze escapades van de leraar Nederlands. Daar is de leraar niet van gediend. Hij raakt geïrriteerd en driftig en, nee wacht nou even' – Theo had zich smalend omgedraaid naar het raam – 'en pakt zoonlief hardhandig aan. Te hardhandig. Om je de waarheid te zeggen: met dit verhaal hing vader Nijman vanmiddag aan de telefoon. Ik denk dat we de hele zaak niet op de spits moeten drijven. Daar wil ik die man ook van overtuigen. Zijn zoon heeft een hersenschudding, zegt ie. We zullen zien of dat waar is. Ik zal om een doktersverklaring vragen. Maar Theo, er zijn vijf klasgenoten van Wouter Nijman die beweren dat jij hem tegen de grond hebt gesmakt, nee, stil nou. Ik zie het somber in als die vent uitvoert waar hij mee dreigt: met een officiële klacht bij het schoolbestuur en de onderwijsinspectie. Dat wil ik hem uit het hoofd praten. En ik moet je eerlijk zeggen, dat zal nog moeilijk worden.'

Theo had een hand onder zijn kin geplaatst. Wat kon er in het ergste geval gebeuren? Schorsing, wachtgeld. Schande, vernedering. Hij bleef van mening dat hem niets viel te verwijten maar wist dat het onverstandig was dit tegenover Ferweda vol te houden.

'Wat moet ik doen?' vroeg hij.

'Niets. Ik denk dat je het beste een paar dagen thuis kunt blijven. Ik heb het er met Hulzebosch over gehad. Die was het met me eens.'

Ook dát was dus al gebeurd: overleg met de rector. Theo knikte met half afgewend hoofd.

'Thuisblijven. Is dat een advies of een instructie?' vroeg hij.

'Theo, toe. Gun jezelf de tijd om het allemaal te overdenken. Akkoord?'

Opnieuw knikte Theo. Hij voelde zich hol van binnen, letterlijk, alsof zijn ingewanden buiten zijn lichaam zweefden. Maar ook in zijn hoofd was het leeg, hij moest zich inspannen om na te denken. Vacuüm, verwisseling, alsof je lege maag bij machte was tot muiterij en de plaats kon innemen van je hersenen. Het viel ook moeilijk te begrijpen: je stelde je teweer tegen een saboterend klootzakje in je klas en voor je het wist viel er kennelijk iets te 'overdenken' en kon jíj wegblijven. Weerzin welde in hem op. Hij wilde weg, naar buiten, zijn auto in, de straat op, verkeer, gevels, winkels, polders, decor, *buiten.*

Ferweda maakte aanstalten. Hij kneep het plastic koffiebekertje tot kreukels en gooide het van een afstand in de prullenbak onder het schoolbord. Hij had het dienblad van tafel gepakt.

'Ik hou je op de hoogte,' zei hij, en opende de klasdeur. 'Bel me anders morgen even.'

Theo borg stencils en boeken op in zijn tas. Hij zei: 'Nog even, Max. Iedereen hier wist dus al geruime tijd dat...?'

Ferweda keek met opgetrokken wenkbrauwen over de rand van zijn bril. Dat betekende ja.

'Hoe lang ongeveer?' vroeg Theo.

'Maand of vier.'

Vier maanden! Ze waren blind geweest, Iris en hij.

'Van wie hoorde je het eigenlijk?'

'Ja Theo, het spijt me hoor, maar wie wist het níet? Jongen, je leek wel zeventien en zij ook als jullie samen door de gang liepen.'

Ferweda had inmiddels de witte krijtstrepen op zijn jasje ontdekt. Met schuierende hand wreef hij de mouw schoon, de overhangende schoudervulling toonde plooien die telkens van vorm veranderden, alsof zich onder de stof een klein, beweeglijk dier schuilhield. Peinzend inspecteerde Ferweda zijn schouder. Hij liep terug van de klasdeur en zei: 'Mag ík iets vragen? Hoe lang speelt dit tussen jullie?'

Theo, tas in de hand, nam de ander onderzoekend op. Ferweda veinsde collegiale belangstelling. Dat deed hij niet goed, zijn rug was te recht en hij had zijn vrije hand in zijn broekzak gestoken, mogelijk de houding van een conrector die zich een persoonlijke vraag aan een collega veroorlooft, maar toch vooral die van een man die een andere man zijn overspel misgunt.

Hoewel hij het antwoord paraat had, sloeg Theo zijn ogen

op naar het plafond en deed alsof hij terugrekende, in de wetenschap dat zijn nonchalance de ander zou irriteren. Hij besloot om niet te liegen.

'Veertien maanden. Vanaf de werkweek in Tilburg van vorig jaar.'

'O? Jaja.'

Ferweda hield zijn hoofd schuin, bij wijze van neutrale verwondering. Maar zijn ogen hadden een donker rukje naar rechts gemaakt.

'En je vrouw?' vroeg hij.

Theo aarzelde. Zo was het wel genoeg.

'Die weet het niet.'

'Oei,' zei Ferweda, en keek bedenkelijk. Hij zoog sissend lucht tussen zijn tanden naar binnen en maakte gelijktijdig een gebaar alsof hij een koortsthermometer afsloeg. Toen hernam hij zijn houding van ernst en mededogen en zei: 'Zes jaar voor de klas, da's geen sinecure, Theo. In die tijd loopt iedereen zichzelf op een gegeven moment voorbij, dat is onvermijdelijk. Gun jezelf wat rust. Neem de tijd.' En Theo ontving het klapje op de schouder waarvoor hij eerder gevreesd had.

Nadat de conrector was verdwenen, sloot Theo de laden van zijn bureau af, veegde het bord schoon en deed achter in het lokaal een tuimelraam dicht. Toen hij de klasdeur achter zich dichttrok, verwachtte hij een schokgolf van vertwijfeling te voelen. Maar er gebeurde niets.

In het trappenhuis haalde een schoonmaakster in hurkzit een dweil langs de treden. De docentenkamer was verlaten, in de garderobe hingen nog vijf jassen. Hij haalde zijn postvakje leeg en liet gewoontegetrouw nog even zijn blik langs het vakje van Iris gaan. Toen herinnerde hij zich haar afwezigheid van die dag.

Op het mededelingenbord stonden reeds de namen van leraren die de volgende dag afwezig zouden zijn. De zijne was er nog niet bij – zoveel tact had Ferweda dan toch dat hij dat nog even had uitgesteld.

De klapdeuren van de kantine waren afgesloten met een kettingslot, de deur van de rectorskamer stond wijd open en die van Ferweda's kantoortje op een kier. Theo klopte aan.

Ferweda stond bij het raam in de zon en at een cracker. Zonder dat hij het kauwen staakte, betrok zijn gezicht. Theo wist dat hij zich in de ogen van de ander verlaagde door zich te vertonen vlak na hun gesprek. Het kon hem niet schelen.

'Eén ding nog,' zei hij. 'Ze was vandaag afwezig, Iris. Jij hebt haar waarschijnlijk vanochtend aan de telefoon gehad. Is ze ziek?'

Ferweda legde opgelucht zijn cracker op een plastic schoteltje.

'O. Ja. Nee. Ze was gevallen met haar fiets. Arm gekneusd, geloof ik. En iets met haar kaak. Het was niet echt ernstig, had ik het idee. Morgen zou ze er gewoon weer zijn. Dat zei ze tenminste.'

Toen Theo in de deuropening bleef staan, vroeg Ferweda: 'Wil je dat ik iets tegen haar zeg?'

'Nee,' zei hij haastig, 'nee, dat hoeft niet. Dank je.'

Op weg naar zijn auto vroeg hij zich af of hij Sylvia zou vertellen over het incident van die ochtend, en op datzelfde moment herinnerde hij zich dat hij zijn belofte niet was nagekomen: hij was vergeten pa Houtman te bellen om zijn excuses aan te bieden. Dat zou niet goed vallen bij Sylvia. Theo kon er zich nu niet druk over maken. In plaats daarvan bleven de drie zinnetjes zeuren. Gevallen met de fiets. Arm gekneusd. Iets met haar kaak.

Op de parkeerplaats liep hij ter controle een rondje om de Toyota. Het was hem wel eens eerder overkomen, krassen in de lak, en dan nog na een minder ernstige aanvaring met een klas dan vandaag. Het was tenslotte een gemakkelijke wraakactie: even een sleutel of een zakmes langs het portier en klaar. Maar er viel nergens een beschadiging te ontdekken, en Theo zette zijn tas op het dak van de auto en zocht zijn zakken af naar zijn autosleutels. Hij draaide zich om naar het schoolgebouw. De oude bakstenen voorgevel, de detonerende aanbouw van de dependances, de verweerde bielzen rondom de fietsenstalling, de schamele esdoorns tussen gymzalen en conciërgewoning, het lage struikgewas met de eeuwige wirwar van verkreukt papier, blikjes, houten roerstaafjes en plastic bekers: hij moest hier eigenlijk nooit meer terugkomen.

Hij vond zijn sleutels in de binnenzak van zijn windjack. Eenmaal achter het stuur ontdekte hij dat de buitenspiegel was verbrijzeld, en toen hij vloekend de motor startte en achteruit het parkeerterrein afreed, schoot het hem te binnen.

Iris had helemaal geen fiets.

Vijftien

Wanneer Sylvia televisie keek, gaf zij vaak commentaar op de beweringen van politici in journaaluitzendingen en nieuwsrubrieken, op een toon alsof zij van de ander op het scherm een antwoord verwachtte dat uitsluitend tot háár zou zijn gericht. Theo maakte zich soms vrolijk om die hebbelijkheid, maar achter het stuur deed hij iets wat er sterk op leek: hij praatte tegen andere automobilisten. Als er iemand bij hem in de auto zat, hield hij zich in, maar in zijn eentje kletste hij wat af. 'Ja hoor jongen, toe maar.' 'O, moeten we zonodig inhalen?' 'Ik heb je wel gezien, uitslover.' Ook nu, op weg naar huis en met een vaartje van tachtig op de rijksweg naar Heerhugowaard en Sint Pancras, plaatste hij zijn opmerkingen, niet eens uit ongeduld en ergernis maar omdat de aandacht voor andermans rijstijl hem er misschien van kon weerhouden al te veel na te denken over het gebeurde van die dag. Het wilde helaas niet lukken. Theo schold sissend op weggebruikers en dacht intussen alleen maar aan Iris.

'Fietsen en schaatsen, dat zijn nou typisch blanke bezigheden. Ooit een neger in de Tour de France gezien?'

Ze had een hekel aan fietsen. Vond een vrouw op een fiets 'geen gezicht'. Een man die fietste was een sul. Zelfs sportfiets en mountainbike vonden bij haar geen genade. Mocht zij plotseling zijn bekeerd en een fiets hebben gekocht, dan zou ze het hem op de dinsdagmiddag met ingehouden lach hebben verteld. Het was mogelijk dat Ferweda twee verhalen van leraren had verwisseld en dat ze in huis was gevallen of een sportblessure had opgelopen. Maar die verklaring was Theo te gemakkelijk. Misschien had zij de ware reden voor haar afwezigheid niet aan Ferweda willen vertellen. Maar waarom dan juist een leugentje over een *fiets*? En wás er wel 'iets' met haar kaak; hád zij wel haar arm gekneusd? Met een gekneusde arm kon je moeilijk twee dagen later al weer gymles geven. Zij had misschien voorvoeld dat hij bij Ferweda naar de reden van haar afwezigheid zou informeren en had zij daarom een ongelukje met een fiets verzonnen, om hem, Theo, indirect duidelijk te maken dat haar iets was overkomen dat zij niet aan derden kon vertellen en waarvoor zij zijn hulp nodig had.

Hij zag wel in dat dit laatste nogal vergezocht was. Zijn bezorgdheid en argwaan werden er niet minder om. Hij had zelfs overwogen om naar haar huis te rijden. Maar daar zou hij niet veel mee opschieten. Hij kon moeilijk op dit uur van de dag aan haar deur verschijnen. Waarschijnlijk was Sidney al thuis. Opbellen ging ook niet. De afspraak was nu eenmaal om elkaar nooit te bellen. Het was onverstandig wanneer hij juist nu voor het eerst de afspraak zou schenden. Ze zou een telefoontje niet waarderen en zijn zorg aanzien voor opdringerigheid, nog afgezien van het feit dat hij haar in een lastig parket zou brengen, als Sidney inderdaad al thuis was. Wat had de leraar Nederlands voor reden om de juf van gymnastiek te bellen?

Het had geen zin om zich het hoofd te breken over Iris' afwezigheid. Bovendien kon hij het zich niet permitteren. Er waren dringender vragen. Hoe moest hij Sylvia uitleggen wat hem op school was overkomen? Theo vroeg zich af of hij haar kon vertellen over het incident met Wouter Nijman, zonder iets te onthullen over diens insinuaties over zijn affaire met Iris. Hij kon natuurlijk alles verzwijgen en ziekte fingeren, dat zou geen argwaan wekken. Tenslotte was hij die ochtend authentiek onwel geworden, en Sylvia zou zeker niet vreemd opkijken als hij omwille van zijn gezondheid zou besluiten eens een paar dagen niet naar z'n werk te gaan.

Eenmaal thuis had Theo nog steeds geen sluitend verhaal opgesteld. Hij stond in de keuken, waste zijn handen aan het aanrecht en riep ter begroeting Sylvia's naam. Haar antwoord kwam van boven, uit de slaapkamer. Haar stem stookte een angstige onrust in hem op. Theo was eraan gewend geraakt veel te moeten verbergen, maar hij vermoedde dat de tegenslag en schande van vandaag in één oogwenk van zijn gezicht zouden zijn af te lezen.

Sylvia kwam de trap af. Ze zei: 'Wat ben je laat.'

O! Het allereenvoudigste had hij over het hoofd gezien: iets verzinnen waarom hij niet op de gewone tijd was thuisgekomen. Maar Sylvia leek geen verklaring te verwachten, ze kwam naast hem staan, haalde twee theekoppen uit een keukenkastje en vroeg: 'Heb je het al gezien?'

Al gezien? Theo draaide de kraan dicht en pakte een handdoek van het aanrecht.

'Wat gezien?' vroeg hij, en dacht: het ergste van het ergste natuurlijk. Een vernederend bericht in de avondeditie van het *Noordhollandsch Dagblad*, katern 'stad & streek'. Hij zag de kop al voor zich. 'Drama op het Westfries College. Scholier (15) doet aangifte van mishandeling door leraar Nederlands'. Zoiets.

'Die oploop voor het huis van Does, wat dacht je dan? Er is daar vanmiddag ingebroken. Moet je je voorstellen, midden op de dag.'

Theo hing de handdoek aan het haakje.

'Is me totaal niet opgevallen.' Kennelijk hadden mogelijke smoezen en uitvluchten hem zozeer in beslag genomen dat hij doof en blind de Toyota op de oprit had geparkeerd.

'Jezus, Theo. Heb je niet eens die politiewagen zien staan?'

Ongelovig bestudeerde Sylvia zijn gezicht.

'Zes huizen verder,' zei ze. 'Voor hetzelfde geld was het bij ons gebeurd. De Doezen merkten het pas vanmiddag. Zij was vanochtend gaan winkelen. Hun huis is één puinhoop. Zij is er nog wel redelijk onder, maar hij schijnt echt van de kaart te zijn. Het idee ook... je huis wordt leeggehaald terwijl je gewoon naar je werk of naar het winkelcentrum bent.'

'Gruwelijk,' zei Theo. Hij voelde een sentimenteel medeleven met het echtpaar Does, voornamelijk veroorzaakt door de opluchting dat Sylvia's verontwaardiging niets met hém uitstaande had.

'Alles van ook maar een béétje waarde is verdwenen,' zei ze. 'En de rest is kapotgeslagen, in de kamer, keuken, overal.'

Nu keek Theo om zich heen. Hij stelde zich hun interieur voor in staat van vernieling. Hun gekoesterd bezit leek onmiddellijk nóg meer aan glans te winnen bij het besef dat een inbraak hun bespaard was gebleven. Hij boog over het aanrecht naar het raam en keek naar buiten. In de straat stond inderdaad een politiewagen.

'Staat het raar als we even gaan kijken?' vroeg hij.

'Welnee. Toen ik thuiskwam, was zowat de hele straat uitgelopen.'

Zij trokken hun jassen aan. Buiten zei Sylvia: 'O. Bijna iedereen is weggegaan, zie ik.'

Op de stoep voor het huis van Does hingen inderdaad alleen nog wat kinderen rond, van wie de meesten voornamelijk belangstelling toonden voor de politiewagen. Met hun neus tegen de zijruiten en hun handen in boogjes bij hun gezicht bestudeerden zij de onder het dashboard ingebouwde computerapparatuur. Van kleine afstand volgde Theo de bedrijvigheid in de woning van het echtpaar Does. Het was nog volop dag, maar in de huiskamer brandde wit licht. De vitrage was opengeschoven. Twee mannen, waarschijnlijk van de technische recherche, namen foto's van de ravage; een derde zat gehurkt voor een wit dressoir dat op z'n kant lag en haalde een kwastje over de handgrepen van de laden. De dieven moesten de kamerplanten van de vensterbank hebben gemaaid. Ook een wandmeubel was omvergetrokken; een groot deel van de kamer lag bezaaid met boeken, vertrapte planten, fotolijsten en scherven. Tegen het ingetikte bovenraam van de keuken was een kleine plaat hardboard bevestigd.

Mevrouw Does verscheen aan het huiskamerraam. Toen zij Sylvia en Theo zag staan, wuifde ze met een slap handje. Theo kende het echtpaar Does slechts van begroetingen in het voorbijgaan en beleefdheidsgesprekjes in het winkelcentrum. Ze waren al wat ouder, hij was etaleur en had nog slechts een paar jaar te gaan voor zijn pensionering, zij praatte bij ieder vluchtig treffen steevast over hun twee zoons die het huis uit waren. Van een etaleurssalaris kon je je geen koopwoning in de Bergermeer veroorloven; het verhaal ging dat zij hun huis gefinancierd hadden met het prijzengeld van een Duitse loterij.

Theo maakte een gebaar dat hopelijk op gepaste wijze medeleven uitdrukte, hetgeen mevrouw Does leek op te vatten als een teken van schuchtere nieuwsgierigheid. Zij liep de kamer uit, opende de voordeur en kwam de tuin in. Drie jongens stapten van hun fietsen en glipten het tuinpad op. Achter de rug van mevrouw Does keken zij naar binnen door de kier van de voordeur.

'Ik heb het net gehoord,' zei Theo. ''t Is verschrikkelijk.'

Mevrouw Does knikte met halfopen mond en stond zo een poosje voor zich uit te kijken.

'Ik was gewoon naar de stad gegaan, en daarna naar m'n zoon in het Overdie,' zei ze.

'Hoe is het nu met uw man?' vroeg Sylvia.

'Gaat wel weer. Vanmiddag was ie helemaal de kluts kwijt. Tja, vind je het gek. Tv, video, stereoset, cd's, allemaal weg... Ze hebben zelfs de collectie Fleischmann-treinen van m'n man meegenomen. Die stonden in dozen opgeborgen in de bijkeuken. En een handgemaakt wandkleed van de Matterhorn dat we in '78 nog in Zermatt hebben gekocht – óók weg. Je vraagt je af, wat moeten ze dáár nou mee? Het is nauwelijks geld waard, maar voor ons is het onvervangbaar.'

Mevrouw Does had dit waarschijnlijk al een aantal keer eerder aan omstanders verteld, want halverwege was ze haar zinnen gaan afraffelen, zodat er een vreemd soort routine in haar klaagtoon had doorgeklonken.

'Heeft niemand in de straat iets gezien?' vroeg Theo.

'Niemand, helemaal niemand,' zei mevrouw Does met nadruk, alsof zij dit haar buren aanrekende.

'Verschrikkelijk,' zei Theo nog maar eens. Sociale controle was een ergerlijk eufemisme voor bemoeizucht en burengluurderij, maar dat geen enkele bewoner die ochtend iets verdachts had opgemerkt was een reden om je ernstige zorgen te maken.

'Als we ergens mee kunnen helpen...' zei Sylvia.

Mevrouw Does draaide gekweld haar hoofd af. Met afhangende schouders inspecteerde ze het gras in haar tuin. Sylvia keek vragend in zijn richting: heb ik iets verkeerds gezegd? Theo haalde zijn schouders op. De houding van het mens wekte zijn wrevel. Onder haar defaitisme smeulde onverzoenlijkheid; zij koesterde wrok, wist Theo, en dan niet eens in de eerste plaats tegen de dieven maar tegen hén, de overburen. Mevrouw Does kon het niet verkroppen dat er uitgerekend in hun huis was ingebroken en niet een paar huizen verder, bij het jonge echtpaar met het dubbele inkomen.

Een van de rechercheurs verscheen in de deuropening en stuurde de jongens van het tuinpad. Mevrouw Does keek om en zei: 'O. Ik ga weer naar binnen, hoor.' En zij glimlachte gedienstig naar de rechercheur die met professionele oplettendheid langs haar heen de straat in keek. Theo betrapte zich erop dat hij zich beschermd wist bij het zien van de agent in burger, wiens arendsblik natuurlijk iets belachelijks had; de man speurde de straat af alsof zich ook nu, met de politiewagen voor de deur, ieder moment allerlei gespuis kon vertonen.

Toen zij terug naar huis liepen, legde Theo een ogenblik zijn hand op Sylvia's rug en vertelde haar dat hij was vergeten om haar vader op te bellen.

'Dacht ik al,' zei ze, en dat was alles. Zij toonde geen spoor van verontwaardiging over zijn nalatigheid.

'Echt, ik vond geen enkele gelegenheid,' zei hij. 'Het was vandaag een gekkenhuis op school.'

Theo keek opzij. Haar gebrek aan interesse verbaasde en irriteerde hem. Wie had er gisteravond zo'n drama gemaakt van de ruzie met haar vader?

Sylvia ritste haar jas dicht en zei: 'Ik heb vanmiddag meteen een beveiligingsbedrijf gebeld, eentje in Krommenie. Een huis optimaal beveiligen, daar gaat wel een dag werk in zitten, zeiden ze. Er komt morgenochtend een jongen langs voor een spoedbezoek. Zoiets valt wél buiten het normale tarief. Kost honderddertig gulden extra.'

'Is dat niet een beetje overdreven?' vroeg Theo. 'Die criminelen komen hier natuurlijk de eerste tijd niet terug. Dat zou wel heel erg in de gaten lopen.' Hij vond het prettig om zich in het probleem te verdiepen; al het andere werd erdoor naar de achtergrond gedreven.

'Kan me niet schelen. Ik wil metaalstrips aan de ramen. En een elektronische alarmset met infraroodzoekers. Plus een telefoonalarm.'

Theo krabde in zijn hals en trok zijn wenkbrauwen op.

'Toe maar,' zei hij. 'Waarom niet meteen stalen rolluiken?'

Nu keek ze hem onderzoekend aan.

'Zou niet eens zo'n gek idee zijn.' Ze zei het zonder een spoor van ironie.

'En dat moet allemaal meteen morgenochtend gebeuren?'

'Ja. Vind ik wel.'

'Maar dan is er toch niemand thuis?'

Hij voelde geen spanning terwijl hij loog. Blijkbaar waren angst en nervositeit afgesleten doordat liegen routine was geworden.

'Ik heb voor morgen een vrije dag opgenomen.'

Die mededeling kwam zó onverwacht dat Theo met een ruk opzij keek. In geen maanden was hij van school thuisgebleven, en nu het hem min of meer was opgelegd en hij het voor haar had willen verzwijgen, nam zijn vrouw een snipperdag. Om zijn ontstemming te verbergen keek hij achter haar langs naar de drive-inwoningen aan de overkant van de straat. Het leek wel alsof er daarbinnen meer bedrijvigheid gaande was dan anders; alsof de gezinnen door huiselijke activiteit een gevaar voor de komende nacht wilden bezweren. Misschien leidde een gedeelde vrees voor inbraak tot een nieuw gevoel van saamhorigheid onder de wijkbewoners. Theo zette een omgevallen fiets tegen de muur van een carport. Er kwam een behaaglijk besef van burgerzin over hem, gevoed door het idee dat netheid in de buurt de beste verdediging was tegen onraad en insluiping.

'Kijk Syl, die idioten komen natuurlijk niet een avond later in precies dezelfde straat inbreken. En het klinkt misschien misplaatst, maar nu het een van de overburen is overkomen, lopen wij statistisch gezien minder kans.'

'Wat een onzin,' zei Sylvia, 'alsof een crimineel zich iets gelegen laat liggen aan statistieken. En trouwens, wie controleert hier iedere avond tien keer de achterdeur? Jij, dacht ik. En nu er écht iets is gebeurd, midden op de dag nog wel, ga jij het bagatelliseren. Probeer je jezelf soms gerust te stellen?'

'Misschien. Ik weet het niet,' antwoordde Theo naar waarheid. Ze gingen naar binnen via de achterdeur die hij zoëven aan had laten staan. Dat deed hij anders nooit, natuurlijk niet, maar nu er dan toch politie in de straat was, kon het geen kwaad en had hij de kans benut om na lange tijd nog eens te ervaren hoe lekker dat voelde, je achterdeur niet af te sluiten en halfopen te laten. Huisdeuren stonden nooit meer aan, ook niet ver buiten de randstad, stelde Theo zich voor. Het was folklore geworden, een voorgoed verloren privilege, zoals ook de gewoonte van het touwtje in de brievenbus in betrekkelijk korte tijd in onbruik was geraakt. Zijn generatie kon als laatste terugzien op jeugdjaren waarin de straat waar je woonde het organisch verlengstuk was geweest van woonkamers en achtertuinen, een groot gebied om onbezorgd in te spelen en dat zich uitstrekte tot de huizen van je vriendjes uit de buurt, bij wie je talloze malen in en uit liep zonder ooit te stuiten op dubbele sloten, metalen strips en infraroodzoekers. Een paar weken geleden was hij tijdens het uitruimen van een kast in zijn studeerkamer gestuit op een knipselmap van zijn kleuterschooljaren, bijgehouden door zijn ouders. Een week voor zijn vijfde verjaardag had de familie Altena het *Alkmaars Weekblad* gehaald; er was een koffer uit de Simca van zijn ouders gepikt. Zijraam verbrijzeld, slot geforceerd. Kwam er iemand van de krant om zijn vader te interviewen. Foto van de familie bij het driekoloms artikel. Speciaal voor die foto had zijn vader de gehavende Simca een stukje in de voortuin geparkeerd. Zijn ouders stonden aan weerszijden van de auto, in symmetrie met hun ene arm tegen het autodak geleund. Hijzelf zat samen met zijn broer op de motorkap, dat was een idee geweest van de fotograaf. Een mooi plaatje was het geworden; de krant was de hele familie doorgegaan. Tot vier, vijf jaar geleden had Theo zich geërgerd aan het geweeklaag van ouderen over het soort Nederland, sober, degelijk en veilig, dat voorgoed leek te zijn verdwenen. Nu zou het niet lang meer duren voordat ook híj erover zou gaan klagen, en dat terwijl hij er in feite nog lang niet de leeftijd voor had.

's Avonds keken zij in bed naar een speelfilm op video. Toen Sylvia even na twaalven naar de badkamer verdween, liep Theo de deuren en ramen na – niet tien maar gewoon één keer. Terug in de slaapkamer kleedde hij zich om. Sylvia vroeg of hij nog last had gehad van duizelingen.

‘Eén keer leek het er even op dat het misging. Maar ik lette op m’n ademhaling.’

Haar ogen toonden zorg en belangstelling, maar ze vroeg niet verder. Te moe, zag Theo. Zij zat op de rand van het bed en droeg een blauw, verschoten T-shirt dat tot haar knieën reikte. Het lamplicht op de gang scheen naar binnen door het kleine raam boven de slaapkamerdeur en wierp een schemergele rechthoek op het plafond. Theo hurkte neer voor het televisiemeubel en deed de videorecorder uit. Plotseling kreeg hij een brandend gevoel in zijn keel. Als hij haar nu alles vertelde, niet slechts het incident met Wouter Nijman en het gesprek met Ferweda, maar *alles*, wat zou er dan gebeuren? Ruzie, schreeuwen, trappen-op-en-af, met-de-deuren-slaan, tranen-met-tuiten. Of anders zou ze zich aankleden en midden in de nacht met de auto naar haar ouders gaan. Dat had ze wel eens om minder gedaan. Na onenigheid was híj meestal degene die een voorstel tot verzoening deed, en zij stemde daar meestal mee in, met een gemak dat hem nog steeds kon verbazen. Of ze schoven tijdens een ruzie het moment van verzoening nog even voor zich uit door middel van enkele vinnige opmerkingen, in de wetenschap dat het zo lekker vrijen was na lange, heftige strijd. Een enkele keer waren ze gaan slapen terwijl de ruzie nog niet was uitgewoed; dan was er de onuitgesproken overeenkomst het bij te leggen in bed. O, de eerste onbestemde liefkozing tijdens geveinsde halfslaap, de vijandigheid nog nasmeulend in de eerste strelingen, het stil verwijt dat zij beiden in hun aarzelende kussen konden leggen, en ten slotte het warmverdrietig neuken, hun geilheid gevoed door een soort stroperige droefenis die herinnerde aan de tijd van voor hun trouwen, toen zij ieder nog in Amsterdam op kamers woonden en op een gegeven moment allebei een ander hadden en niet wisten, of veinsden niet te weten, of zij eigenlijk wel met elkaar verder wilden gaan. Hij miste het, dit melancholisch neuken. Al heel lang geleden had Sylvia voor het laatst zachtjes gehuild nadat ze was klaargekomen. Kon hij fijn spelen dat hij haar troostte, terwijl zij beiden maar al te goed wisten dat zij geen troost behoefde. Zelf had hij tijdens of vlak na het vrijen nooit één traan gelaten. Wel gewild, nooit gedurfd. Een paar keer was het bijna zover gekomen. Was ie na afloop schielijk naar de badkamer gegaan. Prikkende ogen terwijl hij loom had staan pissen.

Sylvia was binnen luttele minuten in slaap gevallen. Zoals gewoonlijk wilde dat Theo niet lukken. Hij probeerde iets te lezen. Onder het witte halogeenlicht van de kleine bedlamp kronkelden de aderen op de rug van zijn hand wanneer hij zijn vingers bewoog en een bladzijde omsloeg. Na enige tijd sloop hij het bed uit en ging de trap af. Warme melk, sigaret, leunstoel. Het was half twee, in drie huiskamers aan de overkant brandde nog licht. Gewoonlijk was op dit uur alles donker en was hij als enige in de straat nog op. Nu had een aantal gezinnen kennelijk besloten om de wacht te houden, of wilde men in ieder geval de indruk wekken dat er niet werd geslapen. Het lamplicht aan de overkant maakte zijn wake minder excentriek; zijn slapeloosheid was plotseling legaal en functioneel. Vaak genoeg had hij gefantaseerd dat hij hier beneden inderdaad waakte – over Sylvia. Het begon ermee dat hij zich voorstelde waarover ze zou dromen. Dan dacht hij aan haar regelmatige ademhaling waarnaar hij aandachtig had liggen luisteren voordat hij uit bed was gestapt. Meestal lag ze op haar rug, de armen onder haar hoofd gevouwen – dichtertje dat in een duinpan met gesloten ogen naar de sterren ligt te kijken. In bed voelde hij soms de neiging haar zachtjes wakker te schudden, niet omdat hij haar geen nachtrust gunde maar om verlost te worden van de onregelmatig terugkerende dwanggedachte dat zij in haar slaap in coma zou raken. Een enkele keer raakte hij haar daadwerkelijk even aan en fluisterde haar naam. Dan opende ze haar ogen en keek hem aan met een kinderlijke verbazing die ze alleen toonde in een toestand van halfslaap. Zelden herinnerde zij zich de volgende ochtend zijn fluistering. Wanneer hij eenmaal beneden in zijn stoel zat, overviel hem soms opnieuw het schrikbeeld van haar coma. Geur van lavendel en desinfectans, artsen en co-assistenten om haar bed, het tijdloos wit van de dunne ziekenhuislakens. Ter afleiding zette hij wel eens de televisie aan. Nachtprogramma's, videoclips, CNN, Rai Uno – niets wist hem van de dwanggedachten af te brengen. Boven lag nog steeds zijn geliefde aan infusen, een transfusiefles hing als een bijenklomp aan de standaard naast haar bed. Tegen de wand bij haar nachtkastje stond een trolley met ECG-scanner. Het elektrocardiogram toonde een dunne lijn die regelmatige golfjes maakte; haar hartslag een turkooizen streepje zee, als in een tekenfilm voor kinderen.

Deze nacht was Theo nauwelijks ontvankelijk voor enig angstbeeld omtrent ziekte of coma. Hij zat klaarwakker in de gemakkelijke stoel en had zojuist besloten om voor het eerst sinds de maanden van zijn slapeloosheid niet één maar twee slaappillen in te nemen. Dat mocht wel deze ene keer, vond hij zelf. Er werd je op je werk tenslotte niet iedere dag de wacht aangezegd.

In de keuken nam hij met een glas appelsap de pillen in. Veertig milligram normison – je zou er de hufters van 3F mee kunnen vellen. Hij legde zijn bril weg op het aanrecht. Een kwartier later wankelde hij de trap op, met achter zijn ogen een zwaarte die leek te worden aangeblazen, alsof onder zijn schedel een compressor was aangebracht die zijn oogballen volpompte met een gasachtige sluimer. Versuft stelde hij zich een hoger soort slaap voor, die zijn ogen zou doen opzwellen. Zijn oogbollen zouden smelten, de wangen nat van uitvloeiend oogwit, het aangezicht overdekt door een ragfijne sluier van opgerekt hoornvlies.

In een helder moment voordat hij wegzakte, zette Theo de wekker. Tien voor zeven, de gewone tijd. Zó zwaar werd het achter zijn ogen dat hij zich groter voelde dan de nacht. Dit zou geen slapen worden; dit werd een betoverend imploderen.

Zestien

Sylvia wist niet beter of hij was gewoon op school, maar in plaats daarvan had Theo bijna drie uur lang door Laat en Langestraat langs etalages gesjouwd. Die ochtend had hij zoals altijd zijn lunchpakket klaargemaakt en was stipt om half acht van huis gegaan, in stilte onthutst door de ontdekking dat het voorwenden van de dagelijkse routine hem zo gemakkelijk was afgegaan. In alle vroegte was hij naar een garagebedrijf in Alkmaar-Noord gereden om zijn buitenspiegel te laten vervangen. Hierna was de vraag gerezen hoe de dag door te komen. Inmiddels was het kwart voor elf, Theo zat in de lunchroom van v & d en verkende met de punt van zijn tong het hart van zijn holle kies. Hij was zojuist een vulling verloren. In een snackbar tegenover het warenhuis had hij een saucijzebroodje gekocht. Op de roltrap naar de eerste verdieping knarste hij met zijn kiezen op wat hij hield voor een steentje in het deeg. Op hetzelfde moment streek hij met zijn tong onwillekeurig langs het rijtje kiezen van linksonder. Van schrik maakte hij met beide mondhoeken een neerwaarts rukje. Het gat in zijn kies voelde aan alsof hij per ongeluk de dop van een pinda in zijn mond had gekregen, en de lege dop zich in zijn kies had vastgezet op de plaats waar de vulling hoorde te zitten. Theo vloekte kort, bracht zijn hand naar zijn mond en spuugde de hap zo discreet mogelijk uit in zijn handpalm. Met zijn wijsvinger poerde hij in het half vermalen voedsel en viste er het stukje plombeersel uit. Net een brokje ijzererts. Hij had met afgewend gezicht zijn hand afgeslagen, zodat het kwakje deeg en vlees op een trede van de roltrap was terechtgekomen. Schuin tegenover hem, op de roltrap naar beneden, hadden gestaag dalende dames hem aangestaard.

Hij had zojuist een espresso aan het snelbuffet gehaald en liep ermee terug naar zijn plaats. Bij de eerste slok schichtte een stroomstoot vanuit zijn gehavende kies via de kaak het linkeroor in, zó heftig dat hij zijn schouders optrok en zijn ogen toekneep. Zeurende gedachten, intussen. Heel soms belde Sylvia naar school; misschien zou ze dat uitgerekend vandaag ook doen, in de pauze van elf uur, om te overleggen over de keuze van de beveiligingsapparatuur. Zou ze de administratrice aan de lijn krijgen. Ik begrijp het niet, mevrouw Altena. Uw man is toch thuis, vandaag? Hij had Sylvia op z'n minst een deel van de waarheid moeten vertellen, het had hem deze uren van kille verveling en gestaag groeiende zelfverachting bespaard. Hij leek wel sociaal gedepriveerd zoals hij hier zat, de enige man te midden van kwekkende vrouwen met kapsels als slappe slagroomtoefen. Even had hij overwogen om terug naar huis te rijden, met als smoes dat hij tijdens het eerste of tweede lesuur was overvallen door net zo'n duizeling als van de dag tevoren. De gedachte dat er op dit ogenblik waarschijnlijk iemand zijn huis doorkruiste met gereedschap en beveiligingsapparatuur had hem ervan weerhouden. Theo vond het een beproeving, een monteur over de vloer. Hij was a-technisch, de bedrading achter een stopcontact was als het innerlijk van een ufo, zoals iedereen die bij hem thuis tegen betaling prutste aan kapotte kabels of leidingen voor hem een wezen van een andere planeet was, zeker als zo iemand hem ook nog eens na afloop van zo'n klus in het onnavolgbaar koeterwaals van de ambachtsman begon uit te leggen wat eraan had geschort. Sylvia had zijn doe-het-zelfanalfabetisme sinds jaar en dag geaccepteerd, maar hij voelde zich nog steeds ellendig als er bij het minste defect in huis een professionele kracht moest worden gebeld die vervolgens kwam opdraven tegen een uurloon dat tot Theo's ergernis het zijne bijna evenaarde. Het was beschamend om te moeten erkennen dat je op zulke momenten geheel afhankelijk was van het type man dat met de taalvaardigheid van een rinoceros dubieuze moppen tapte en wiens aanwezigheid binnen de kortste tijd een melange van oud zweet en putlucht door het huis heen joeg. Je lekkage mocht verholpen zijn, maar twee dagen later stonk het halve huis nog steeds naar loodgieter. En áltijd vroegen ze halverwege het karwei of ze effe van het twullet gebruik kenden maken. Stonden ze klaterend half over de rand van de pot te zeiken, als ze al niet arbeideresk een potje gingen zitten schijten. Het ironische was natuurlijk dat dezelfden die door de week hun messiaanse werkzaamheden aan huis verrichtten, zich in het weekend klem zopen in de meest afgrondelijke kroegen, waar ze tegen twaalven uit vandaan kwamen getuimeld om jou vervolgens niet veel later een knal voor je harses te geven nadat je net uit de bioscoop was gekomen en heel beleefd had gevraagd of ze misschien tegen iets anders dan het portier van je auto wilden gaan staan pissen – want daaraan herkende je de laat-moderne rabauw: overal en altijd moest de blaas worden geleegd, bij voorkeur op andermans plee maar het allerliefst buiten in het openbaar. Dan kondigden ze euforisch loeiend aan dat ze effe ome Jaap een hand moesten geven – en hupsakee, daar ging de gulp open en werd er een geurvlag uitgezet tegen een blinde muur, lantaarnpaal of winkelpui. Vooruitgang was illusie; de middeleeuwen gingen nooit voorbij.

Elf uur inmiddels. Theo keek de lunchroom rond. De hele ochtend had hij zich verzet tegen de aanvechting om alsnog naar Hoorn te rijden, om te zien of Iris al weer op school was. Op donderdag had ze slechts vijf lesuren en ging ze om één uur naar huis. Hij kon 's middags even bij haar thuis langsgaan. Kon hij meteen van haar horen of ze inderdaad van een fiets was gevallen. Zo ja, dan zou hij bij wijze van gekscherend excuus voor zijn bezoek aanvoeren dat hij haar een middag kwam verplegen.

Twee tafels verder zaten drie meisjes fluisterend gebogen over hun colaglazen. Eén had een valhelm bij zich die ze omgekeerd op de stoel naast zich had gelegd en die nu fungeerde als mandje voor haar kleine handtas. Hadden leerlingen van hem kunnen zijn. Dat was óók zoiets: zometeen kwam hij hier een moeder tegen die hem zou aanspreken. Goh, meneer Altena, niet op school vandaag? Ik dacht dat mijn zoon vandaag les van u had. Wat zou hij antwoorden? 3F zou zich trouwens wel hebben verkneukeld bij het zien van zijn naam op het mededelingenbord. Gister nog die keet met Wouter Nijman, en nu is ie zogenaamd toevallig afwezig, de Neus.

Theo vouwde zijn handen, strekte zijn vingers en liet zijn kootjes knakken. Toen schoof hij zó abrupt zijn stoel naar achter dat de drie meisjes hun giechelgesprek staakten en opzij keken. Hij haastte zich het warenhuis uit, en buiten wist hij het zeker: hij ging níet naar Hoorn maar gewoon naar huis, met of zonder smoes in petto. In de auto zette hij het volume van de radio voluit. Hij reed te hard, ging tweemaal door oranje.

Voor zijn huis stond een witte bestelbus met op beide flanken in rode blokletters 'Beco'. Op het laatste moment sloeg opnieuw de twijfel toe en minderde hij vaart. Hij was nog nooit tijdens schooluren naar huis gegaan. Zou Sylvia hem wel geloven wanneer hij iets zou mompelen over duizeling en niet-zo-erg-lekker?

Theo sloeg af naar het nabijgelegen woonerf en parkeerde schuin op het trottoir, half op andermans oprit. Vanaf deze plek had hij zicht op de voorkant van hun huis, zonder dat Sylvia zijn auto kon zien staan. Achter het raam van zijn studeerkamer was de man van Beco aan het werk. Hij stond op de keukentrap die Sylvia voor hem uit de schuur moest hebben gehaald en boorde gaten in de kozijnen. Zelfs de bovenverdieping werd dus beveiligd; infrarood rondom zijn bureau en boekenkasten. Theo volgde de werkzaamheden van de man, een jongen was het eigenlijk nog, voor zover hij van deze afstand in staat was diens leeftijd te schatten. Toen zag hij Sylvia zijn kamer binnenkomen. Theo boog een stukje naar voren en legde een arm op het stuur. Zij kwam aan het raam staan en hield haar hoofd schuin op een manier die Theo innemend vond. Ze zei iets tegen de jongen, die zich inmiddels naar haar had toe gedraaid. Af en toe maakte ze een gebaar in de richting van het raam. Ze droeg een spijkerbroek en een zwarte sweater die ze telkens over haar billen trok, een gewoonte waar Theo zich soms aan kon storen maar die hem nu vertederde. Sylvia pakte de boor van de jongen aan en gaf hem vervolgens iets kleins in handen dat Theo niet kon onderscheiden, waarschijnlijk een pen of schroevedraaier.

Bijna een uur lang volgde hij iedere handeling achter de ramen van zijn huis. Hij nam daartoe verschillende posities in.

Eerst stelde hij zich op achter twee auto's die bij een plantsoen stonden geparkeerd. Even later stond hij aan het begin van de straat tegen een elektriciteitshuisje geleund, en toen de achterkamers aan de beurt waren en de jongen de keukentrap van studeer- naar slaapkamer versleepte, verhuisde Theo mee en liep hij door de steeg langs de achtergelegen doorzonwoningen, waar hij tussen wandelpad en woonerf een beschutte plek vond om opnieuw te spieden. Tweemaal voegde Sylvia zich bij de jongen; de eerste keer om zijn werkzaamheden te volgen, en daarna om een kopje koffie te brengen. Theo leefde op. Het was bevrijdend om zijn vrouw zo gade te slaan, en toen zij de jongen de koffie had aangereikt en haar hoofd opnieuw op die bepaalde manier schuin hield, had Theo de indruk dat hij zijn vrouw dichter dan ooit was genaderd, juist doordat zij de gedempte weldaad van de huiselijkheid niet met hém maar met een vreemde deelde. Een warme scheut van ontroering vergleed langzaam tot een verwarrend soort opwinding. Zou Sylvia daarbinnen een poging tot verleiding hebben overwogen? Zou ze één moment hebben gefantaseerd over een plotselinge vrijage? Het was te idioot om over na te denken, en tegelijkertijd leek er niets zo vanzelfsprekend als dat Sylvia nu behaaglijk zou beginnen te flirten, zich koesterend in het vooruitzicht van heftige beeld-romannetjesseks met de ongetwijfeld aantrekkelijke monteur, naar wiens jongenskont zij wel móest hebben gegluurd, zoals hij daar op dat trapje stond. Wat wist hij van zijn vrouw? En wat wist hij bijvoorbeeld van de mannen op haar werk? Door wie van haar collega's werd ze in het geheim begeerd, en over welke mannen en jongens had zij tijdens hun huwelijk ooit gedacht: ja, met hem misschien, ooit? Hij trok zich regelmatig af in de badkamer, vooral op avonden nadat hij naar Iris was geweest; deed zíj het wel eens bij zichzelf als zij alleen thuis was? Theo voelde zich licht in het hoofd, zijn oksels en handen begonnen te tintelen. De jongen nam een slok van de koffie, Syl liep de slaapkamer uit en keerde terug, herschikte een gordijn en verplaatste op de vensterbank twee kleine fotolijsten die daar in de weg stonden. Van deze afstand leek het alsof de twee zich bewogen met de naar verstilling neigende traagheid van diepzeeduikers, en met warme wangen volgde Theo nog een paar minuten de kleine reeks van alledaagse activiteiten, in het licht bedwelmende besef dat hij iets groters en meeromvattends had gadegeslagen dan het huiselijk verkeer van zijn vrouw met een vreemde, en dat hem zojuist een glimp was onthuld van een gewoonlijk nauwelijks waarneembare toewijding en zuiverheid waarmee mensen onbewust en onbedoeld een magische glinstering over de dingen konden leggen. Eenmaal terug in de auto en op de Alkmaarse ringweg gloeide de euforie nog na, uitmondend in de fantasie dat hij nu op zijn beurt van een afstand werd geobserveerd door Sylvia. Zij volgde hem op zijn route, hoog boven hem zwevend als een milde schikgodin, en Theo stelde zich voor dat zijn vrouw hem goedkeurend toeknikte en elegant met haar ogen knipperde toen zij eenmaal doorhad waarheen hij op weg was en wie hij per se wilde zien.

Zeventien

Voor het eerst sinds weken had Theo oog voor de schoonheid van de polder. In de wetenschap dat hem geen klas met pubers wachtte, laafde hij zich aan de wallen, dijkjes, ventwegen en boomgroepen, alles in geometrische overeenstemming met het gras- en bouwland. De zon was zojuist door de wattenklont van wolken gebroken en legde hier en daar een zilverwitte glans over de daken van de stolpboerderijen. Hij naderde Schermerhorn, rechts van de weg begon de Eilandspolder, de fijnmazige kavels reikend tot aan Graft en De Rijp, waarachter hij de bollenvelden van de Beemster wist, kaarsrechte strepen geel, rood en roze, plat op het land en streng in het gelid als kleurpotloden in een tekendoos. Theo had het zijraam opengedraaid; bij vlagen zeilde de geur van kuilgras de Toyota binnen. Tot zijn achtste jaar had hij aan ieder landschap menselijke eigenschappen toegeschreven en was hij ervan overtuigd geweest dat je behalve met dieren ook kon praten met een boom of bloem of zelfs met een veenmoeras of kreekrug. En volwassenen wisten het niet, maar alles zei altijd iets terug! Het aardige was dat hij nooit helemaal van zijn geloof was gevallen. Ook nu, met een vaartje van zeventig door de Schermer rijdend, had hij de neiging om een gesprek te beginnen. Invoelende vragen aan het grasland over de gestage vermindering in de velden van pinksterbloem en klein hoefblad. Of een goed gesprek met de rietkraag links van de weg en vragen waarom er langs de sloten nog geen scheuten waren te zien aan de stengels van de lisdodde, die grandioze stinksigaren die je vroeger bij honderden tussen het riet vandaan kon plukken en die zo lekker kriebelden in je handpalm wanneer je er je vuist omheen legde. En verbeeldde hij het zich of zat een groot aantal populieren ieder voorjaar dunner in het blad? Zelfs de meest alledaagse veldbloemen kwamen allengs minder voor; madelief en paardebloem waren sinds een aantal jaren niet meer alomtegenwoordig aanwezig in de bermen, en bovendien leken ze korter in bloei te staan dan twintig, vijfentwintig jaar geleden, toen de natuur zich aan hem had geopenbaard als een grote, lieve suikeroom die zich lui had uitgestrekt over de aarde en wiens veeltonige stem alleen kon worden gehoord door kinderen zoals Theo die ervan hielden om stiekem in zichzelf te praten met beemdgras, vingerhoedskruid en ridderspoor wanneer ze met hun ouders in de zomervakantie lange fietstochten maakten door de polders van West-Friesland.

Het laatste stuk van de rit voerde over de snelweg. Boven de landerijen verhief zich de driekantige zuil van het McDonald's drive-in-restaurant. In Hoorn nam hij de afslag naar de oude binnenstad. Om erachter te komen of Iris weer op school was reed hij naar de voetbalvelden van HFC 56, waar je vanachter het Wilhelminaplantsoen zicht had op de parkeerplaats van de school. Daar stond inderdaad haar Volvo, achteruit ingeparkeerd, met de neus naar het schoolgebouw. Ze had vergeten de zonneklep omhoog te doen, zag Theo. Haar nummerplaat hing scheef onder de bumper.

Hij had het helemaal voorbereid. Iris had vandaag slechts vijf lesuren en ging doorgaans direct na haar laatste les om één uur naar huis. Voor zover hij wist nam zij altijd dezelfde route naar Kersenboogerd. Vlak bij de T-kruising van de Willemsweg, op de uitrit van het benzinestation, parkeerde hij zijn auto. Vanaf die plek moest het niet moeilijk zijn om haar aandacht te vangen. Hoe het daarna verder moest, wist hij niet goed. Hij kon haar uitnodigen voor een autorit. Hadden ze nooit gedaan, samen een uitje maken, al was het maar naar één van de dorpen rondom Hoorn. Of anders misschien koffie drinken in De Dromedaris in Enkhuizen, met uitzicht op de binnenhaven.

Zijn geduld werd op de proef gesteld, pas tegen half twee zag hij haar naderen. Zij moest wachten voor de stoplichten, de Volvo was de derde auto in de rij. Theo tikte met zijn knokkels op de claxon, stak een hand uit het open raam en zwaaide naar haar. Iris keek opzij en verstrakte. Geluidloos articuleerde hij: wil-met-je-praten. Een ogenblik haalde zij haar handen van het stuur. Haar linkerarm was bij de pols omwikkeld met rekverband. Zij negeerde hem toen hij een tweede keer zwaaide, en nog voordat de lichten op groen waren gesprongen, wist Theo: *ze rijdt door.*

Vloekend gaf hij gas. Rechtuit door rood, uitwijken, inhalen, afremmen, invoegen. Op de Provinciale Weg waren er drie auto's tussen de hare en de zijne. Voor hem reed een oude Citroën gs, met achter het stuur een jongen met paardestaart en baseballpet. Pas na het tweede stoplicht zag hij kans om de auto's te passeren en kwam hij achter haar te rijden. Theo wist niet of zij hem in haar achteruitkijkspiegel had zien naderen. Misschien had zij niet eens door dat hij haar volgde. Bij de kruising met de Oostergouw week hij uit naar de rijstrook voor linksaf en kwam naast de Volvo te staan. Hij boog opzij over de breedte van de auto, draaide het raampje van het rechterportier open en riep: 'Wat doe je nou?'

Zij hield haar zijraam gesloten. Met wapperende hand maakte hij dwingende gebaren. Even bleef ze strak voor zich uit kijken. Toen knikte ze, heel kort en niet naar hem maar in de richting van de zijweg.

Ze reden Kersenboogerd in. Opgelucht volgde Theo haar over een binnenstraat, haaks op de Provinciale Weg. De straat maakte een U-bocht en voerde langs opgespoten zand en woningen in aanbouw. Bij een braakliggend terrein achter een pas gebouwd restaurant parkeerden ze bumper aan bumper. Toen hij uitstapte, bekroop hem een rillerige schaamte. Achtervolgd, achternagereden – Iris zou het onmiddellijk tegen hem kunnen gebruiken. Denk je dat ik ooit nog iets te maken wil hebben met een vent die me als een gek achternakomt? En dan dat opwachten... eng hoor. In een flits vroeg hij zich af wat hij zou doen als zij nu opnieuw zou wegrijden. Ja, wat dan? Inhalen, snijden, klemrijden. Misschien. Ja. Even bleef hij staan, als om te testen of zij inderdaad zou wegrijden, maar vooral uit verwarring om de verbetenheid van zijn overwegingen.

Zij reed niet weg.

Met zijn trouwring tikte hij tegen de ruit van het rechterportier. Vragend knikte hij naar het deurslot. Iris boog opzij en opende het portier.

Toen hij naast haar zat, vroeg hij: 'Waarom reed je nou door?'

Ze gaf geen antwoord. Met een zucht sloeg ze haar armen over elkaar.

Theo wees naar het rekverband.

'Gevallen met de fiets?'

'Inderdaad ja.' Ze zei het zó bits dat hij afzag van de goedmoedige grap die hij in gedachten had gehad. In plaats daarvan vroeg hij opnieuw waarom ze was doorgereden.

Iris keek voor zich uit met een blik die leek halt te houden bij de voorruit van de Volvo, alsof ze niet dóór maar náár het raam keek. Ten slotte zei ze: 'Wat ben jij ongelooflijk stom geweest, gisteren.'

Langzaam draaide Theo zich naar haar toe. Dit was niet waar. Moest hij zijn gelijk nu ook nog tegenover háár verdedigen?

'Je kan wel horen met wie jij vanochtend hebt gesproken,' zei hij.

'Zo? Met wie dan?'

'Sergeant-majoor Ferweda natuurlijk. Wie anders?'

Hij had ten minste een lauwe grijns verwacht. Maar ze vertrok geen spier.

'Het eerste uur had ik een havo 2,' zei ze. 'Ik kreeg ze nauwelijks stil. Om alles wat ik zei, moesten ze lachen. Het hield maar niet op. En niet zomaar lachen, nee, het waren echt van die gierende uithalen. Ik hoefde niets te vragen. Ze vertelden het wel uit zichzelf. Hé juf, Altena van Nederlands is helemaal uit z'n dak gegaan, hij gooit iedereen de klas uit die iets over u zegt. Zoiets zeiden ze. De mop van de eeuw, noemden ze het.'

'Allemaal flauwekul,' zei Theo, en dacht koortsachtig na waar hij moest beginnen met weerleggingen en tegenspraak.

'O ja? In de andere lesuren hoorde ik anders precies hetzelfde verhaal. De hele school heeft het over niets anders. Jouw zogenaamd nobele actie trekt als een storm door alle klassen, Theo, alle klassen.'

Theo had zijn handen op zijn knieën gelegd. Voor de scepsis van Ferweda kon hij wel een verklaring bedenken, maar dat zíj hem aanviel op het incident met 3F was wel het laatste dat hij had verwacht.

'Blijkbaar geloof je alles wat je is verteld,' zei hij. 'Naar mijn versie van het verhaal vraag je niet eens.'

'Ach kom nou. Een of ander bijdehand ventje maakt een negermop en jij slaat onmiddellijk door. Sleur je die jongen aan z'n haren door de gang. Wat bezielt jou?'

Dat laatste was net iets te veel. Met zijn vlakke hand sloeg Theo tegen het dashboard.

'Verdomme Iris, waar zie je me voor aan? Ik heb níemand door de gang gesleurd. En een negermop... Als dat alles was geweest. Het was wel iets ernstiger, dacht ik zo. Ze hadden pornofoto's op m'n bureau gelegd, en toevallig allemaal van...' –negerinnen? Nee–'...van zwarte modellen. Aan het begin van zowat iedere les stonden er spotprenten op het bord. Van jou en mij.'

Van opzij keek ze hem aan, haar hoofd schuin en één wenkbrauw opgetrokken. Nou en? seinde die wenkbrauw. Theo ontweek haar blik. Onmiddellijk na de potsierlijke pets tegen het dashboard was er een soort lucide vermoeidheid over hem gekomen, waardoor alles waarover hij zich de dag tevoren nog zo druk had gemaakt, plotseling nauwelijks meer de moeite waard leek. Met tegenzin zei hij: 'Ik ben niet de enige op school met een bijnaam, Iris. Voor jou hebben ze er ook een paar verzonnen, en niet van die aardige. 3F probeerde me op alle mogelijke manieren te provoceren, iedere les weer. Ze wisten het, van jou en mij.'

'Dat is niet waar,' zei ze, 'niemand wist het.'

Theo schoot bijna in de lach.

'O nee?' zei hij. 'Mag ik je even uit de droom helpen? Ik sprak gistermiddag met Ferweda, en die zei dat iedereen al geruime tijd op de hoogte was.'

'Onzin. Iedereen had een *vermoeden*. En níemand wist het. Daar hadden we toch wel voor gezorgd? Totdat jij je gister zo liet gaan.' Iris nam hem onderzoekend op, alsof zij in zijn gezicht een karaktertrek verwachtte te ontdekken die zij tot dan toe over het hoofd had gezien.

'Jij bent geen kel, Theo Altena,' zei ze ten slotte.

'Vast niet,' antwoordde hij mat. Hij wist niet wat het woord betekende maar had zo zijn vermoedens.

'Ik bedoel, jij bent niet, niet...' Ze zuchtte. 'Je hebt het verpest, heel simpel.'

'Dat ventje, zoals jij hem noemde, heet Wouter Nijman,' zei Theo. 'Je weet wie het is?'

'Geen idee.'

Dat geloofde hij niet. In de lerarenkamer ging Wouter Nijman regelmatig over de tong. Theo liet het zo.

'Niet te hanteren, die jongen,' zei hij. 'Iedereen die hem in de klas heeft kan je dat vertellen. Hij woont in Kersenboogerd, vlak bij jou, één straat verder. Zijn vader schijnt ons een paar keer te hebben gezien. Zo is het de wereld in gekomen.'

Zelfs dit wist haar niet te overtuigen.

'Die vader heeft ons dus samen gezien. En wat dan nog? Mogen collega's niet buiten school met elkaar omgaan? Theo, snap je het dan niet? Als jij je gisteren niet zo had laten kennen, was het allemaal bij vermoedens en gegiechel gebleven. Ja, nú is alles wel even anders, nú weet iedereen het. Je had erbij moeten zijn vanochtend, in de lerarenkamer. Alleen al de blikken van de mannen. Van die vieze geile oogjes! Zo van, we hadden het wel gedacht, van die zwarte hete bliksem. En de vrouwen... dat was helemaal wat. Keken me aan alsof ik al van plan ben al hun mannen af te werken of zo. Mooi is dat. Heb ik verdomme twee jaar keihard gewerkt en waren die kazen er eindelijk aan gewend dat een zwarte lesgaf aan de witten en niet andersom, en dan gebeurt er dit.'

Theo had met een half oor geluisterd. Het stoorde hem dat zij zich meer leek te bekommeren om haar geschonden reputatie dan om het einde van hun affaire. Zonder haar aan te kijken zei hij: 'Het spijt me Iris, maar ik had die jongen ook aangepakt als er niets tussen ons had gespeeld.'

'Geloof ik geen barst van.'

Theo haalde zijn schouders op.

'Dan geloof je het niet.'

Iris dacht even na.

'Aangepakt, zei je. Dus je hebt...'

'Nee, dat heb ik niet,' zei Theo met harde stem. 'Wat iedereen ook mag beweren, ik heb die jongen níet door de gang gesleurd.' Hij aarzelde, en voegde er toen aan toe: 'Al had ik dat graag gewild.'

Dat laatste vatte zij op als een verdekte schuldbekentenis. Smalend tuitte ze haar lippen. Theo zweeg voor een moment. Gelijktijdig met de neiging uit de auto te stappen, overviel hem een ijzige onverzoenlijkheid. Het was vernederend en krenkend dat Ferweda zijn gelijk in twijfel had getrokken, maar er viel overheen te komen. Dat zíj nu hetzelfde deed, was onvergeeflijk. Langzaam zei hij: 'Ik tolereer geen racistische geintjes in m'n klas. Nu niet, nooit. Als er volgende week weer zoiets in m'n klas gebeurt, reageer ik precies hetzelfde. Niemand brengt me daarvan af.'

Hij had haar reactie niet voorzien. Ze maakte een sissende fluittoon terwijl ze haar hoofd schudde. Schopte haar pumps uit en plantte haar blote voeten aan weerszijden van de pedalen.

'Wat denk jij eigenlijk wel?' Ze had een kopstem die hij niet van haar kende. 'Jij hebt er geen idee van waar je het over hebt, jongen. O, meneer Altena is zo'n held want meneer Altena schopt een rel als er iemand een negermop maakt. Als ik zo bezig was als jij, dan liep ik de hele dag conflicten uit te vechten. Zal ik jou eens wat vertellen?'

Ze was gaan schreeuwen. Theo wist niet hoe te reageren en legde in verwarring een hand op haar bovenarm. Met een wilde beweging trok ze haar arm weg.

'Laten we even de auto uitgaan,' zei hij, 'koffie drinken in dat restaurant daar. Goed?'

'Nee. Luister.'

Ze woonde op kamers in de studentenflat in Noord. Op een dag belde ze voor een taxi naar het Centraal Station. Ze was twintig, ze ging een weekje logeren bij haar tante Ettie in Den Haag en had een koffer en twee zware tassen bij zich. Bij de ingang van de flat stond ze op de taxi te wachten. En die taxichauffeur was dus echt een... nou ja. Kwam aanrijden, zag haar staan, stopte, maar maakte geen aanstalten om z'n wagen uit te komen. Moest ze zelf haar bagage in de achterbak tillen. Het was een dure rit naar het Centraal, de chauffeur had een goeie klant aan haar. Bij aankomst hetzelfde liedje. Ook toen bleef meneer rustig zitten op z'n mars. Met een koel gebaar gaf ze hem een overdreven grote fooi. Vertrok geen spier, die vent. Hij zei geen dankuwel, niks. Vlak voordat ze de stationshal binnenging, slepend met de bagage, keek ze nog even om. Was die zak als een duvel uit een doosje zijn taxi uitgesprongen om drie koffers van een echtpaar aan te nemen. Een *wit* echtpaar. Ze zag de chauffeur beleefd knikken en lachen. Ja meneer, goed meneer, nee mevrouw, oké mevrouw. O, dus níet tegen haar, en wél tegen hen... Wat had ze moeten doen? Teruglopen en die man eens goed de waarheid zeggen? Hem allerlei beschuldigingen naar het hoofd slingeren?

'Meer, Theo?'

Een zaterdagmiddag in december vorig jaar. Ze was met Sidney de stad in gegaan om een mooie jurk te kopen voor Kerstmis. Stonden ze bijna tien minuten wortel te schieten in een sjieke winkel in de Nieuwe Noord. Eindelijk kwam er een verkoopster aangesloft. Vroeg verveeld of ze misschien kon helpen. Goed, zij wilden er niet meteen iets achter zoeken en besloten stilzwijgend dat het kind gewoon een luie donder was die met tegenzin haar werk deed. Maar verdomd, je zág het 'r denken: negers, die hebben toch niks te besteden. Sidney hield zich van de domme en vroeg het kind beleefd iets over die-en-die jurk. Hij kreeg nauwelijks antwoord want er waren intussen twee dames de winkel binnengekomen. *Witte* dames. Ja, dáár schoot het verkoopstertje als een ekster op af – en bood die twee even later zelfs koffie aan! Pardon? Sidney stelde voor om achter in de winkel even te blijven rondkijken, om erachter te komen of het niet een ongelukkig toeval was. Misschien waren die vrouwen wel vaste klanten of goeie kennissen van het meisje. Maar ook bij drie volgende klanten die iets kochten was het dezelfde bediening, door álle vier de verkoopsters: een knikje, een lachje, kopje koffie m'vrouw m'neer? Nee, Sidney had géén stennis gemaakt en zij ook niet. Ze waren zonder nog iets te zeggen de zaak uitgelopen, meer niet. Wat was het alternatief geweest? Een beetje gaan staan briesen en brullen over achterstelling?

Dit soort dingen overkwam haar gelukkig niet dagelijks of wekelijks, maar wél vaak genoeg om telkens te worden herinnerd aan de betrekkelijkheid van de tolerantie waar de Nederlanders altijd zo prat op gingen. En dan had ze hem nog twee onschuldige voorvallen verteld. Want er gebeurt je wel meer, véél meer, als je van de verkeerde kleur bent. Opmerkingen in de bus van jongens. Zeggen nét even te hard iets over lekkere zwarte mokkeltjes als je door het gangpad loopt. Andere jongens die niets zeggen en je alleen maar heel lang aankijken en dan in een flits hun lippen vettig tuiten. Dat betekent: kijk voor je, jij met je zulu-lippen. Onmogelijk om die ratjes daarop aan te spreken. Zeggen ze ijskoud dat ze toch wel gewoon hun *mond* mogen bewegen, hoe zullen we het godverdomme nou hebben, doe niet zo paranoia, lijpe teef. Meer, Theo? Kortgeleden liep ze met haar nicht Grace, bevallen van een meisje, te winkelen in de Amsterdamse Poort. Bogen zich in de Hema op een gegeven moment twee hoogblonde vrouwen over de kinderwagen, en toen ze weer verder liepen maar nog wel binnen gehoorsafstand waren, zeiden ze hardop tegen elkaar, wat witten wel vaker beweren: goh, als ze jong zijn hebben ze nog van die leuke snoetjes hè? *Nog* van die leuke snoetjes. Meer? Meer. In restaurants verdacht vaak plaatsen krijgen ergens achter in de zaak. In ieder geval zelden bij het raam, want dat schrikt de klanten toch een beetje af hè, zwarten in de zaak. O, zo kan ze wel een tijd doorgaan... De vader van Sidney klaagde vorige maand bij de bovenbuurman over muziek die keihard aanstond midden in de nacht. Werd er vanaf het achterbalkon tegen hem geschreeuwd waar ie zich mee bemoeide. En dat ie maar moest oprotten als het hem niet beviel in deze flat want hij als Hollander was hier thuis in dit teringland en dat er per slot van rekening drie vliegtuigen per week naar Suriname gingen. Natuurlijk begon Sidneys vader terug te schreeuwen. Liep uit op een enorme ruzie. Maar dan, hoe verder? Meldpunt discriminatie bellen of zo? Dan speelde je zo'n man alleen maar in de kaart; gaf je hem een excuus om een volgende keer helemáál tekeer te gaan. Meer, Theo?

'Nee. Niet meer.'

Gedurende haar verhaal had Theo een paar keer zijn bril op- en afgezet. Nu wreef hij met duim en wijsvinger over zijn wenkbrauwen.

'Waarom heb je me hier nooit eerder over verteld?' vroeg hij.

'Omdat ik daar geen zin in had,' zei Iris. 'Waarom zou ik ook? Ik vond het wel zo prettig dat jij niets afwist van dit soort dingen. Tenminste, dat wilde ik geloven. Ik had iets met een leuke man. Ik had niet iets met een blanke man. Begrijp je? Maar wees eerlijk, Theo. Het klopte van geen kant tussen ons.'

'O? En waarom dan niet?' Even had hij de aanvechting om zijn handen op de hare te leggen, als kon hij zo haar antwoord sturen.

'Wil je dat echt weten?'

Nee, dacht hij.

'Ja,' zei hij.

'Goed. Jij bent blank, en toch viel ik op je. Ik ben zwart, en dus viel je op me.'

'Belachelijk,' zei Theo meteen, en maakte een wegwerpgebaar. In zijn haast het motief dat zij hem toedichtte tegen te spreken, drong het niet meteen tot hem door wat zij over zichzelf had gezegd.

'Rustig maar,' zei Iris, 'ik verwijt je toch niks? In jouw plaats had ik hetzelfde gedaan. Als ik een blanke man was geweest, had ik het wel geweten, hoor. Dan koos ik ook voor een mooie negerin en niet voor een suffe witte kamerplant.'

Nu was het de bedoeling dat hij mild zou lachen. Dat deed hij ook braafjes. In werkelijkheid ergerde hij zich aan haar joviale toon. Suffe witte kamerplant – misschien had zij het niet zo bedoeld, maar hij vatte het op als een bespotting van zijn vrouw, zijn huwelijk.

'En jij?' vroeg Iris.

'Wat?'

'Als jij een zwarte vrouw was geweest, wat dan? Op wie was je dan gevallen?'

Zonder veel enthousiasme probeerde Theo zich de rolverwisseling voor te stellen.

'Dan koos ik nog steeds voor jou,' zei hij na een korte stilte. 'Waren we gezellig twee zwarte potten.'

Ze begon te lachen en wreef intussen met haar ene voet over de andere. Haar pumps lagen met de neuzen tegen elkaar onder de pedalen.

Theo overdacht wat zij zoëven over zichzelf had gezegd. Met zijn tong streek hij in schokjes langs de zijkant van zijn holle kies.

'Dus jij valt niet op blanke mannen,' zei hij toen.

'Nou nee.' Dat kwam er zó hartgrondig uit dat hij opnieuw een steek van ergernis voelde. Bovendien trok ze er een gezicht bij alsof ze stank rook. De zwaar aangezette afkeer vond hij krenkend.

'Met mij als uitzondering.'

'Ja.' Ze beaamde het zonder enige ironie, alsof het volkomen vanzelfsprekend was dat hij de enige blanke man was voor wie zij zich ooit zou kunnen interesseren. Theo wist niet wat hij ervan moest denken.

'Moet ik nu trots zijn?' vroeg hij.

'Wat je wilt.' Laconiek haalde ze haar schouders op.

Met ingetrokken mondhoeken, zodat de binnenkant van zijn wangen tegen zijn kiezen drukte, keek Theo van haar weg. Ze hadden altijd in algemene termen en met veel omhaal van woorden gesproken over hun verschil in kleur. Nu het er dan van was gekomen dat zij een en ander toespitsten op elkaars vermeende voorkeuren, vond hij haar misschien helemaal niet aardig.

'Ik weet nog steeds niet waarom je zonet wilde doorrijden,' zei hij.

'Ja wat denk je? Omdat ik kwaad op je was. Kwaad op je bén.'

Opnieuw maakte Theo een schamper handgebaar.

'Kwaad, op mij? Omdat ik Wouter Nijman de klas uit heb gestuurd? Wees dan kwaad op de mensheid, Iris, want er zullen er wel meer zijn die het af en toe anders aanpakken dan jij. Nee, er moet iets anders zijn. En ik wil het weten.'

Hij zag haar aarzelen. Toen zei ze: 'Ik wilde niet dat je dit zou zien.' Ze legde haar linkerhand op het rekverband. 'En dit.' Ze wees naar de zwelling bij haar kaak.

'Van de fiets gevallen.' Op het moment dat hij het zei, met een scheef lachje nog wel, drong de reden van haar aarzeling tot hem door. Hij veerde naar voren, zijn knie raakte de versnellingspook.

'Jezus, Iris! Waarom heeft ie dat gedaan?'

'Hij weet het. Van ons.'

Verbluft keek Theo haar aan.

'Hoe kan dat nou? Wie heeft het hem verteld?'

'Ik. Ikzelf.'

Ze waren alsnog naar het restaurant gegaan. Bastion heette het, curieuze naam, en met de scherpwitte bepleistering en de felrode en -gele deuren en raamkozijnen zag het er van buiten uit als een *blow-up* van een aantal opeengestapelde lego-stenen, maar eenmaal binnen werd je omringd door een decor van gezandstraalde plavuizen en zware houten tafels, met aan de muur twee karrewielen en een sandelhouten sierpropeller, en naast het L-vormig buffet een hoge vitrinekast met opgewreven trofeebekers en een woud van vaantjes. Niet echt een plek om een affaire te beëindigen, deze herberg in een postmoderne blokkendoos, maar Iris leek nauwelijks acht te slaan op het morsige interieur en liep zonder met hem te overleggen naar een tafel achter het poolbiljart. Bij een kelner die luidruchtig tot de klanten sprak bestelden ze koffie. Theo wilde nog voorstellen om naar La Bascule te rijden maar zag ervan af, aangezien Iris niet bepaald de indruk wekte iets te voelen voor een *sentimental journey.* Ze had haar spijkerjasje uitgedaan en met een beslist gebaar over de rugleuning van de stoel naast de hare gehangen.

Nadat zij hem ervan had overtuigd dat zij Sidney inderdaad zelf over hun affaire had ingelicht, liet Iris hem twee beloften afleggen. Eén, dat hij nooit zou proberen om het zogenaamd 'uit te praten' met Sidney. En twee, dat hij geen enkele poging zou ondernemen om haar opnieuw te verleiden. Tegen de tweede eis had hij geprotesteerd, niet eens omdat hij er zich niet aan wilde houden maar omdat zij ermee suggereerde dat alle initiatieven destijds van hem waren uitgegaan. Alsof hij vorig schooljaar als een *womanizer* achter haar aan had gezeten... Was zíj het niet geweest die hem bij haar thuis had uitgenodigd? Iris had het zonder aarzelen beaamd. Natuurlijk had zij destijds zo haar initiatieven genomen. Maar daar gíng het nu toch niet om? Legde hij nou de beloften af of niet? En dat had hij gedaan, formeel en met een jongensachtige ernst, met twee vingers die hij over zijn tong had gestreken om er vervolgens, onder het uitspreken van de beloften die zij stukje bij beetje had gedicteerd, het vrijheidsteken mee te maken. Geen kruisje gemaakt met wijs- en middelvinger van je andere hand, Theo? Nee, natuurlijk niet. Echt niet? Echt niet. Laat zien dan, die andere hand. Hadden ze er ondanks alles bijna nog een spelletje van gemaakt.

Sidney had andere vrouwen. Soms wel drie, vier in een jaar. Nee, niet tegelijk, dat had er nog bij moeten komen. Al twee maanden na hun trouwen was hij gaan schijnen. Overal waar ze kwamen, in de disco, op feesten, zelfs gewoon in de winkel, als zij naast hem liep: altijd lonken naar de vrouwen. Ze stond versteld. Wat spookte hij allemaal uit als zij er níet bij was? Sidneyboy was een draaier, zelfs m'ma Pompier had haar ervoor gewaarschuwd, een paar weken vóór hun trouwen. In het begin had zij nog gedacht: het loopt wel los. Ze waren toch helemaal totel op elkaar, zij en Sidney? Maar al snel kwam hij soms 's avonds heel laat thuis. Of zei dat ie op zondagmiddag naar zijn moeder ging, terwijl ie dan gewoon achter een of andere meid aan zat. Ze luchtte haar hart bij vriendinnen die ook kortgeleden waren getrouwd. En wat bleek? Hadden bijna allemaal hetzelfde probleem! O, al die niggahs zijn hetzelfde, zeiden ze dan grimmig tegen elkaar. Deden alsof ze nog gewoon in Suriname waren en hielden er doodleuk hun buitenvrouwen op na. En die kerels kwamen altijd met hetzelfde excuus: er was nu eenmaal een vrouwenoverschot onder de creolen, ze kónden toch niet anders? Moesten al die losse meiden het dan aanleggen met bakra's om aan de man te komen? Deden die meiden niet. Wilden die meiden niet. Zo kletsten ze zich eruit, ook Sidney. O, hij kon het allemaal zo mooi vertellen – maar het ging hem gewoon om één ding, altijd z'n toli in een losse veldmeid hangen, dat was het!

Na drie jaar kreeg ze er genoeg van. Zij wilde niet zo'n binnenvrouw worden die steeds zat te wachten of haar man 's nachts naar huis zou komen ja dan nee. Ze stelde hem voor de keus: stoppen met dat schijnen of anders eruit, weg, het huis uit. Hij probeerde het. Deed echt z'n best. Maar zag al z'n vrienden, ook als ze een goeie baan en een mooie vrouw hadden, lekker uitgaan met de meiden. Na een half jaar bleef hij opnieuw af en toe een nacht van huis. Ze ging bij hem weg. Keerde tijdelijk terug naar p'pa en m'ma. Gaf ze natuurlijk schande aan haar familie. Algauw kwam Sidney aan de deur in de Bijlmer. Smeken natuurlijk. Kom toch terug, Iris, jij bent toch mijn echte vrouw, jij bent mijn one and only – op die toer dus. O, hij zei het zo mooi, keek zo lief, gaf cadeaus... Ze ging naar hem terug. Maar na een paar maanden begon alles van voor af aan. Gek werd ze ervan! Ze nam een nieuw besluit. Ze moesten Amsterdam uit. In de Bijlmer, de Pijp en Noord stikte het van de losse meiden. Misschien zou het anders worden als ze zouden verhuizen. Was Sidney natuurlijk op tegen. Ik, tussen de kazen op het land, nooit niet! Maar ze zette door. Ze ging op zoek naar een andere baan. Er werden leraressen gevraagd op scholen in Volendam, Purmerend, Weesp. Solliciteren. Kreeg ze telkens brieven terug, tot onze spijt enzovoort.

Toen kwam Hoorn. Advertentie in *Jeugd en Samenleving*. Mooie brief geschreven, twee gesprekken, aangenomen! O, ook Sidney was heel blij, ja, toch wel. Hij vond een heel mooi huis in Kersenboogerd. Zonder gehossel, maar keurig via de gemeente, en dat binnen een maand! Was best dicht bij Amsterdam, hij kon gewoon blijven werken in Sloterdijk. Een half jaar ging het goed. Was 's avonds altijd mooi op tijd thuis. Ging heus nog wel af en toe drinken en voetballen met de jongens in Amsterdam. Maar niet meer dat andere. Toen werd het februari en ging ze mee met de werkweek van havo 4. Zat ik hele avonden te kletsen met jou, Theo. Echt een beetje verliefd op je, heus waar. Raakte er behoorlijk van in de war. Ik, gek op een bakra? Dus, nou ja, ze lette minder op Sidney en wat ie deed hè. Merkte niet meteen dat hij soms weer loog over waar ie was geweest, op zondag, of door de week. Maar toen ze het eenmaal had ontdekt, was ze radeloos. Zaten ze in Hoorn en hield ie nog z'n broek niet aan z'n kont. Moesten ze op de Noordpool gaan wonen soms? Steeds vaker ruzie, urenlang. Eén keer gooide ze een hele pan met rijst naar z'n kop. Schelden dattie deed! Soms ging ze klagen bij haar moeder, die wist ook geen oplossing meer. Kindje, je hebt alles geprobeerd... Ze zei natuurlijk niks tegen haar moeder over dat ze zelf óók een ander... nee. Dat was zonde, ontering. Toch gingen binnenvrouwen die bedrogen werden heus wel vreemd, maar meestal niet met een man hè. Met elkáár! Dat was heel raar: de mannen vonden dat niet eens zo erg, dat hun vrouwen stiekem schuurden met elkaar. Maar met een andere man... de schande! Telkens als ze erbij stilstond, werd ze witheet. Afgelopen dinsdagavond laat was het weer zover. Hij lag in bed, had zijn arm om haar schouders geslagen, en zij rook dat hij weer een meid had gehad. Aan z'n hand, z'n vingers rook ze het. Z'n vingers! En dat zei ze tegen hem: naar poenta ruik je, jij uitloper! Niet eens het fatsoen om je na afloop te wassen. Woestkwaad, allebei. Uit bed gesprongen en de hele tijd schreeuwen tegen elkaar. En opeens gooide ze het er zomaar uit: als je maar weet dat ík ook wel eens met een ander... Eerst keek ie d'r alleen maar stomverbaasd aan. Toen begon ie opnieuw. Wilde gebaren, ijsberen, de theepot naar haar hoofd... En ze had niet eens gezegd dat ze iedere week... ze zei Sidney, hou op, één keertje maar ben ik gegaan met een ander en jij... zo váák! Maakte niet uit. Hij liep schandaal te maken door het hele huis. Tot ie op een gegeven moment bij zinnen kwam en vroeg: met wie eigenlijk? Ken ik hem, ken ik die schoft? Zei ze nee, natuurlijk niet. Hij doorvragen. En opeens zei ie: wáármee dan, toch wel met een nengre, toch niet met een kaas? Ze gaf niet direct antwoord – en Sidney wist het meteen. O, wat een vernedering, mijn vrouw met een witte pier, godver...! En voor het eerst in zes jaar sloeg hij haar. In haar gezicht. En toen haar rug, mars, buik. Ze kon huilen wat ze wilde, hij bleef rammelen. Viel ze achterover tegen het aanrecht. Ze probeerde haar val te breken door zich vast te grijpen aan het handvat van een keukenkastje. Dat ging mis. Sloeg ze keihard met haar pols tegen de scherpe rand van de kast. Gekneusd. Ze gilde het uit. En het was raar, maar toen zij schreeuwde van de pijn, werd hij rustig. Plotseling héél kalm, Sidney. Maar later die nacht begon hij weer van voor af aan te schelden. Dat ze nooit, nóóit meer zo'n streek moest uithalen. O nee, en hijzelf dan? Ruzie, de hele nacht. De volgende dag kon ze echt niet naar school. Sidney ging wél gewoon naar z'n werk. Alsof er niks was gebeurd hupsakee met de trein naar Sloterdijk. Maar zij kon het niet. Om te beginnen haar gezicht. Iedereen zou het zien en er wat van denken. Ze belde Ferweda op, en gebruikte het eerste excuus dat in haar was opgekomen: van de fiets gevallen.

Dwars door het geroezemoes van de overige gasten en de stem van de kelner die luidkeels zijn bestellingen doorgaf aan de keuken, klonk vanachter het buffet telkens het geluid van een deur die dof bonkend in het slot viel, maar Iris leek zich van geen lawaai bewust en maakte de indruk dat zij zich in een ring van stilte bevond. Zij liet haar blik rusten op de tulpen in de glazen karaf op tafel. Met haar duim tikte ze tegen het peper-en-zoutstel dat ernaast stond. Nu zij zojuist het jaren durend overspel van Sidney had gecomprimeerd tot een overzichtelijk verhaal, overdacht zij waarschijnlijk ook andere facetten van haar huwelijk in termen van anekdotiek. Theo, tegenover haar, overwoog om zijn hand op de hare te leggen. Hij vroeg of ze nog iets wilde drinken. Iris knikte en wees naar de koffiekop die zij vervolgens een stukje van zich af schoof. Met half geheven arm en zwaaiende wijsvinger probeerde Theo de aandacht van de kelner te vangen. Met zijn andere hand roffelde hij geluidloos op zijn dijbeen. Nooit had hij stilgestaan bij de mogelijkheid dat die Sidney van haar zijn gerief buiten de deur had gezocht. En dan nog wel zo excessief, bij zovelen... Theo verbeet zich. Waar had hij zich in jezusnaam aan blootgesteld, welke virussen raasden er door zijn lichaam als gevolg van een affaire met iemand die zichzelf had opgezadeld met een volstrekt promiscue echtgenoot, en – het ergste van al – hoe groot was de kans dat hij *Sylvia* ergens mee had besmet, chlamydia, herpes, om maar te zwijgen van het hele erge?

De kelner verscheen aan hun tafel. Theo, plotseling fysiek uitgeput alsof hem inderdaad zojuist zijn doodsuur was aangezegd, plaatste mompelend hun bestelling, twee koffie en voor hem bovendien een jenever met ijs. Het werd op volle sterkte herhaald door de kelner die zich had omgedraaid naar zijn collega achter het buffet. Theo schoof zijn stoel aan. Hij slaagde er niet in om zijn paniekgedachten te onderdrukken, en koortsachtig begon hij met duim en middelvinger onder zijn kaken in zijn hals te wrijven, op zoek naar zijn lymfeklieren. Onvindbaar, goddank. Maar waar zaten die dingen eigenlijk, onder je kaken of bij je strottehoofd? Vermagerd was hij niet, integendeel. Vanonder zijn wenkbrauwen keek hij tersluiks naar Iris. Het was natuurlijk beschamend, zijn zelfzuchtige hypochondrie. Iris had haar schaamte overwonnen en hem ingelicht over het onvermoeibaar vreemdgaan van haar man, en het enige dat hij deed was hysterisch in zijn hals plukken. Dat moest anders.

Alsnog legde Theo zijn hand op de hare.

'Doet het nog pijn?' vroeg hij, en legde een vinger op zijn kaak.

Ze schudde haar hoofd. 'Valt wel mee.'

'En je pols?'

'Ja, die is nog steeds pijnlijk. Kan ook nog wel even duren, het is echt gekneusd. Maar m'n kaak is minder. Dat was gisteren nog een grote gemene bult.' Voorzichtig bevoelde ze de plek, als om de grootte van de zwelling te verifiëren. 'Maar gisteravond dacht ik: die pols kan net zo goed een sportblessure zijn. Zó erg valt het ook weer niet op. En m'n kaak... ik kan toch gewoon zijn gevallen? Nou ja, in ieder geval heeft niemand op school er iets over gezegd.'

Nee, die hadden wel iets anders gehad om over te kletsen, dacht Theo.

'En wat ga je nu doen?' vroeg hij.

Ze haalde haar hand onder de zijne vandaan.

'Weet het niet. Wachten. Misschien verandert er nu iets. Sidney is ook wel geschrokken. Ik zag het vanochtend aan hem. We hebben nog steeds ruzie, we zeggen niks tegen elkaar. Zaten we stommetje te spelen aan het ontbijt, maar hij keek me af en toe wel zo aan dat je kon zien, ja, hij voelt zich schuldig.'

'En dat vind jij...' De kelner serveerde hun de koffie en jenever. Theo gaf een beleefdheidsknikje, en toen de man was verdwenen boog hij in één beweging over tafel naar Iris en zei, luid en fluisterend tegelijk: 'En dat vind jij genoeg. Meneer toont berouw en alles is vergeten en vergeven.'

Daar ging zij niet op in. Zwijgend roerde ze in haar koffie. Theo begreep zijn fout. Kam nooit de echtgenoot van je minnares af, ook al heeft zij zélf zoëven al zijn lage streken opgesomd. Hij vermoedde dat zij ook minder cynische opmerkingen over het gedrag van Sidney zou opvatten als tekenen van bemoeizucht. Maar dat mocht geen reden zijn om af te zien van enig commentaar. Zijn eer was in het geding. Hij had als surrogaat gefungeerd. Nee, niet eens, zij was – en Theo zoog zijn tong tegen zijn gehemelte toen hij dit bedacht – een affaire begonnen bij wijze van echtelijke wraakactie.

'Waarom ga je niet voor een tijdje ergens anders wonen?' stelde hij voor.

Als gestoken rechtte ze haar rug.

'Waar dan?'

'Nou, je bent toch al eens eerder naar je vader en moeder gegaan.'

Ze keek omhoog met een gezicht alsof hij zojuist iets verachtelijks had beweerd.

'Dat kan niet nóg een keer,' zei ze, 'dan geef ik ze schande. Je kunt het je niet voorstellen maar ze kletsen wat af in de Bijlmer. Een groot dorp is het, niks anders. Nee, dat kan ik m'n moeder niet aandoen.'

Het moest niet al te moeilijk zijn om in Hoorn en omstreken een vrije woning te vinden, maar Theo begreep dat zij haar zorg om een onderkomen voorwendde en er eenvoudig niet over piekerde om man en huis te verlaten, ook niet tijdelijk. Hij zag er een nieuwe aanwijzing in dat hun affaire had gediend als bliksemafleider, en zonder zich te bekommeren om de wending in het gesprek zei hij: 'Dus jij dacht bij jezelf, hij een ander, ik ook een ander.'

Iris zuchtte en schudde haar hoofd.

'Ik wíst het, ik wíst dat je dat zou denken. En het is niet waar. Je wéét toch hoe het is gegaan? Toen in Tilburg vond ik je meteen al leuk, en daarna gebeurde het gewoon. Ik kon het niet helpen.'

Die ultrakorte samenvatting van hun kennismaking stemde moedeloos. Gebeurde gewoon. Kon het niet helpen. Theo vond het een bêtise, schokkend in haar nietszeggendheid. Terwijl hij altijd had verondersteld dat zij, hoe vaag ook, iets had herkend in zijn zucht naar pornografische luciditeit of dan toch in ieder geval hun overspel had gewaardeerd in termen van seksuele begeerte, bleek zij er een ideaalbeeld van de romance op na te houden dat nog het meeste weg had van de zwaar omfloerste romantiek van Courths-Mahler en, meer eigenlijk, Barbara Cartland, de vorstinnen in het celebreren van de boezemstuwende roes. Zijn gewoonte om hun dinsdagse vrijage week na week te herleiden tot een samenstel van te analyseren scènes kreeg met terugwerkende kracht iets belachelijks. Ze hadden kennelijk twee verschillende romances beleefd.

Het gevoel van ontluistering moest hem zijn aan te zien, want Iris begon ongemakkelijk enkele plooien uit het tafelkleed te wrijven. Juist toen hij een niet zo vriendelijke opmerking wilde maken, zei ze: 'Trouwens, als ik Sidney jaloers had willen maken met een ander, dan had ik dat toch wel eerder gedaan? Hij ging al vier jaar vreemd hoor, toen ik jou ontmoette.'

Kijk, dat was al heel wat prozaïscher, maar het klonk wel zo aannemelijk.

'Dat weet ik wel,' zei hij, 'maar toch hadden wij hier niet gezeten als jouw man nooit vreemd was gegaan. Denk je ook niet?'

Ze plaatste een hand, de gezonde, onder haar kin.

'Wat kan ik zeggen? Wat er speelde tussen jou en mij heb ik nooit in verband gebracht met Sidney. Punt.'

Met gespannen lippen en krampende tong – hij dronk het zelden – nam Theo een slok jenever. Goedbeschouwd viel er niet met haar te praten. Ze hield hem keurig op afstand met, al naar gelang het haar uitkwam, uit de damesroman geplukte mistigheden of juist een al te nuchtere ontkenning, overduidelijk bedoeld om iedere mogelijke discussie in de kiem te smoren. Met Sylvia zou hij zich al bij meningsverschillen van veel minder belang hebben toegelegd op het uit en te na analyseren van elkaars standpunten. Iris daarentegen volstond met een simpele tweedeling van haar affecties, en dat was dat. Punt. Het kon niet anders of haar houding stemde ook hém nuchter en zakelijk, en hij vroeg: 'Hoe doen we dat voortaan op school? Moeten we elkaar vanaf nu ontlopen?'

Daar had zij al over nagedacht. Nee, ze hoefden elkaar heus niet uit de weg te gaan, dat zou juist een averechts effect hebben en enorm in de gaten lopen. Maar wél: gepaste afstand houden, in pauzes en na de lessen. Een gulden middenweg van collegiale hartelijkheid, zoiets. Wanneer beiden zich niet krampachtig gedroegen, zou men het gebeurde snel vergeten, al bleef het natuurlijk beschamend om hun collega's onder ogen te komen.

Met alles wat ze zei was Theo het eens, zij het dat zijn instemming hoofdzakelijk werd ingegeven door een luie onwil om haar tegen te spreken. Op de cadans van haar woorden dwaalden zijn gedachten af, en juist toen hij opnieuw begon te malen – bloedtest, naar de dokter? – tikte Iris met een nagel op de rug van zijn hand en zei: 'Wat zit je nou de hele tijd met je tong te wroeten?'

Automatisch bracht hij een hand naar zijn wang.

'O, dat. Vulling verloren vanochtend. Ik at een broodje en pats, m'n vulling viel eruit.'

Daar wilde zij alles van weten – natuurlijk uit behoefte om van onderwerp te veranderen. Toegeeflijk vertelde Theo haar over de toedracht. Tegen het einde haakte hij een vinger in zijn mond, boog over tafel en zei: 'Hier, linksonder. Kun je het zien?' Doordat hij zijn mondhoek opzij had getrokken, klonk er een donker gebrom door in zijn stem. Iris leunde op tafel, kneep haar ogen samen en probeerde de gehavende kies te ontdekken, totdat zij besefte dat zij een merkwaardige aanblik moesten bieden. Ze bewoog op haar stoel en legde haar handen op de armleuningen.

‘Ja hoor eens Theo, ik ga hier natuurlijk niet een beetje in je *mond* zitten kijken.’

Beiden dronken hun koffie op, Theo licht blozend en Iris als een schoolkind met twee handen om de koffiekop. Ze zwegen een poosje, en toen Theo zijn stoel naar achter schoof, vatte zij dat op als een teken om te vertrekken.

‘Gaan?’ vroeg ze, en zonder een antwoord af te wachten stond ze op en pakte haar jasje van de stoelleuning.

Hij liep naar het buffet om af te rekenen. Iris was alvast naar buiten gegaan. Wachtend op de kelner keek Theo door de met hoge vitrage bespannen ramen en zag hoe zij heen en weer liep over de halflege parkeerplaats. Hij betaalde de kelner en gaf een bescheiden fooi. In de deuropening hield hij opnieuw even stil om naar Iris te kijken. Ze was opgehouden met ijsberen en stond nu met haar rug naar de ingang. Theo kende niemand die met zo’n onnadrukkelijke souplesse een kaarsrechte houding kon aannemen, met een rug om van nek tot kont een liniaal langs te leggen en haar schouders altijd strak naar achter. Zij had zojuist haar zwarte haar opgebonden tot een knot die zich, als omlijnd door een gradenboog, in een perfecte halve cirkel aftekende tegen het blauwdoorschoten wit van de wolkenlucht. In het licht van de middagzon kreeg haar huid de matte glans van salmiakdrop. Theo sloot de deur achter zich, en eenmaal naast haar weerstond hij de neiging een arm om haar middel te leggen. In plaats daarvan raakte hij kort haar schouder aan, en in een opwelling zei hij: ‘Waarom gaan wij hier niet gewoon weg, ik bedoel, weg uit Noord-Holland, jij en ik?’

Verbouwereerd draaide zij zich naar hem toe. Ze wilde iets zeggen, maar Theo was haar voor.

‘Luister, we zeggen gewoon allebei die rotbaan op. Gaan we ergens in Gelderland of Overijssel wonen. Kopen samen een huis, zoeken nieuw werk, ánder werk, niet meer voor de klas. Waarom doen we dat niet? Iris?’

Het was niet alleen ongeloof en verbazing, er school ook iets van deernis en vertedering in de manier waarop ze hem aanstaarde.

‘Meen je dat nou?’ vroeg ze. ‘Wil je dat echt?’

Natuurlijk wilde hij dat niet. Verhuizen, Sylvia verlaten, ander leven, nieuwe vrouw – bij de gedachte alleen al wrong zijn maag zich in een kille knoop. Maar om de een of andere reden beschouwde hij het als zijn plicht haar dit voor te stellen. Iris herhaalde haar vraag, en omdat het geen pas gaf om zijn verzuchting onmiddellijk te herroepen, zei hij met een lach: 'Het is toch een fantastisch idee?'

Zij raakte zijn hand aan.

'Theo, ik hou van Sidney.'

Haar toon: de lerares, verwonderd dat de beste leerling van de klas iets niet had begrepen. Beschaamd trok Theo zijn hand terug. Ongetwijfeld was hij zich doodgeschrokken indien zij hem jubelend om de hals was gevlogen, maar déze reactie was wel wat al te pover. Wat nou, ik hou van Sidney? Eerst je echtgenoot afkraken en vervolgens doodleuk beweren dat je van hem houdt? Alleen vrouwen waren in staat tot een dergelijke solidariteit. En dan te bedenken dat hij haar had beschouwd als een rolmodel voor de vrije, onafhankelijke zwarte vrouw. Als het erop aankwam was ze zo ongeëmancipeerd als een veldzeug, dat was wel duidelijk.

'Jij houdt toch ook van jouw vrouw?' vroeg Iris. Beiden hadden altijd zoveel mogelijk vermeden om elkaars echtgenoot bij de naam te noemen, wat Theo betrof uit de niet bepaald heldhaftige wensgedachte dat de overtreding van het vreemdgaan erdoor zou worden verzacht.

Toen het stil bleef, zei Iris: 'Ik vind trouwens helemaal niet dat ik een rotbaan heb.'

Ook daar gaf hij geen antwoord op. Zonder verder nog iets te zeggen liepen ze naast elkaar over het grasveld naar hun auto's. Aan de overkant van de straat, op de hoek van de rij huizen in aanbouw, gaapte een jongen in een rolstoel hen aan met een gezicht alsof zij verboden terrein betraden. Was natuurlijk toevallig een vriend van een neef van een buurjongen van iemand die hij in de klas had, bedacht Theo. Hé jongens, ik zag Pompier en de Neus het Bastion uitkomen! Toen zij de straat overstaken, plaatste de jongen zijn handen op de achterwielen en maakte vloeiend een halve draai met de stoel, waarbij de kleine voorwielen voor een moment van de grond kwamen.

Iris had haar autosleutels te voorschijn gehaald. Theo leunde tegen de motorkap van haar Volvo.

'Afscheidskus?' vroeg hij.

Glimlachend keek ze hem vanuit haar ooghoeken aan, met diva-achtige wimpers waar ze even mee knipperde toen ze zei: 'Maar niet doen hè.'

Die luchthartigheid vond Theo aanmatigend. Zo besloot je geen verhouding van veertien maanden. En haar bekentenis in het restaurant dat zij in het begin van hun affaire willoos was geweest en dat het haar allemaal was overkomen, werd er ook niet bepaald geloofwaardiger op nu het *einde* ervan haar geen zichtbare moeite leek te kosten. Hij moest en zou een teken van ontroering bij haar losweken, hoe vaag en zijdelings ook. Het minste dat hij verdiende was dan toch het comfort van een zoete herinnering.

'Ik zal je missen,' probeerde hij.

'Theo, toe.'

'O. Mag ik dat soms niet zeggen?'

'Ja natuurlijk wel. Maar...'

'Zul je míj eigenlijk missen?'

Stilte. Dwingende oogopslag van Theo. Iris keek de andere kant op.

Hij zei: 'Ik vroeg je wat.'

Nu klonk híj alsof hij voor de klas stond, klaar voor een kleine machtsstrijd met de een of andere hufter. Maar het maakte geen indruk, Iris slaakte een zwaar aangezette zucht, en op een toon alsof hij ongevraagd en opdringerig aan haar had gezeten, zei ze: 'Nu ophouden, Theo.' Ze gaf hem een kuise kus op zijn mond, aaide met de rug van haar hand over zijn wang, liep vervolgens om haar auto heen en stapte in.

Toen ze de motor startte, maakte de Volvo een achterwaarts schokje, zodat haar bumper zacht de zijne raakte. Theo, inmiddels ook achter het stuur, legde instinctief zijn hand op de claxon. Met een ruk draaide zij zich om en hief verontschuldigend haar armen. Zijns ondanks schoot Theo in de lach. Even hield Iris bevreemd haar hoofd schuin. Toen moest ook zij lachen, en zo bleven zij elkaar aankijken, totdat Iris zich weer naar haar stuur toe keerde, juist op het moment dat Theo zijn hand naar zijn mond had gebracht om haar een kushand toe te werpen. Beschaamd drukte hij zijn vingers steviger tegen zijn lippen, om zich te behoeden voor de impuls die hem onmiddellijk potsierlijk toescheen nu zij niet meer naar hem keek. Zo, met de hand voor zijn mond in een vrouwelijk gebaar dat op een toeschouwer waarschijnlijk een indruk van verstomde ontzetting zou hebben gemaakt, keek hij haar na.

Hij reed pas weg nadat zij uit het zicht was verdwenen.

Achttien

Op weg naar huis voelde Theo alle sentimentaliteit op slag verdwijnen. Hij was te inschikkelijk geweest, op het serviele af. Het beviel hem niet dat Iris zijn verontwaardiging over het gedrag in 3F in twijfel had getrokken, louter omdat hij 'geen idee had waarover hij praatte', zoals ze hem had toegebeten. In vergelijking met haar onprettige ervaringen hadden de voorvallen in zijn klas inderdaad maar weinig om het lijf. Maar verloor zijn afstraffing van Wouter Nijman daarom alle geldigheid? Protesten tegen crypto-racisme van mensen die er niet de kleur naar hadden om het zelf te ondervinden, waren volgens Iris blijkbaar niet geloofwaardig. Het was maar goed dat hij dáár niet tegenin was gegaan. Tegen iemand die op voorhand koos voor raciale boven rationele loyaliteit viel nu eenmaal weinig te beginnen. En dan die man van haar... Dat hij nooit aan overspel van Sydney had gedacht! Vier, vijf jaar geleden had Theo op televisie een documentaire gezien over polygamie onder creolen, maar pas nu Iris hem verteld had over haar huwelijksproblemen, had hij zich het programma herinnerd. Een groep zwarte mannen zat keurig gekapt en gekleed in een halve kring bijeen in een decor als van een kinderprogramma. Het gesprek werd geleid door een traag pratende journaliste die bij het stellen van iedere vraag met haar papieren ritselde in de poging een neutrale toon aan te slaan. Met een glazige uitdrukking op haar gezicht luisterde zij naar de allesbehalve neutrale verhalen van de mannen over hun cultuur van binnen- en buitenvrouwen. Ze vertelden aarzelend en omzichtig en lieten soms stiltes vallen, maar als er één aan het woord was, glommen de ogen van de anderen die zich vermoedelijk verkneukelden bij de gedachte aan de onvermijdelijke verontwaardiging van de gemiddelde Nederlander, terwijl iedere blanke man natuurlijk in het geniep jaloers zou zijn op die misschien niet algemeen gepraktizeerde maar dan toch respectabele traditie van openlijke veelwijverij – dat hebben jullie toch maar niet, jullie witte doetjes. Iris had het wel eens laten doorschemeren: zwarte mannen beschouwden zich doorgaans seksueel superieur aan blanke mannen. Die waren immers zijig, truttig en traag, zeker nu ze ook nog eens zo stom waren geweest om tegemoet te komen aan de onnatuurlijke en onterende eisen van emancipatie.

Uit het begin van zijn studententijd herinnerde Theo zich een aantal zaterdagavonden waarop hij met een groep studievrienden een discotheek aan de Lijnbaansgracht had bezocht. Na de derde keer hadden ze een aantal vaste bezoekers weten te onderscheiden, zwarte jongens die tegen sluitingstijd iedere keer met een nieuwe verovering de zaak verlieten, meestal negermeisjes met in hun haar een naar kokos geurende gel, maar minstens zo vaak waren het zwaar opgemaakte en hoogblonde kipjes in katoenen minirokken en zwartleren jacks die dan glunderend aan de arm van die Antilliaanse en creoolse binken hingen en zich in hoog tempo dronken lieten voeren, waarna hun chaperons hen midden in de disco begonnen te beknijpen en betasten met een geroutineerde interesse die bij hen, softe studentjes, het schaamrood naar de kaken had gejaagd. Intussen natuurlijk niets dan jaloezie op de negers in de disco... Terwijl *jij* na lang aarzelen een op voorhand hopeloos gesprek begon met een meisje, deden *zij* waar jij van droomde: versieren, snel, efficiënt, zonder scrupules en altijd met succes. Eén jongen uit hun groep, Ed Ranzijn, was met het verhaal gekomen dat die daadkrachtig opererende *blacks* allemaal al achter in de twintig waren en vrouw en kinderen thuis hadden zitten; hij had het zelf van één van hen gehoord. Niemand uit hun groepje geloofde dat natuurlijk, maar Ed hield voet bij stuk. Een keer had zo'n gast hem zijn portefeuille laten zien, met achter het plastic voor de creditcards een bult van pasfoto's die de trotse eigenaar breed grijnzend te voorschijn had gehaald. Onder aan de stapel, na de vele foto's van de chickjes, doosjes, vampjes, of hoe ze die meiden ook noemden, was een beduimelde en verkleurde pasfoto te voorschijn gekomen van die ene muurbloem met plakhaar, dubbele kin en hazetanden. Had Ed beleefd gevraagd, 'is dat soms een nichtje van je, Raymond?' Nee dus. 'Raymond' had grijnzend geantwoord dat dát nou de 'echte' was, de binnenvrouw die het huis aan kant hield en bij wie hij de kindertjes had gefokt. Ook dat had niemand van hun groep geloofd, Theo nog wel het minst. Ed had de anekdote waarschijnlijk uit een of andere sensatieroman geplukt en vervolgens van buiten geleerd. Maar nu hij wist wat hij wist, vermoedde Theo dat Ed Ranzijn destijds geen spat had verzonnen. Misschien had ook Sidney destijds rondgehangen in die discotheek aan de Lijnbaansgracht en hadden hun blikken elkaar ooit gekruist, Sidney met ongetwijfeld een arrogant smoelwerk, en hijzelf met schichtige ogen vanwege het vermoeden dat de ander hem had ingeschat als een toonbeeld van sulligheid en slapte.

Hoe had ze het daarstraks gezegd, Iris? Gemiddeld zo'n vier escapades per jaar voor Sidney. Iris was vijf jaar met hem getrouwd, dus had hij zo'n twintig scharrels afgewerkt tijdens hun huwelijk. Hoeveel keer zou hij het met elk van die meiden hebben gedaan? Theo besloot tot een gemiddelde van twintig keer per minnares. Dat betekende vierhonderd buitenechtelijke nummertjes voor Sidney, en met een kans van, zeg, één op honderd op infectie was dat een aanzienlijke risicofactor, voor Iris, voor hém, voor Syl... Theo kon het niet helpen, er schoten hem meer van deze provisorische kansberekeningen door het hoofd, want nauwelijks had hij Hoorn verlaten, of de angst voor ziekte en besmetting was hem opnieuw om het hart geslagen.

Het was drie uur geweest, hij had zoals altijd de weg terug via Heerhugowaard genomen, de wolkenlucht was weggedreven, midden in het strakke blauw scheen nu de zon vol op de voorruit van zijn Toyota, op het dashboard blikkerden twee verbogen paperclips in een streep scherp zonlicht, en Theo keek met heen en weer schietende ogen van wegdek naar dashboard en weer terug, gepijnigd door telkens dezelfde zin die door zijn hoofd trok, die gruwelijk educatieve en theoretisch onweerlegbare slagzin over het virus dat 'geen onderscheid maakt tussen ras, sekse, leeftijd en seksuele voorkeur'; de zin wilde niet wijken, bleef bonzend zijn slapen beheersen met dezelfde regelmaat als waarmee achter hem op de hoedenplank een lege brillenkoker ritselend heen en weer schoof en telkens met een tik tegen de achterruit aan kwam wanneer hij van snelheid of richting veranderde...

Hij probeerde zijn gedachten te verzetten en kalmeerde pas bij de herinnering aan de eerste weken van Iris' aanstelling, nu bijna twee jaar geleden; aan de schaarse momenten waarop hij in contact met haar had weten te komen, tussen de lessen, op sportdagen en klasseavonden, en natuurlijk die ene, allesbepalende keer in de gymzaal, bij het nabezorgen van een met stickers beplakt etui waarin een kleine pomp en twee strips Ventolinpillen zaten, toebehorend aan een brugklasser met lichte astma die de medicamenten het voorafgaande uur per ongeluk in zijn klas had laten liggen. Hij dat kind dus achterna. De brugklas heeft gym dat uur, hij heeft het zojuist opgezocht op het lesrooster. Gym van Iris Pompier. Hij haast zich door de gangen, bereikt de gymzaal via de jongenskleedkamer, klopt zacht op de deur naar de zaal, er komt geen antwoord, aarzelend doet hij de deur open – en daar staat ze, met haar rug naar hem toe, te midden van de twaalf- en dertienjarigen met hun broze benen onder de kleurrijke gympakken. Ze hebben een houten hoepel in handen die zij in navolging van juf Pompier boven hun hoofd houden. Met luide stem, schelraspend, warmhees, geeft zij haar instructies, 'en *strek* je armen en *buig* opzij', en Theo voelt zich wankel op de benen worden door haar dictie, op het eerste gehoor net zo dwingend en despotisch als hij het zich herinnert van de gymleraren uit zijn schooltijd, zij het dat bij haar iets feestelijks doorklinkt in het strakke ritme van haar zinnen. De kinderen zwaaien en draaien met de hoepels, niemand schijnt hem op te merken zoals hij daar in vervoering in de deuropening staat. Dan legt Iris de hoepel naast zich op de grond en beëindigt zij de oefening door driemaal in haar handen te klappen. Twee meisjes hebben hem dan toch gezien en wijzen naar hem. Iris draait zich om en kijkt hem vragend en vriendelijk aan. Theo, nog steeds ten prooi aan zalige verdwazing, houdt suffig het etui omhoog. Het kind in kwestie komt met dribbelsnelle x-benen op hem toegelopen en pakt het etui van hem aan. Iris hervat de oefeningen zonder dat ze de klas tot de orde hoeft te roepen, en voordat Theo de deur sluit, vergaapt hij zich een laatste moment aan haar rechte rug, haar hoge sportschoenen, haar gitzwarte vlecht die met schokjes heen en weer beweegt op de capuchon van haar sportshirt, haar joggingbroek waarvan de pijpen bij de enkels bijeengebonden zijn met klitteband... Over de gangen zweeft hij terug naar zijn lokaal en staat de rest van de dag voor de klas met een floers van roezige ontroering, Theo de schroomvallige, Theo de nurkse mompelaar die met zijn cynische opmerkingen slechts in de smaak valt bij de hoogste klassen, terwijl de jongsten onder elkaar de spot met hem drijven – moet je kijken hoe maf ie daar achter z'n bureau zit, met zijn stomme lange kop en zijn aardappelgok zo groot dat je er een partij op kan tennissen, zie je dat, hij beweegt zelfs die joekels van neusvleugels, alsof ie onheil of misschien juist iets heel lekkers ruikt, jongens pas op, miereneter Altena in aantocht, berg je voor de Neus! Alle hoon van die dag was langs hem heen gegaan, half verdoofd had Theo zijn lessen afgedraaid, af en toe inderdaad onwillekeurig zijn neusvleugels verwijdend, gegrepen door de geuren van de gymzaal die hij mee naar zijn klas leek te hebben genomen. O, de rubbergeur van het groene linoleum, het leer van bok en paard en de basketballen in de voorraadkast, de kunststof van de lange mat die, eenmaal uitgerold, een mengsel van mottenballen, ongewassen haar en plastic door de zaal verspreidde, en door alles heen het licht verslavende parfum van het magnesiumpoeder, als stuifmeel vervliegend in de zaal en in korrels samenklonterend in de lijnen van je handpalmen wanneer je die ermee had ingewreven alvorens in de touwen te klimmen of te beginnen aan een vogelnestje of een handstand in de ringen... Tot dan toe had hij die geuren altijd geassocieerd met de eeuwigdurende gymlessen uit zijn jeugd, maar sinds de ochtend dat hij zich aan Iris had vergaapt, zouden ze voortaan onlosmakelijk verbonden blijven met haar verschijning, en ook toen hun affaire inmiddels al maanden duurde, bleek zich op iedere dinsdagmiddag bij haar thuis wel een moment voor te doen waarop Theo heel even een vleugje 'gymzaal' aan haar lichaam meende te ontdekken, ook al rook zij in werkelijkheid heel anders, naar notenolie en bedauwde bosgrond. Haar lichaamsgeur was charmant en opwindend, zeker, maar het waren de geuren van de gymzaal die hem in de loop van hun affaire de meest intense herbelevingen zouden bezorgen van de gedeelde uren op de dinsdag, en als het weekend of vakantie was en hij haar miste, hoefde Theo zich slechts de chemische geur voor de geest te halen van de lak op het hout van de lange, lage banken tegen de wanden van de zaal, of er ontstond een tuimeling van scènes tijdens welke hij Iris bekeek vanuit gezichtspunten die hij feitelijk nooit had ingenomen maar die hij zich zó scherp voor ogen kon toveren dat het was alsof hij zichzelf tijdens hun vrijages van een afstand had geobserveerd, louter ten behoeve van een toekomstige herinnering.

Soms overkwam hem het tegenovergestelde en ving hij onvoorbereid een geur op die in de verte wel iets weg had van de gymzaalbloesem. Zo kon hij door proper ruikende sportartikelen in een warenhuis worden teruggekatapulteerd naar een reeks van kil-obscene scènes die hij op de dinsdagmiddag met Iris had volvoerd. Maar of hij de geuren nu najoeg of dat ze zich onverwacht aan hem opdrongen, de effecten waren altijd overweldigend. Zelfs door een klas die een uur tevoren gymles had gehad ontviel hij soms aan plaats en tijd. Na het gymmen was het verplicht douchen voor de kinderen, zodat het uur erna een frisse wind van zeep, shampoo en natte haren door zijn klaslokaal ging, met als onvermijdelijk bijverschijnsel de bekende kleedkamerstank van vuile sokken, muffe shirts en te lang gedragen spijkerbroeken. Je moest natuurlijk oppassen dat je het niet overdreef. Zo was hij wel eens aan het eind van een schooldag, wanneer het gebouw vrijwel verlaten was en er alleen nog nablijvers en schoonmaaksters door de gangen liepen, één van de drie gymzalen in geglipt om zijn olfactorisch geheugen op te frissen. Dat was... nou ja, merkwaardig, hij wist het. Soms ging hij echt te ver en helde zijn fixatie over naar perversie. Thuis de grenenhouten keukenkastjes besnuffelen bijvoorbeeld, in de verwachting er de houtgeur van de stokken en de hoepels en de kegels in terug te vinden. Of laat op de avond in de badkamer het deksel van de wasmand lichten om na te gaan of hun vuile was net zo zurig, ziltig rook als op dinsdag het sporttenue van Iris nadat zij er een ochtend lang in had lesgegeven...

Opnieuw dwong Theo zich tot andere gedachten. Gespannen als een veer zat hij achter het stuur. Ze hadden anders, beter, mooier uit elkaar moeten gaan, vanmiddag. Je kon moeilijk beweren dat Iris volwaardig afscheid van hem had genomen. Zij had zich van hem ontdaan, zoals een natgeregende hond de druppels uit zijn vacht schudt. Theo verbeet zich. Met zijn rechterhand reikte hij naar de knoppen van de autoradio, liet de zoektoets langs diverse kanalen gaan en vond het 24-uursstation met hits uit de jaren zeventig. Hij zong mee met het eerste het beste nummer, hard, vals, uit de maat en een halve octaaf te laag. Het zijraam stond half open, de speakers dreunden op het maximum, en Theo voelde een aangenaam toenemende druk op zijn slapen. Zó luid zong hij dat automobilisten die hij passeerde hem van opzij beloerden. Eén tikte zich woest roffelend op het voorhoofd, zoals hij dat zelf ook wel deed wanneer iemand hem al te bruusk inhaalde. Ter hoogte van Sint Pancras was het voorbij. Het nummer was afgelopen en Theo had een rauwe keel. Hij wisselde van kanaal en luisterde naar het nieuws van half vier zonder dat de berichten hem bereikten. Hij maakte een o met zijn lippen en probeerde een geeuw te forceren. Heel hard zingen luchtte op; wat hij zoëven had gedaan, was misschien wel een vorm van hoger huilen.

Thuis bleek Sylvia de stad in, ze had op tafel een briefje achtergelaten. Ernaast lag een aflegmap met stencils: de handleiding voor de beveiligingsinstallatie. Theo liet zich ontmoedigen door de schema's en tekeningen van de apparatuur. In een hoek van de open keuken was vlak onder het plafond een detector bevestigd. Het was een wit, rechthoekig doosje met in het midden een klein venster van matglas waarachter twee zwarte bollen schemerden die hem deden denken aan de spoelen van een cassetterecorder. De handleiding vermeldde zeven van deze detectoren. In hal en bijkeuken ontdekte Theo er twee, en ja, boven hingen ze ook, de man van Beco had geen theater opgevoerd.

Theo doorkruiste de kamers als een museumbezoeker in eigen huis, met de handleiding als educatieve gids. Er moesten ook ergens een combinatiezender en een telefoonalarm zijn geplaatst. Hij vond ze in de meterkast. De twee apparaten waren met elkaar verbonden door een wirwar van dunne, platte draden. Aan de achterwand van de kast was een zwarte sirene ter grootte van een telefoonhoorn bevestigd. Met een gelijke mate van respect en afkeer bestudeerde Theo de apparatuur. Nu was het dus de bedoeling dat hij zich veilig en beschermd voelde. Eerder bekroop hem het ongemakkelijk gevoel dat hem de heerschappij over zijn huis was ontnomen door een gesloten circuit waarvan hij wel de werking maar niet de bediening begreep, ook al las hij de instructies aandachtig door. En hij lachte hardop toen hij op de laatste pagina van de handleiding stuitte op de vermelding van een zwaailicht, 'buitenshuis te bevestigen, bij voorkeur bij de hoofdingang'. Via bijkeuken en garage liep hij de voortuin in. Het was waar, boven de voordeur was een zwaailicht aangebracht. Het was geen gezicht. De hele voorgevel kreeg er iets belachelijks door, alsof hij in een dorpskazerne of een grutterswinkel woonde. Toen hij op zijn tenen ging staan om te inspecteren hoe de bedrading naar binnen was geleid, hoorde hij achter zich zeggen: 'Fantastisch hè?'

Betrapt, zonder te weten waarop, draaide Theo zich om. Bij het tuinhek stond mevrouw Does, fiets aan de hand. Ze straalde.

'Ze hebben het in één dag aangelegd, ook bij ons,' zei ze, en wees naar het zwaailicht. 'Uw vrouw had me gisteren al verteld dat zij meteen zou bellen voor een beveiliging. Nou, wij ook hoor. En morgen komen ze langs bij dat gescheiden vrouwtje van hiertegenover. Dat mens heeft de schrik ook flink te pakken. Wat wil je, met twee kleine kinderen in huis.'

De glunder van mevrouw Does kon maar één ding betekenen, en dus vroeg Theo: 'Nog iets gehoord van de politie?'

Nu brak er vanachter het beige van haar foundation pas werkelijk grote vreugde door.

'U zult het niet geloven maar ze hebben alles teruggevonden. Alles!'

‘Echt waar?’ Theo vroeg het met enig enthousiasme; haar stemming sloeg zowaar op hem over.

‘De politie belde vanochtend vroeg op met het goeie nieuws. M’n man gelijk naar het bureau, hè. Een schitterend toeval, zeiden de agenten daar. Hun collega’s in Purmerend hebben vannacht een inval gedaan in, nou ja, hoe heet zo’n huis.’

‘Een drugspand?’ gokte Theo.

‘Ja, precies. En wat ze daar aantroffen, die agenten, nounounou...’ Mevrouw Does schudde haar hoofd en sloeg haar hand voor haar mond alsof het politiekorps van Purmerend haar er hoogstpersoonlijk had rondgeleid. ‘Het stond mudjevol gestolen goederen. Tot de badkamer aan toe. Televisies, autoradio’s, computers, alles. En weet u wat het mooie is? Ze deden alleen maar een inval vanwege drugs en asielzoekers. Of illegalen, daar wil ik van af wezen. Hoe vindt u dat?’

Ja, hoe vond hij dat.

‘Gefeliciteerd,’ zei hij, ‘wat een geluk.’

‘Zeg dat wel. Op het bureau zeiden ze het ook al tegen m’n man, ze zeiden meneer Does, zeiden ze, u heeft enorm geboft want de kans dat gestolen goed wordt teruggevonden is tegenwoordig minimaal. Mi-ni-maal. Ongelooflijk toch, hè? Dat jat en steelt en doet maar en het komt nooit meer boven water.’

‘Behalve deze ene keer dan,’ zei Theo, wiens enthousiasme al weer flink was afgezwakt. Hij vermoedde dat het gesprek een hem inmiddels bekende richting op zou gaan.

Mevrouw Does keek plotseling achterdochtig. Ze legde twee vingers op haar kin.

‘Dat was u toch, vanochtend op de parkeerplaats hierachter? Het leek wel of u op de uitkijk stond.’

Alsnog betrapt. Mevrouw Does was er de persoon wel naar om vanachter de vitrage halve dagen de straat af te gluren. Theo probeerde een zo laconiek mogelijke glimlach.

‘Ik controleerde of je de detectors van buiten kon zien,’ zei hij.

‘O, juist ja,’ antwoordde mevrouw Does, die daar zichtbaar geen zier van geloofde. Het mens mocht denken wat ze wilde, vond Theo, maar helaas bestond er een kans dat zij Sylvia zou aanschieten. Ach gut, ik zag uw man de hele ochtend op het parkeerterrein staan. Stond de beveiliging te controleren, zei hij zelf. Syl, natuurlijk toch al verbaasd dat hij op dat uur niet gewoon op school was geweest, zou denken dat hij gek was geworden.

Met te veel woorden probeerde Theo een smoes; hij zei dat de apparatuur van buiten niet te zien mocht zijn, omdat inbrekers er dan niet door zouden worden verrast.

'En het zwaailicht dan?' zei mevrouw Does droogjes. 'Het is de bedoeling dat alles juist wél zichtbaar is. Zo'n zwaailicht is een prima afschrikking.'

Dat wist hij zelf natuurlijk ook wel, maar voordat hij kon antwoorden, greep mevrouw Does terug op de opgeloste inbraak.

'Je mag het niet zeggen, maar het waren tóch weer de bruinen, hè. Of nou ja, buitenlanders in ieder geval. Het is toch godgeklaagd. Nou, ik had het wel geweten. Grenzen dicht, geen gezinshereniging meer, rijksgenoten alleen maar binnen als ze kunnen aantonen dat ze keurig van maandag tot vrijdag bij een baas werken, en alle illegalen op het vliegtuig met een enkele reis vaderland. Moet je eens zien hoe snel ons land er weer bovenop is.'

Ze deed het anders dan pa Houtman op dinsdagavond, merkte Theo. Mevrouw Does had iets triomfantelijks en uitdagends in haar blik. Opnieuw forceerde hij een glimlach. Vooral niet tegenspreken, dat had hij inmiddels wel geleerd. Met open hand maakte hij een klein gebaar en zei: 'Tja. Het is niet anders, mevrouw Does.'

Daar wilde hij het graag bij laten. Hij gaf nog een beleefde hoofdknik en trok toen de garagedeur omhoog.

Binnen legde Theo de handleiding terug op tafel. Buurvrouw, schoonvader, leerlingen, het was alsof ze het erom deden. Zijn nieuwbakken sensibiliteit was hem op het voorhoofd getatoeëerd, hij hoefde maar één stap buiten de deur te zetten of er kwamen zekere opmerkingen in zijn richting gezeild. Hij moest ervan af, van zijn odium van heilige verontwaardiging, nog even en hij was een doelwit voor alle xenofoben die in hem de ideale hypocriet zagen tegen wie ze fijn tekeer konden gaan omdat hij in hun ogen ten prooi was aan dezelfde ressentimenten maar alleen het lef niet had om ervoor uit te komen. Voortaan zou hij zijn mond houden, in de klas, op straat, bij zijn schoonfamilie. Wat schoot hij op met tegenspraak en discussie? Het was niets dan onnodige ergernis, verspilde energie. Bovendien was zijn morele verontwaardiging door en door provinciaals. Hij had lang genoeg in Amsterdam gestudeerd om te weten dat men in de randstad geklets als van mevrouw Does beschouwde als een alledaagse futiliteit. In de grote steden ging de ijver waarmee men integreerde en discrimineerde zo'n beetje gelijk op. In zijn studententijd had hij in Amsterdam de racistische beledigingen en scheldwoorden regelmatig over en weer horen vliegen, en tegelijkertijd was het er sinds jaren de gewoonste zaak van de wereld wanneer, om maar iets te noemen, in de tram een zwarte man hevig tongzoende met een blond meisje.

Aan de hand van zo'n laatste voorbeeld hielden de onverbeterlijke optimisten vol dat het goed ging met de integratie. Dan kreeg je te horen dat het percentage gemengde huwelijken ieder jaar toenam, dat allochtonen steeds vaker representatieve functies kregen in de politiek, de media en het bedrijfsleven, en dat een groeiend aantal scholen met succes het onderwijs aanpaste aan de veelheid van nationaliteiten onder hun leerlingen. Dat mocht allemaal zo zijn, maar de tegenreacties die deze ontwikkelingen opriepen werden goeddeels genegeerd. Want het grootste misverstand was wel dat vreemdelingenhaat vooral in de hand werd gewerkt door armoede onder etnische minderheden en verpaupering van oude stadswijken. Succes en welstand zorgden voor minstens zoveel, zo niet méér weerstand. Er was één ding dat bij de mevrouw Doezen in dit land meer ergernis opwekte dan een morsig en verwaarloosd Turks koffiehuis, en dat was een poenig en florerend Turks koffiehuis. Vier jonge Marokkanen die in een ouwe brik door de straten jakkerden, vond men hinderlijk en irritant; gleden ze geruisloos voorbij in een gloednieuwe vierdeurs BMW, dan was dat om pas écht razend van te worden – want waar déden ze het van, van onze belastingcenten, nietwaar?

Een kind kon voorspellen dat het allemaal nog veel grimmiger zou worden. Extreem-rechts schoof aan in het parlement. In disco's in provinciesteden speelden zich racistische vechtpartijen af. Buurtbewoners vernielden lege flatwoningen die dreigden te worden toegewezen aan allochtonen. Turkse gezinnen in Brabantse nieuwbouwwijken ontvingen *hate-mail.* Scholieren lieten in enquêtes doodleuk weten dat ze 'begrip' hadden voor geweld tegen buitenlanders. En de politiek maar zalvend zwammen over 'incidenten', terwijl de eerste de beste koekenbakker je kon vertellen dat de borreltafeldictatuur onstuitbaar oprukte. En voor het oog van de wereld predikten we de tolerantie waar we onder elkaar steeds openlijker lak aan hadden. Dezelfde dubbelhartigheid kleefde aan de explosie van goede doelen. Jarenlang had Theo uit plichtsbesef zijn bescheiden bedragen gestort op een batterij gironummers. Maar het ging met steeds meer tegenzin nu slangachtige showmasters en hun superieuren zich definitief meester hadden gemaakt van alle mogelijke inzamelingsacties. Het folkloristisch klap- en kijkvee stortte gedwee op gironummer zus en zo, als er maar wél een auto of een inbouwkeuken mee viel te winnen. De biecht was voorgoed vervangen door de periodieke aflaat van het Goede Doel. En waar waren de zogenaamd geëngageerde kunstenaars en intellectuelen? Nu het wérkelijk nodig was om de burger een geweten te schoppen, legde de culturele voorhoede zich toe op slappe *camp* en postmoderne ironie. Het zou wel te maken hebben met gewenning. De Turk klaagde, en de Nederlander geeuwde. Theo had zijn besluit genomen: hij deed niet meer mee. Niet dat hij vroeger ooit te hoop was gelopen tegen onrecht en misstanden. Hij had het heus wel gewild maar niet gedurfd. Eén stap in een protestdemonstratie en hij lag in een fobische kramp op het asfalt naar adem te snakken, kon híj daar wat aan doen? Hij was eenvoudig niet geschikt voor actief engagement. Hoogstens was hij een expert in weerzin en eenkennigheid, al hield hij graag theorie en praktijk gescheiden en gold zijn walging de mensensóórt en niet zijn medemens. Hij gaf geen stuiver voor 'la condition humaine' maar hield altijd de deur open voor een ander en zou iedereen de straat over helpen die hem daarom vroeg – in denken een solipsist, in doen gewoon een padvinder.

Misschien school in deze tweedeling wel de verklaring voor de ongelukkige afloop van zijn aanvaring met Wouter Nijman. En Theo vroeg zich af of hij het er misschien halfbewust naar had gemáákt, in de klas. Zijn woedeaanval in 3F viel tenslotte uit te leggen als het onvermijdelijk gevolg van een te lang onderdrukte hunkering naar een rimpelloos bestaan, ver van school en kinderen, en desnoods te bereiken door middel van schorsing, wachtgeld, aanzegging van ontslag... Ah, er waren perioden dat hij ervoor tekende, voor 'sociaal isolement'. Gordijnen dicht, oordoppen in, 220 volt op de deurbel, telefoon van de haak, en niet één maar twáálf beveiligingsinstallaties in en om zijn huis, een bonafide afschrikking want infrarood maakte geen onderscheid tussen ras, sekse of geloofsovertuiging; melkboer, postbode of insluiper, iedereéén was een indringer in Fort Altena.

Het liep tegen vijven, vanachter het keukenraam zag Theo hoe de kostwinners in hun donkerblauwe Volvo's, Peugeots en VW's de straat in kwamen schuiven. Kinderen stapten van hun mountainbikes en stoven vrolijk op hun vaders af. Afwezig volgde Theo de taferelen en wist niet goed of hij zich erdoor getroost of geërgerd moest voelen. Staand aan het aanrecht dronk hij een glas water. Toen hoorde hij Sylvia thuiskomen. Vanuit de gang klonken de drie vertrouwde klikken van het voordeurslot, en Theo hoopte op een herhaling van de euforie die over hem was gekomen toen hij haar die middag van een afstand had geobserveerd. Even stelde hij zich zelfs voor dat zij haar entree zou maken in een soort wolk van verlossing waarin hij onmiddellijk zou worden opgenomen, maar toen zij werkelijk de kamer binnenkwam, ongemakkelijk manoeuvrerend met drie grote papieren tassen van modezaken, zag hij aan de verkleining van haar pupillen en de hoekige beweging waarmee zij feller dan gewoon de kamerdeur achter zich dichtduwde dat er eerder op de dag iets was gebeurd dat zij hem aanrekende. Theo vreesde ogenblikkelijk maar één ding, en dat was wat hij sinds de veertien maanden voortdurend had gevreesd.

Sylvia had de tassen naast zich neergezet. Zij reageerde niet op zijn begroeting, en toen hij vroeg of zij iets wilde drinken, vermeed zij het hem aan te kijken. Ze legde haar jas over een stoel en vroeg: 'En, hoe was het op school?'

Zijn hart miste een slag. Alles was bekend.

Toen hij niet meteen antwoord gaf, zei ze: 'Er is vanmiddag nog voor je gebeld.'

Hij had het gevoel dat zijn huid op een aantal plaatsen werd strak getrokken.

'O? Wie was het?'

Iris, wie anders. Ze had spijt gekregen van haar laconieke afscheid. Had zich voor het eerst niet kunnen bedwingen en hem gebeld zo gauw ze thuis was gekomen, zonder erbij stil te staan dat hij op dat moment natuurlijk nog onderweg naar Alkmaar was geweest. Domme trut. Had ze alles op de valreep verraden en verpest.

'Ferweda,' zei Sylvia. Nu keek ze hem wél aan, ze peilde zijn reactie. 'Hij was verbaasd dat je niet thuis was. Ik was verbaasd dat je niet op school was.'

Die twee zinnen waren zó eenvoudig dat ze hem bijna luchtig in de oren klonken. Tot zijn ontzetting voelde hij een grijns opkomen.

'Er ontgaat me iets,' zei Sylvia ijzig. 'Heb ik iets grappigs gezegd?'

'Nee nee, helemaal niet,' antwoordde hij snel.

'Theo, ik hou er niet van om in de positie te worden gedrukt van het soort vrouw dat wil weten waar haar man heeft uitgehangen. Dat is beneden mijn niveau.'

Hier had ze op geoefend, dacht hij. Ze klonk alsof ze aan een requisitoir wilde beginnen. Maar in plaats daarvan zei ze: 'Evengoed wil ik het dus wel weten. Waar je bent geweest.'

Hij kon het niet helpen, opnieuw moest hij zich bedwingen om niet in de lach te schieten. Hij klemde zijn lippen opeen en wist dat Sylvia zijn nerveuze grijns verkeerd zou opvatten.

'Ik snap het niet,' zei ze, 'waarom was je niet op school? Waar was je, Theo?'

Nu klonk zij niet langer ijzig maar verdrietig en ook een beetje bang. Op slag voelde Theo zijn lachkramp verdwijnen. Het liefst wilde hij haar kussen.

'Ik kan het je uitleggen,' zei hij, en vroeg zich af wat hij zou vertellen en hoeveel hij nog kon verzwijgen.

Negentien

‘Wanneer is het begonnen?’ vroeg Sylvia. Ze zat tegenover hem aan de keukentafel en keek hem bezorgd aan met grijze, heldere ogen.

‘Ik weet het niet precies,’ antwoordde Theo. ‘Ik denk een maand of veertien geleden.’ Hij voelde een niet onprettige spanning toen hij dit getal noemde.

‘Veertien maanden... En niemand heeft er iets van gemerkt? Het is niemand ooit opgevallen? Ik bedoel, niemand van je collega’s?’

Theo verplaatste een lege theekop die op tafel stond.

‘Syl, het is onder leraren niet de gewoonte om bij elkaar in de klas te gaan kijken hoe een ander het ervan afbrengt.’

Hij had het niet bits en belerend bedoeld maar zo vatte zij het wel op, zag Theo.

‘Waarom heb je er niet over gepraat?’ vroeg zij. ‘Met de schoolleiding bijvoorbeeld.’ Ze aarzelde. ‘Of met mij.’

Theo schudde zijn hoofd.

‘Ik heb nog nooit een leraar aan collega’s of conrectoren horen toegeven dat ie ordeproblemen heeft. Dan kun je jezelf net zo goed meteen incapabel verklaren. En ik ging ervan uit dat het een korte inzinking zou zijn. Ik dacht telkens: vanaf volgende week is alles weer als vanouds.’

‘Maar dat was niet zo.’

‘Dat was niet zo,’ herhaalde Theo werktuiglijk, en overdacht de antwoorden die hij haar het afgelopen uur had gegeven. Het was verbazingwekkend hoe alles in zijn verhaal op zijn plaats was gevallen. Toenemende hekel aan zijn werk, stress, slapeloosheid, ordeproblemen in de onderbouw, de spotprenten op het schoolbord, de escalatie in 3F: niets wees op overspel, alles op overwerktheid. Nu had hij strikt genomen ook niet tegen haar gelogen. Hij had alleen maar alles weggelaten wat betrekking had op de juf van gymnastiek. Voor alle zekerheid had hij haar nog gevraagd waarom Ferweda had gebeld. Er bestond een kans dat de conrector iets had losgelaten over Iris. Maar dat was niet zo, hij had slechts gezegd dat Theo maar even terug moest bellen. Dit had hij niet gedaan, nóg niet, want eerst moest 'een aantal misverstanden uit de wereld worden geholpen', zoals hij Sylvia op het hart had gedrukt. Ze had hem smalend aangekeken, maar vervolgens was een eerste, korte uitleg over zijn problemen op school al genoeg geweest om haar argwaan en sarcasme weg te nemen. Later had hij haar zelfs alles (alles, min de aanleiding; min de pornofoto's op zijn bureau) verteld over de ongelukkige valpartij van Wouter Nijman en de beschuldigingen van diens vader. Juist doordat hij in details was getreden, had zijn uitleg aan geloofwaardigheid gewonnen. En wat viel er ook eigenlijk te wantrouwen? Theo wist zeker dat hij er niets achter zou hebben gezocht als zíj op een dag was thuisgekomen met de lang verzwegen mededeling dat zij het niet langer uithield op haar werk en na een reeks van ongelukkige incidenten op non-actief was gesteld.

Toch bleef hij bang dat zij hem zou betrappen op een lacune of een kleine inconsequentie, en telkens als hij aan een antwoord op een nieuwe vraag begon, dacht hij: nu, nu, *nu* zeg ik iets verkeerds en heeft ze in één klap alles door. Maar in plaats van achterdocht toonde zij zorg en medeleven. Van alle vormen van bedrog kwamen overspel en plagiaat vrijwel altijd aan het licht, dat werd tenminste beweerd door degenen die er verstand van schenen te hebben. Theo hield zichzelf bepaald niet voor een onfeilbaar bedrieger, en Sylvia's intuïtie was veel sterker ontwikkeld dan de zijne – maar hoe kwam het dan dat zij hem zelfs nú niet had doorzien? Want hoe logisch en geloofwaardig zijn verhaal ook had geklonken, het zweet had hem letterlijk op het voorhoofd gestaan en in het begin had hij gehakkeld en getreuzeld als het eerste het beste schoolkind, door vader of moeder betrapt op een diefstal uit de huishoudpot. Misschien was het een fabel dat overspel altijd uitkwam en bestond er behalve het netwerk van officiële romances en verbintenissen ook een keten van onspectaculaire affaires die opbloeiden en doofden zonder dat ze ooit openbaar werden en slepende ruzies en echtscheiding tot gevolg hadden. Sylvia was zó goedgelovig dat hij er zich bijna aan begon te ergeren. Was hij dan zo geslepen geweest in het uitwissen van sporen? Zou zij niet één keer een onbekende geur aan zijn lichaam hebben ontdekt? Theo begon te vermoeden dat zij *weigerde* hem te wantrouwen en ooit uit zelfbescherming moest hebben besloten om ieder vermoeden van overspel uit te bannen. Dit laatste werd minder waarschijnlijk, doordat Sylvia hem zoëven voor de tweede keer verwijtend had gevraagd waarom hij zijn problemen op school zo lang had verzwegen. Zoiets vroeg je niet wanneer je vage vermoedens koesterde over een probleem van ándere aard, dacht Theo.

Hij legde haar uit dat hij zich schaamde. Dat begreep zij niet.

'Schamen? Voor *mij*? Dat je je schaamt tegenover je collega's, oké. Maar ik ben je vrouw en geen collega. Als ík ergens mee zit, vertel ik het jou toch ook?'

'Het is niet echt leuk om te moeten erkennen dat je niet meer deugt voor je vak,' zei Theo gelaten.

Sylvia sloeg haar armen over elkaar en haalde haar schouders op.

'Toe nou, Theo. Dat is wel heel dramatisch. Waarom zou jíj niet meer geschikt zijn om les te geven als zíj jou provoceren?'

Hij wist dat zijn hart geacht werd te breken bij zoveel onverdiende steun en solidariteit. In plaats daarvan voelde hij een vlaag van minachting. Zij blééf maar doof en blind. Met zijn onvolledige verklaring had hij zichzelf in een positie gemanoeuvreerd dat hij zijn vrouw – heldin, soldaatje, liefdespatriot – alleen nog maar kon zien als een ignorante stakker.

'Ferweda heeft me geadviseerd om een tijdje thuis te blijven. Dat advies is natuurlijk een verkapte, vriendelijke manier om me voorlopig de wacht aan te zeggen. Als die vader van Wouter Nijman zijn beklag gaat doen, zou het best eens kunnen uitdraaien op een schorsing. Een schorsing! Dat is toch tamelijk vernederend, Syl.'

'Dat zie je verkeerd,' zei ze beslist. 'Na alles wat je hebt verteld vind ik het niet zo vreemd dat het je allemaal te veel is geworden. Het is eigenlijk een prestatie dat je het nog zo lang hebt volgehouden.'

Theo wreef langzaam met beide handen over het tafelblad, en met een gevoel van afmatting zei hij: 'Ik ben in ieder geval blij dat je het nu weet. Kan ik morgen tenminste gewoon thuisblijven.'

Sylvia dacht even na.

'Als ik vandaag gewoon naar m'n werk was geweest en vanmiddag niet toevallig Ferweda aan de lijn had gehad, wat had je dan gedaan? Was je dan morgen weer de deur uitgegaan zonder iets te zeggen?'

'Nee. Ik had het je verteld.'

Was dat waar? Kennelijk; hij hoorde het zichzelf tenslotte ferm verkondigen.

'Wat heb je vandaag nou precies gedaan?' vroeg Sylvia.

Theo herinnerde haar aan de stukgeslagen buitenspiegel van de auto, waarover hij haar eveneens zoëven had verteld. Zij knikte. Hij zei: 'Ik heb dus die spiegel laten vervangen, in de garage op het industrieterrein.'

Heel makkelijk – ook daarover hoefde hij niet te liegen.

'En daarna?'

Hij keek op. Natuurlijk, er was een 'daarna'. De auto naar de garage brengen neemt niet de hele dag in beslag.

'De stad in. Rondgelopen. Winkels gekeken. Koffie gedronken.'

Sylvia begon te lachen.

'Dan hadden we elkaar vanmiddag dus tegen kunnen komen.'

Hij glimlachte vragend. Zij wees naar de tassen.

'Ik ben toch ook naar de stad geweest?'

'Jaja,' zei Theo snel, en hoewel hij wist dat het nauwelijks kwaad kon, beschouwde hij het als een ontoelaatbare onachtzaamheid dat hij haar niet onmiddellijk had begrepen. Blijf waakzaam.

Met zijn wijsvinger duwde hij zijn bril omhoog. Hij keek naar haar en vroeg zich af hoe mannen die haar leerden kennen haar beoordeelden – en juist toen hij probeerde te bedenken wat zijn eerste indruk zou zijn geweest als hij haar nu, vandaag, voor het eerst had ontmoet, boog Sylvia met een zucht naar voren, strekte haar armen over tafel naar hem uit en legde haar handen om zijn polsen. Theo wilde zijn keel schrapen maar deed het niet. Op zijn gezicht verscheen een glimlach die van heel ver kwam, en toen hij zijn ogen neersloeg en haar smalle, witte handen op de zijne zag, stelde hij zich voor dat zij allebei twaalf jaar waren en dat Sylvia hem met haar zachte omklemming wilde overhalen om slootje te springen of over een hoge evenwichtsbalk te lopen, iets fysieks in ieder geval, even onschuldig als inspannend, iets waar zij hem om zou kunnen bewonderen maar dat hij natuurlijk niet durfde (water- en hoogtevrees, niets lafhartigs was hem vreemd). Haar handen waren warm, hij voelde het kloppen van zijn polsen nu zij haar vingers ertegenaan gedrukt hield. Het was niet waar dat onschuld en onwetendheid een vrouw begeerlijk maakten. Sylvia's onwetendheid was als een ontsierende veeg op haar gezicht, vergelijkbaar met iets viezigs, snot, smeer, een kringelende speekseldraad of iets anders waar zij zelf geen weet van had en dat te gênant was om de ander op te attenderen, zij het dat bij haar de ontsiering niet viel weg te wissen. Hij was bang dat hij in het vervolg voortaan eerst die veeg en pas daarna haar gezicht zou zien. Natuurlijk, híj had haar die ontsiering toegebracht, het was een onzichtbare en alomtegenwoordige bezoedeling die hij nooit meer ongedaan kon maken. Hij raakte er werkelijk van overtuigd dat zij niet, nooit achter zijn bedrog zou komen – en nu pas, nu zijn angst voor ontdekking langzaam verdween, begon hij zich eindelijk schuldig te voelen, maar dan wel onmiddellijk met een hevigheid die hem lamsloeg en afmatte. En alsnog brak zijn hart, als je de koud krimpende persing achter en onder zijn ribben tenminste zo mocht noemen. Het leek alsof zich daar iets herschikte in een voorbereiding om voorgoed in te dikken.

'Ik zei toch dat ik de stad in ben geweest?' vroeg hij, en keek haar aan van boven de bogen van zijn brilmontuur.

'Ja?' Zij ging rechtop zitten.

Hij zweeg even.

'Dat is niet helemaal waar. Ik ben 's ochtends nog even teruggegaan. Terug naar huis, bedoel ik.'

Er schoof een schaduw van verontrusting over haar gezicht.

'Dat snap ik niet,' zei ze afgemeten.

'Ik heb naar je staan kijken.'

'Je hebt wát?'

'Gewoon, zoals ik 's ochtends wel vaker doe. Even naar je kijken vanuit de auto.'

Ze zuchtte kort en zei: 'Dat is iets anders. Dan wéét ik dat je naar me kijkt.'

Die tegenwerping negeerde Theo. Haar ergernis wekte een warme spanning in hem op, alsof hij meedeed aan een kansspel en de mogelijkheid dat hij een prijs zou winnen zoëven groter was geworden.

'Ik heb de auto in een zijstraat geparkeerd en ben bij het plantsoen gaan staan,' zei hij. 'Ik kon onze bovenramen zien. Die vent van de beveiliging was aan het werk. En soms kwam jij mijn werkkamer binnen. Dan liep je voor het raam langs.'

Ze staarde hem aan alsof hij ter plekke was veranderd in een vreemde.

'Doe je dat wel vaker, gluren?'

Hij stond op en zette de theekop op het aanrecht. Met zijn rug naar haar toe gekeerd zei hij: 'Doe me een lol, Sylvia. Gluren doe je naar onbekenden, niet naar je eigen vrouw.'

'Nee, natuurlijk niet. Zoals een man ook nooit zijn eigen vrouw verkracht.'

Theo keek over zijn schouder.

'Dit gesprek wordt wel heel merkwaardig. Vind je ook niet?'

'Stil maar,' zei Sylvia. Haar stem daalde. 'Voel je maar niet aangesproken, het was bij wijze van spreken. Ik vind het gewoon geen prettig idee dat je me hebt staan bespioneren.'

'Bespioneren!' Theo bracht een hand naar zijn hoofd, draaide zich om en hurkte in één beweging bij haar neer. 'Syl, je ontróerde me. Je was zo lief, zoals je in huis rondliep.' Hij streelde haar arm. 'Ik vond je fantastisch. Mijn vrouw, in ons huis. Weet je nog dat we *Garp* op video hebben gezien?' Zij knikte; zij had destijds de film gehuurd. 'En,' ging hij verder, 'herinner je je nog die scène waarin Garp met zijn vrouw een avond uit wil gaan maar niet goed weet waar naar toe en dat ze op zijn voorstel uiteindelijk voor hun huis in de auto blijven zitten om naar de kinderen te kijken die denken dat pappa en mamma ver weg zijn? Zoiets is het, Syl. Ik had het Garp-gevoel. Kijken naar de onschuld van de ander. Dat was wat ik deed. Ik dronk je onschuld.'

Sylvia glimlachte, zij het gereserveerd en met zichtbare tegenzin. Theo was weer opgestaan. Hij leunde tegen het aanrecht. Hij had haar beslist niet opnieuw voor zich gewonnen – wat ook niet echt zijn bedoeling was. Nog niet. Gekscherend vroeg hij haar: 'Je bént toch ook onschuldig? Of heb je misschien iets te verbergen?' Hij wachtte even. Toen vroeg hij: 'Syl, heb je een ander?'

Haar mond viel letterlijk open.

'Waar heb je het over? Wat bedoel je?'

'Precies wat ik zeg,' zei hij opgeruimd. 'En, héb je een ander?'

Ze bewoog haar hoofd. Haar ogen werden kleiner.

'Nee. Jij?'

Ah! Zo was het goed. Liever sarcasme en achterdocht dan zorg en medeleven. Nu was het hem toegestaan om met volledige inzet te acteren, schmieren, schertsen. En met een spottende, zangerige toon in zijn stem zei hij: 'Nou, vast en zeker. Met al die ellende op school kan dat er ook nog wel bij, een minnares.'

En om de indruk te wekken dat hij de zotheid van haar vraag nog eens overdacht, keek Theo hoofdschuddend langs haar heen. Hij wist haar blik op zich gericht, en toen hij zijn gezicht naar haar toe draaide, met een perfect voorgewende argeloosheid die hem onmiddellijk van iedere verdenking zou ontslaan, zag hij dat zij hem inderdaad bestudeerde en zich geen detail van zijn mimiek liet ontgaan. Zij wilde iets zeggen maar bedacht zich. Toen wendde zij haar hoofd af en glimlachte, op die ene, speciale manier die een kleine, verticale plooi legde in het midden van haar smalle kin. Theo gloeide van triomf. De man die luchtig plagend aan zijn vrouw vraagt of zij misschien een ander heeft, wekt de indruk zélf iets te verbergen; met zijn hint had hij efficiënt haar argwaan gewekt en haar alle kans gegeven hem te ontmaskeren. Formeel gezien was zij niet langer onwetend; zij had hem de beslissende vraag gesteld, en na een snelle taxatie had zij geconcludeerd dat hij net als zijzelf diep, diep, diep onschuldig was – en dus was hij het ook, basta, over, uit. Nooit geweten dat volmondig liegen zo bevrijdend kon zijn, dacht Theo, en hij klemde zijn lippen opeen en ademde langzaam en met concentratie in door zijn neus, en nog een keer. En opnieuw.

Theo dekte de tafel. Op voorstel van Sylvia had hij een fles wijn opengemaakt. Samen maakten zij het avondeten klaar.

Aan tafel zei ze: 'Wat eet je gek. Je kauwt alles aan één kant.'

Hij vertelde haar waarom.

'Echt waar?' Zij stond op en liep om de tafel heen. 'Doet het pijn? Laat eens zien.'

Theo hield zijn hoofd naar achter en deed zijn mond open.

'Is het een groot gat?' vroeg hij. Ih he eeh ghrooh ghah?

Sylvia stond over hem gebogen. Onbedoeld en onwillekeurig volgde zij hem na en deed haar mond wijd open terwijl ze zijn tanden en kiezen bekeek. Theo voelde zijn wangen warm worden. Zo zat het dus. Je minnares bedankte ervoor, terwijl je vrouw zonder aarzeling en vol zorg je gehavend gebit inspecteerde.

Na het eten belde hij Ferweda op. Het was tien uur geweest, Sylvia nam een bad.

Het was geen lang gesprek. Toen hij had opgehangen, liep hij de trap op en stak zijn hoofd om de deur van de badkamer. Sylvia lag tot haar schouders in een wolkendek van badschuim. De hete damp sloeg hem in het gezicht. Zijn bril besloeg.

'En?' vroeg zij. De badkamer legde een lichte galm in haar stem.

Theo zette zijn bril af.

'Goed nieuws. Wouter Nijman heeft geen hersenschudding. Die vader heeft z'n beklag afgezwakt.'

'Zie je wel,' zei Sylvia opgewekt.

De hitte drong door zijn kleren toen hij op de rand van de badkuip ging zitten. Sylvia aaide hem over zijn wangen met warme vingers die door het badwater rubberachtig op zijn huid voelden. Er bleef een baardje van badschuim achter op zijn kin.

'En wat doe je nu morgen?' vroeg zij.

'Blijf ik tóch thuis, dat lijkt me het verstandigst.' Hij veegde zijn kin af. 'Ferweda was het ermee eens.'

Sylvia knikte. Ze bewoog haar benen en het water klotste zacht.

Beneden ruimde hij de tafel af. Hij had twee glazen cognac ingeschonken. Sylvia kwam in badjas en op espadrilles de trap af en de kamer in, ze pakte haar handtas van tafel en haalde er twee platte witte doosjes uit. Even dacht Theo dat zij die middag sieraden voor zichzelf had gekocht die zij hem nu wilde laten zien. Met een lach alsof zij een samenzwering met hem wilde beramen gaf zij hem één van de doosjes aan. Het was de afstandsbediening voor de beveiligingsinstallatie.

'Zie je die tiptoets naast dat sterretje?' vroeg ze. 'Als je die indrukt, is het hele huis in één keer beveiligd. Goed hè? Probeer het maar.'

Theo strekte zijn arm en wees met het doosje in de richting van de detector aan het plafond. Sylvia duwde zijn arm naar beneden.

'Denk je nou écht dat je speciaal moet richten, meneer de techneut?' En met gespeelde nonchalance hield ze de afstandsbediening als een aansteker in haar hand en drukte met haar duim op de kleine tiptoets. In de hoek van de kamer maakte de sensor een zacht fluitend geluid dat onmiddellijk weer wegstierf. 'Nu zijn alle detectoren in het huis in werking. Allemaal, alle zeven, met één druk op de knop! En 's ochtends zet je het gewoon weer uit door niet één maar twee keer op de toets te drukken. Dat is alles.'

'Infrarood prikkeldraad om het huis,' zei Theo, en toen hij de afstandsbediening had weggelegd, bewoog hij even met zijn schouders, haalde een hand door zijn haar, fronste zijn wenkbrauwen, zodat er een reliëf van vier evenwijdige rimpels op zijn voorhoofd verscheen, en met een wereldwijze uitdrukking op zijn gezicht en een beheerste stembuiging zei hij: 'Nothing is more safe in this country than the Altena-residence, darling.' Korte giechel van Sylvia. Plooitje in haar kin. En Theo dronk zijn glas leeg met het air van een kosmopolitische grootindustrieel.

Zij stelde voor om naar bed te gaan. Zij deden de lichten uit en sloten, toch nog, deuren en ramen af. In bed keken zij televisie. Tegen twaalven vroeg Sylvia: 'Theo, ben je al moe?'

Dat vroeg zij iedere avond. Zij miste het om gelijktijdig of vlak na elkaar in slaap te vallen.

Hij sloeg zijn dekbed open.

'Ga maar slapen, goed? Ik ga er nog even uit.'

Beneden deed hij de schemerlampen aan. Dat moest altijd in dezelfde volgorde gebeuren: eerst de staande lamp naast het dressoir, daarna de verchroomde tafellamp, en ten slotte de kleine halogeenlamp boven de bank. Warmtintelende ootmoed toen de lichten brandden. Hij had het zichzelf verboden om ooit van deze volgorde af te wijken. Kleine gewoonte. Hij had er honderden, net als iedereen. Eerst de mouwen naar binnen leggen wanneer hij zijn overhemden opvouwde. Ging hij een trap op, dan altijd de rechtervoet op de onderste trede. Naar school via Schermerhorn, terug via Heerhugowaard. Melkpakken in de koelkast neerzetten met de opening naar rechts en nooit andersom – dat soort dingen. Het waren minuscule bakens die zijn leven schraagden, je voegde een bescheiden ontwerp toe aan de orde der dingen – en vaak wanneer hij niet kon slapen en tot diep in de nacht in de huiskamer in zijn luie stoel bleef zitten, gaf het doorvoelen en doorleven van al die ogenschijnlijk perifere handelingen de grootst mogelijke voldoening en laafde hij zich aan zijn oneindig te verfijnen regels en rituelen zoals anderen aan drank, drugs of al het andere dat benevelde. Natuurlijk hield hij de meeste gewoonten zoveel mogelijk voor zichzelf. Voor je het wist werd je eerbied voor het alledaagse weggezet als een verzameling ordinaire dwangneurosen. Wie zoiets beweerde, had er niets van begrepen. Het was een voorrecht en, vooruit, een kleine verlossing om een gewoontegetrouwe handeling met inzet en toewijding te verrichten. O, de troost van orde en herhaling tot in het allerkleinste; drie lampen altijd in dezelfde volgorde aan en uit... Variatie was verminking, herhaling de mooiste benadering van eeuwige beweging. Alle regelmaat dempte het leven; zelfs de minste gewoonte was een elegante knipoog naar vriend dood.

Nu kwamen de lange, lege uren. Met zijn benen languit zat Theo in zijn luie stoel. Hij dacht aan Sylvia's vragen van die middag en prentte zich de details van zijn antwoorden in, voor het geval zij hem opnieuw ergens naar zou vragen. Het was natuurlijk een illusie om te denken dat hij zijn bedrog afdoende kon blijven afschermen. Zijn affaire mocht voorbij zijn, de kans dat Sylvia er alsnog zou achter komen bleef altijd bestaan. Ze hoefde tenslotte maar iemand van school tegen te komen die zij toevallig van een feestje kende en die zijn mond voorbijpraatte, en het was bekeken. Of anders kwam het gevaar wel van Iris. Dat zij haar overspel in een opwelling had opgebiecht aan die Sidney van haar betekende dat zij ook in staat was om eruit te flappen met *wie* zij hem ooit had bedrogen. Hoe zou die man reageren? Misschien zou hij een scène trappen. Wilde hij de confrontatie aangaan. Stuurde een brief aan Sylvia of belde haar op. Zeg, wist jij eigenlijk wel dat jouw man en mijn vrouw...? Theo legde zijn handen op de armleuningen en spreidde zijn vingers. Komende weken goed op de post letten en zoveel mogelijk zélf de telefoon opnemen.

Ook over het telefoongesprek met Ferweda had hij haar niet alles verteld. Wouter Nijman mankeerde inderdaad niets, maar het schoolbestuur was ingelicht over het incident, en de rector verlangde tekst en uitleg. Ferweda had bovendien verteld dat in de eerstvolgende lerarenvergadering zou worden besproken of 3F ook bij andere leerkrachten voor ordeproblemen had gezorgd. Vooral dat laatste stuitte hem tegen de borst; het betekende gezichtsverlies tegenover je collega's. Werd je in de eerstkomende weken achter je rug om bekletst. Ach ja, Altena... hij heeft het niet makkelijk, moet echt zwoegen om de lessen een beetje fatsoenlijk te laten verlopen. Theo kende de frasen; hij had ze in de zes jaar dat hij lesgaf regelmatig over anderen horen verkondigen.

Hij had de televisie aangezet en zapte telkens alle zenders langs. Hij hield ervan om te zappen. Het was een soort yoga voor je ogen, je voelde je langzaam uit jezelf glijden en aaneengeregen worden aan de kralendraad van beelden. Een probaat slaapmiddel was het helaas niet. Je raakte leeg, maar bleef klaarwakker.

Tegen twee uur: geen spoor van slaap. Steeds meer kanalen toonden testbeeld of zenderlogo, tot alleen de 24-uurs satellietzenders nog waren overgebleven.

Half drie. Hij besloot een slaappil in te nemen. In de badkamer slikte hij er één weg met een glas water – en nam pijlsnel, voor hij zich kon bedenken, een tweede. Twee keer twintig milligram dalmadorm, de zwaarste in z'n soort. Zalige duizeling, zodadelijk.

Het was het prettigst om nu niet meteen naar bed te gaan. Je moest niet gaan liggen wachten op het moment van versuffing maar nog even iets gaan lezen of opruimen en een minuut of tien na inname met een hoofd van lood je bed in tuimelen.

Trap af. Laatste handelingen beneden. Glazen spoelen. Tafel opruimen. Aanrecht schoon. Zijn hand met vaatdoek ging al enigszins in slowmotion – niet echt, natuurlijk, maar zo voelde het. Lampen in de kamer uit – goede volgorde! Nu brandde alleen in hal en keuken nog licht. Koelkast goed dicht. Vuilniszak. Morgen kwam de ophaaldienst. Aanduwen, knoop in het plastic. Hij liep de gang in naar de voordeur als door lichte, lauwe, milde mist. Af en toe sleepte de vuilniszak over de grond. Voordeur open, buiten.

Het helse geluid sloeg hem als een vuist op de rug. Theo slaakte een kreet en wierp de vuilniszak weg. Over het tuinpad gleden de oranje strepen van het zwaailicht. Hij rende terug naar binnen en trok de deur van de gangkast open, zijn hoofd omkneld door de scherpsonore blèr van de sirene. Knop, welke knop? Nee, hij had de afstandsbediening nodig – hij stoof (dacht hij, en liep langzaam) de kamer in, Sylvia kwam de trap af gerend, roffels op de treden, Theo draaide zich om, zijn armen en benen gaven de eerste signalen van traagheid en verslapping, de sirene vulde het huis als vuur dat om zich heen greep, en dwars door de middelpuntvliedende pulsering van geloei riepen zij elkaar toe, Theo alleen maar vloekend, en Sylvia twee keer achtereen: Hoe! Kan! Dat! Nou?! Armgebaren en nog meer kreten. *Wat?, góóódver, zoek de afst-, kan niet, wat? Wààát?* Kon niet afgezet met afstandsbediening, natuurlijk niet. Zou al te makkelijk zijn voor insluipers, even een druk op de toets en weg alarm. Het woest geloei van de sirene gulpte door de voordeur naar buiten. Honderd decibel. Overlast, *de buren*! Sylvia stond voor de gangkast en bediende met heen en weer schietende vingers schakelaar en toetsen van de combinatiezender. Verdoofd keek Theo toe, van binnen leek de trage zwaarte zijn brein samen te vouwen, van buiten zweepte de sirene zijn voorhoofd murw. Toen was het voorbij. De blèrende stroom zwakte af tot een berustend gejank om vervolgens plaats te maken voor een luid suizende stilte. Sylvia legde haar hoofd in haar nek en zei: 'Jezus Christus.'

Dat kwam uit haar tenen, hoorde Theo. Hij wist niet wat te zeggen. Zijn hart wilde aanhoudend naar de hoogste versnelling maar werd belemmerd door een omringende verdikking, alsof het er werd gesmoord door warme kussens. Even had hij verwacht dat er ook ditmaal een klem op zijn keel zou worden gezet. Maar de adem werd hem niet benomen, en schrik en spanning werden gedempt door slapte en versuffing. Vreemd voelde dat: indolente paniek, gespannen sloomheid. Tollend hoofd.

Sylvia draaide zich met een ruk naar hem om.

'Wat heb je nou gedaan, verdomme?'

Hij vertelde het en zei tot besluit: 'Stom. Heel stom.'

'Nogal, ja,' beet ze hem toe. 'Jezus Theo, je bent af en toe wel een...' Zij zocht een passende belediging.

'Een klootzak?' probeerde hij – en terwijl hij het zei, voelde hij een hunkering naar haar beaming. Kom op, scheld me uit. Toe.

Sylvia keek hem aan.

'Je ziet bleek,' zei ze. 'Je zweet.'

'Heb een slaappil genomen.' Hij sprak met ploffend uitgeblazen ademstootjes.

'O. En waarom ben je dan niet meteen naar bed gegaan?'

Hij haalde zijn schouders op. Die vraag vergde een te lang antwoord.

'Twee,' zei hij toen.

'Wat?'

'Twee. Twee pillen.'

'Belachelijk.' Zij wendde haar blik af. Geen spoor van mededogen, zag hij. Uitstekend! Waarom ook? Het was zijn schuld. Ja.

Sylvia sloot de kastdeur. Zei: 'Ik moet éven iets drinken.' En liep voor hem langs de kamer in.

Hij voelde kou in zijn nek en benen. De voordeur stond nog open. Theo legde zijn hand op het binnenslot en wilde met een duw de deur dichtdoen. Toen zag hij de oranje gloed boven de deur. Het zwaailicht stond nog aan. De oranje strepen wiekten stil en met kalme regelmaat over de tegels van het tuinpad. Hij wilde naar buiten lopen maar bedacht zich bijtijds. Sylvia had het alarm uitgezet, maar betekende dit dat zij de beveiligingsinstallatie opnieuw had áángezet? En ging het alarm opnieuw af als hij de voordeur in het slot liet vallen? Vragen, grote vragen, en dat terwijl zijn hoofd steeds kleiner voelde, compact en ingevouwen, zoals gang en voorportaal ook leken in te krimpen, met het plafond dat op zijn schedel duwde en de zijwanden die zacht zijn oren raakten. Stroefheid in zijn spieren.

Hij keek naar buiten. Doodstil op straat. In de huizen aan de overkant brandde nergens licht. Mooi is dat. Er joeg een onrustbarende herrie door de straat en geen van de buren verwaardigde zich om poolshoogte te nemen. Nou ja, wist je meteen dat je nergens op hoefde te rekenen als er écht werd ingebroken. Hij gaapte. Knipperde met zijn ogen. Plotseling voelde hij een onweerstaanbare drang om opnieuw, maar nu in het volle besef van het mogelijk alarm, de magische grens van de deuropening over te gaan. Hij deed een stap naar voren. Zwaar, traag. Trok zijn schouders op in afwachting van een nieuwe moker op zijn rug.

Er gebeurde niets. Theo liep het tuinpad op. Met korte tussenpozen gleed het oranje strijklicht over zijn kleren. De vuilniszak lag als een grote, donkere steen op het gras. Hij keek over zijn schouder. Het zwaailicht wierp zijn schijnsel in oranje likken omhoog tegen de buitenmuur, tot vlak onder het bovenraam. En terwijl er een diepe voldoening over hem kwam bij de lome gedachte aan de mogelijkheid om staand in slaap te vallen, zag hij plotseling dat de dingen hun benijdenswaardige doodsheid was ontnomen. Het tuinhek leefde. Het lamplicht leefde. Het huis leefde en had een mooi gezicht met één zachtoranje oog dat telkens naar hem knipoogde, niet schalks en spottend maar goedkeurend en bemoedigend. Theo sloeg zijn armen over elkaar. En met zijn hoofd in zijn nek, de kou in zijn kleren en de zwaarte in zijn hoofd bleef hij naar het zwaailicht kijken, totdat Sylvia vanuit de gang vragend zijn naam riep en hij snel, en langzaam, terug naar binnen liep. Snel en langzaam.

Werk van Joost Zwagerman bij De Arbeiderspers:

De houdgreep (roman, 1986)
Langs de doofpot (poëzie, 1987)
Kroondomein (verhalen, 1987)
De ziekte van jij (poëzie, 1988)
Gimmick! (roman, 1989)
Vals licht (roman, 1991)
Collega's van God (essays, 1993)
De buitenvrouw (roman, 1994)
In het wild (essays, 1996)
Chaos en Rumoer (roman, 1997)
Het jongensmeisje (verhalen, 1998)
Pornotheek Arcadië (essays, 2000)
Landschap met klein vuil (columns, 2001)
Bekentenissen van de pseudomaan (poezie, 2001)
Zes sterren (roman, 2002)
Het wilde westen (columns en artikelen, 2003)
Het vijfde seizoen (essays, 2003)
Standplaats Zwagerman (diverse auteurs over het oeuvre van Joost Zwagerman, 2003)